16	3	2	13
5	10	11	8
9	6	7	12
4	15	14	1

Coleção LESTE
Narrativas da Revolução

Ievguêni Zamiátin

NÓS

Tradução e notas
Francisco de Araújo

Apresentação
Bruno Barretto Gomide

Posfácio
Cássio de Oliveira

editora■34

EDITORA 34

Editora 34 Ltda.
Rua Hungria, 592 Jardim Europa CEP 01455-000
São Paulo - SP Brasil Tel/Fax (11) 3811-6777 www.editora34.com.br

Copyright © Editora 34 Ltda., 2017
Tradução © Francisco de Araújo, 2017

A FOTOCÓPIA DE QUALQUER FOLHA DESTE LIVRO É ILEGAL E CONFIGURA UMA
APROPRIAÇÃO INDEVIDA DOS DIREITOS INTELECTUAIS E PATRIMONIAIS DO AUTOR.

Título original:
My

Capa, projeto gráfico e editoração eletrônica:
Bracher & Malta Produção Gráfica

Revisão:
Cide Piquet

1ª Edição - 2017 (1ª Reimpressão - 2021)

CIP - Brasil. Catalogação-na-Fonte
(Sindicato Nacional dos Editores de Livros, RJ, Brasil)

Zamiátin, Ievguêni, 1884-1937

Z724n Nós / Ievguêni Zamiátin; tradução
e notas de Francisco de Araújo; apresentação
de Bruno Barretto Gomide; posfácio de Cássio
de Oliveira. — São Paulo: Editora 34, 2017
(1ª Edição).
288 p. (Coleção Leste)

Tradução de: My

ISBN 978-85-7326-684-9

1. Literatura russa. I. Araújo,
Francisco de. II. Gomide, Bruno Barretto.
III. Oliveira, Cássio de. IV. Título. V. Série.

CDD - 891.73

NÓS

Narrativas da Revolução: uma apresentação,
Bruno Barretto Gomide...................................... 7

Nós.. 13

Posfácio, *Cássio de Oliveira* 261

Sobre o autor 278
Sobre o tradutor.. 281

NARRATIVAS DA REVOLUÇÃO:
UMA APRESENTAÇÃO

Bruno Barretto Gomide

O caldeirão revolucionário russo incorporou a fervura artística da Era de Prata — o nome singular que a cultura russa dá para seu "fim de século" e sua *belle époque* —, ao passo que a pulverizava e a metamorfoseava. O ambiente cultural decorrente da revolução de 1917 já foi, com toda a justiça, saudado em função das extraordinárias inovações realizadas na pintura, nas artes gráficas e decorativas, no cinema, no teatro, na arquitetura e na literatura, em prosa e verso.

Os contos, novelas e romances que brotaram de 1917 foram marcados por radicalidade estética e contundência histórica que nada deviam aos momentos mais ousados da poesia russa, a pioneira na captura de uma época que requeria formas breves e agilidade de produção e de circulação. Os primeiros textos da revolução estavam destinados a folhetos do exército, jornais murais e ágoras vermelhas. Ou à sobrevivência rarefeita dos intelectuais, constrangidos por uma conjuntura áspera, marcada por tifo, frio, fome e pela falta de recursos para publicações (a famosa falta de papel servindo de musa da concisão). Era preciso lidar, em doses variáveis de engajamento, com as novas instituições culturais soviéticas, adaptar o formato das "revistas grossas" para o novo contexto. Elaborou-se uma nova prosa de ficção, experimental e provocadora, que condensava as vinte e quatro horas do romance tolstoiano nos cinco minutos mais significativos, como propunha Isaac Bábel. Por meio de um manejo brilhante da ambiguidade, da montagem, do fragmentário e do caleidoscópico, ela ajudava a criar a sofisticação brutal da arte do período: "a revolução tem cheiro de órgãos sexuais", na definição dada pelo personagem de uma novela de Pilniák.

A série Narrativas da Revolução apresenta, no centenário das revoluções de 1917, cinco importantes textos elaborados na primeira década revolucionária e diretamente relacionados aos eventos da Rússia Soviética. Eles dialogam com a grande tradição da literatura russa do século XIX e com vertentes do modernismo e das vanguardas russas. São eles: *O ano nu* (Boris Pilniák, 1921), *Viagem sentimental* (Viktor Chklóvski, 1923), *Nós* (Ievguêni Zamiátin, publicado em 1924, em tradução para o inglês), *Diário de Kóstia Riábtsev* (Nikolai Ognióv, 1926) e *Inveja* (Iuri Oliécha, 1927), a maioria inédita em tradução direta do russo.

Coincidem, portanto, com os desdobramentos da Revolução de Outubro (o termo a ser utilizado para a intervenção dos bolcheviques pode ser discutido infinitamente; a conjuntura política, social e cultural, porém, era inegavelmente revolucionária), da Guerra Civil e da Nova Política Econômica, sobretudo destes dois últimos. É interessante observar como, afora o romance temporão de Boris Pasternak, *Doutor Jivago*, a ficção soviética quase não criou textos relevantes sobre Fevereiro e mesmo Outubro, aí incluídas as etapas intermediárias de "abril" ou "julho". A tarefa ficou a cargo dos escritores emigrados, tais como Mikhail Ossorguin. A nova literatura soviética concentrou-se no caos épico das guerras civis de 1918-1921, nas vicissitudes de uma emigração que naquela altura ainda era entendida como, possivelmente, transitória, e nas instabilidades tragicômicas da nova vida soviética.

As narrativas de Pilniák, Zamiátin, Chklóvski, Ognióv e Oliécha permitem discutir o valor da nova literatura soviética. Parte expressiva da crítica literária escrita fora da União Soviética tentou minimizar a importância dos novos contos e romances a partir de uma comparação incômoda com os titãs do romance russo do século XIX. As defesas da literatura soviética quase sempre vinham atreladas a posições político-partidárias que acabavam por anular o seu peso crítico real. Observe-se, na contramão desse tipo de hierarquização, a posição assumida por Boris Schnaiderman desde seus primeiros textos na imprensa, nos quais apontou o estatuto de grande arte dessa nova prosa revolucionária — e soviética. Dentro da União Soviética, a posição daqueles escritores também era ambivalente. Trótski e Lunatchárski, como se sabe, agruparam vários dos supracitados na etiqueta de *popúttchiki* — "companheiros de viagem". Em que pesem os méritos críticos, a acuidade sociológica e a flexibilidade política daqueles revolucionários, o jargão situa autores muito diferentes em uma posição intermediária que é incompatível com a variedade artística que eles oferecem.

Portanto, um caminho sugerido pelas "narrativas da revolução" é o da discussão do que é "soviético". É tudo que foi criado na Rússia soviética depois de outubro de 1917, independentemente da posição política ou da temática escolhida pelo artista, ou é algo que possui uma relação mais orgânica e substancial com a nova cultura? Não há dúvidas de que, nesse último sentido, Gladkóv é um autor soviético — mas e Akhmátova, também não o seria, como sugerem algumas visões "heréticas"? Boa parte da escrita *émigrée* lamentava a destruição da cultura russa pelo comunismo e creditava as qualidades eventuais da literatura pós-1917 aos sobreviventes da Era de Prata que haviam permanecido em território sovietizado. Todos os grandes artistas depois da revolução haviam se formado, ou já eram artistas consumados, antes de "outubro", rezava o argumento, em geral aplicando aspas irônicas ao mês aziago. É um questionamento res-

Apresentação

peitável, mas que tropeça diante de Bábel, Platónov, Chalámov, Bródski e também de muitos dos autores reunidos nesta série, quase todos ingressados efetivamente na vida literária depois da revolução.

Ao encerrar a escolha de obras em 1927, no limiar do primeiro Plano Quinquenal, esta série busca meramente uma proximidade temporal maior das narrativas com a explosão revolucionária inicial, uma primeira elaboração temática e formal, e não subscreve necessariamente a tese do fim cabal de uma cultura russo-soviética relevante assinalado pela consolidação do poder stalinista.

Cabe aqui apenas apontar a disputa óbvia e bem conhecida em torno desses limites cronológicos. Escritores emigrados recuaram o sepultamento da literatura russa para fins de 1917 ou, no melhor dos casos, 1921 ou 1922; pesquisas recentes têm sugerido, em via inversa, o prolongamento de vertentes modernas cultura stalinista adentro e, de modo geral, uma discussão em torno das fronteiras muito convencionais, repisadas de modo quase automático, entre os anos 1920 e 1930, entre as vanguardas e a produção cultural do período stalinista. Diferenças verificáveis, certamente, mas que precisam ser revisitadas por métodos e olhares sempre renovados, ou corre-se o risco de transformar a necessária crítica ao dogmatismo cultural soviético em um dogmatismo historiográfico.

Não se deduza disso, evidentemente, algum tipo de desagravo aos horrores da ditadura stalinista, na qual os autores reunidos nesta série encontraram a morte, o silêncio, o exílio ou a assimilação desconfortável, mas apenas a indicação de que não há maneira definitiva de abordar as relações complexas entre artista, sociedade e Estado na Rússia.

Por fim, um breve comentário sobre a circulação brasileira destas narrativas: trata-se, na maioria dos casos, da reintegração de autores que dispuseram de certa reputação jornalística e editorial. Pilniák foi o primeiro a ser publicado por aqui, com *O Volga desemboca no mar Cáspio*, em edições dos anos 1930 e 1940. O título solene indica que já não estamos no mesmo terreno experimental de *O ano nu*, um romance muito traduzido no exterior e que ganha agora tradução brasileira. Pilniák foi o primeiro escritor soviético a ter seu destino trágico comentado pela imprensa internacional e brasileira, que então falava de seu desaparecimento, em 1938 (não se sabia do seu fuzilamento). Em menor escala, ventilava-se o nome de Zamiátin, também em função da repressão soviética, e de sua subsequente emigração.

O *Diário de Kóstia Riábtsev*, de Ognióv, adquiriu notoriedade mundial em edições francesas, espanholas e norte-americanas, ganhando, inclusive, uma das traduções de "Jorge Amado", nome de fantasia para o tradutor, ou tradutores, que prepararam volumes soviéticos para a Editora Brasiliense em meados da década de 1940. Ao contrário dos outros escritores presentes nesta série, Ognióv foi um nome da literatura soviética que luziu e depois desapareceu por completo, mesmo em círculos especializados — uma injustiça com o seu romance, que faz uma das leituras mais intrigantes da revolução.

Chklóvski, conhecido por sua contribuição para a crítica formalista, ganha finalmente tradução de um dos volumes de sua brilhante e inclassificável série de autobiografias ficcionais. E Oliécha reaparece no Brasil em uma excelente tradução de Boris Schnaiderman, que ficara meio esquecida numa reunião de novelas russas dos anos 1960 (Cultrix, 1963). O tradutor considerava o seu conterrâneo (ambos nascidos na Ucrânia central e crescidos em Odessa) um dos pontos altos da literatura russa — de todos os tempos.

Apresentação

NÓS

1ª ANOTAÇÃO

Um anúncio
A mais sábia das linhas
Um poema

Eu simplesmente reproduzo aqui, palavra por palavra, o que foi publicado hoje no *Jornal do Estado Único*:

"Dentro de 120 dias será concluída a construção da INTEGRAL. Está próximo o grande momento, o histórico dia em que a primeira INTEGRAL se elevará ao espaço cósmico. Há mil anos seus antepassados conseguiram, num feito heroico, submeter toda a terra ao poder do Estado Único. A cargo de vocês está um feito ainda mais glorioso: a integração da infinita equação do universo por meio da elétrica, ígnea e vítrea INTEGRAL. Sua tarefa consiste em submeter ao benéfico jugo da razão os seres desconhecidos, habitantes de outros planetas, que talvez ainda se encontrem em estado primitivo de liberdade. Se não compreenderem que o que levamos até eles é a felicidade, uma felicidade matematicamente infalível, será nosso dever submetê-los a ela. Mas, antes de fazer uso das armas, tentaremos recorrer à palavra.

Em nome do Benfeitor, anunciamos a todos os números do Estado Único:

Todo aquele que se considerar capaz deve tomar por dever a redação de tratados, poemas, manifestos, odes ou outros tipos de composição sobre a beleza e a magnificência do Estado Único.

A primeira carga que a INTEGRAL levará será constituída justamente destes escritos.

Nós

Viva o Estado Único! Vivam todos os números! Viva o Benfeitor!"

Ao escrever estas palavras sinto arderem-me as faces. Sim, integraremos a majestosa equação universal. Sim, retificaremos sua curva selvagem, convertendo-a em tangente — em assíntota. Porque a linha do Estado Único é uma linha reta: magnífica, divina, precisa, sábia — a mais sábia das linhas!

Eu, D-503, o Construtor da Integral, sou apenas um dos matemáticos do Estado Único. Minha pena, acostumada aos números, não é capaz de criar melodias cadentes e assonantes. Eu apenas procuro registrar as coisas que vejo e penso, ou, para ser mais preciso, as coisas que *nós* pensamos. A palavra é exatamente esta: *nós*. E que este seja o título de minhas anotações. Pois que estas serão derivadas de nossas vidas, da vida matematicamente perfeita do Estado Único. E acaso não serão — se assim o forem — por si sós e sem a participação de minha vontade, um poema? Creio e sei que sim, serão.

Ao escrever estas palavras sinto arderem-me as faces. O que sinto é provável que se assemelhe ao que sente uma mulher quando escuta pela primeira vez, de dentro de si, a pulsação de um novo ser, ainda pequeníssimo e cego. Algo que ao mesmo tempo é e não é parte de mim. E que por longos meses precisará se nutrir de minha seiva, de meu sangue, para depois ser dolorosamente arrancado de mim e deitado aos pés do Estado Único.

Para tanto estou preparado, assim como cada um — ou quase cada um — de nós. Estou preparado.

2ª ANOTAÇÃO

O balé
A harmonia quadrada
X

É primavera. De trás do Muro Verde, das desconhecidas planícies selvagens, o vento traz o pólen amarelo e melífluo de certas flores. Os lábios ficam ressecados dessa poeira adocicada. A cada minuto é necessário passar a língua por eles. É provável que os lábios de toda mulher que eu encontrar (e de todo homem, é claro) estejam doces. Em certa medida, isso atrapalha o raciocínio lógico.

Em compensação, que céu! De um azul que nenhuma nuvem macula. (Era de tal modo primitivo o gosto de nossos antepassados que seus poetas podiam ser inspirados por massas de vapor absurdas e disformes que flutuavam estupidamente.) Eu gosto, e estou certo de que não me engano se disser que *nós* gostamos, somente de um céu que se mostre impecavelmente límpido. Em dias assim, todo o mundo parece ter se formado do mesmo vidro eterno, inquebrantável, de que se forma o Muro Verde, de que se formam todas as nossas construções. Em dias como esse, pode-se ver a profundidade azul das coisas; e então admiráveis equações nunca antes vistas são vistas em tudo, nas coisas mais ordinárias.

Eis um exemplo: esta manhã eu estava no hangar onde a Integral está sendo construída e lá me deparei com as máquinas — de olhos fechados, absortas, as esferas dos reguladores giravam; os pistões reluzentes inclinavam-se à direita e à esquerda; o balanceiro sacudia os ombros com orgulho e a

Nós

goiva mecânica saltitava ao compasso de uma música inaudita. De repente revelou-se toda a beleza daquele grandioso balé mecânico banhado pelos raios suaves e azulados do sol.

Então, pensei comigo: por que é belo tudo isto? Por que é belo este bailado? E a resposta: porque é um movimento cativo, porque o sentido mais profundo de todo o bailado é precisamente a absoluta submissão estética à ideal falta de liberdade. E se é verdade que nossos antepassados se entregavam à dança somente nos momentos mais inspirados de sua vida (nos mistérios religiosos, nas paradas militares), isto quer dizer apenas o seguinte: o instinto cativo é próprio ao homem desde tempos imemoráveis; e nós, em nossa vida atual, apenas conscientemente...

Terei de concluir a anotação outra hora, fui interrompido pelo sinal do intercomunicador. Quando levantei os olhos — O-90, claro! Em meio minuto ela estará aqui. Virá me buscar para passearmos juntos.

Querida O! Sempre achei que ela se parece com o próprio nome. Ela é aproximadamente dez centímetros mais baixa do que exige a Norma Materna, daí parecer toda arredondada, como o O rosado de seus lábios, que se abrem de encontro a cada uma de minhas palavras, e as dobras de seus pulsos, roliças como nos bebês.

Quando ela entrou, o volante do motor da lógica ainda zunia em minha cabeça e eu, por inércia, comecei a falar da fórmula que tinha acabado de estabelecer e que envolvia as máquinas, as danças e todos nós.

— É maravilhoso, não é verdade? — perguntei a ela.

— Sim, maravilhoso. É primavera! — concordou O-90, com um sorriso róseo para mim.

"Primavera", veja só! Ela fala da primavera. As mulheres... Mas eu não disse mais nada.

Descemos. A avenida estava cheia de gente: num tempo assim, normalmente gastamos a Hora Particular que temos depois do almoço num passeio adicional. Como sempre, todos os alto-falantes da Oficina Musical tocavam a Marcha do Estado Único. Em fileiras regulares de quatro, com entusiasmo e de modo cadenciado marchavam os números, centenas, milhares deles em unifs[1] azulados, com a insígnia dourada no peito — o número estatal de cada um e cada uma. Eu, nós quatro, éramos uma das inúmeras ondas nessa poderosa torrente. Do meu lado esquerdo, O-90 (se isto tivesse sido escrito por um de meus hirsutos antepassados, há mais ou menos mil anos, ele certamente a chamaria pelo engraçado pronome "minha"); do direito estavam dois números desconhecidos, um masculino e outro feminino.

Com o céu esplendorosamente azul, cada uma de nossas insígnias brilhava como um pequeno sol; as faces desanuviadas, livres de pensamentos insensatos. Os raios... Podem imaginar? É como se tudo fosse feito de uma matéria única, luminosa, radiante. E os compassos metálicos: Tra-ta-ta-tam... Tra-ta-ta-tam... A cada degrau de bronze que resplandece ao sol, subimos cada vez mais alto, rumo ao azul vertiginoso...

E eis que, do mesmo modo que ocorrera esta manhã no hangar, como se fosse então a primeira vez na vida, tornei a vislumbrar tudo: as ruas impecavelmente retilíneas, o vidro irradiante do pavimento, os cubos sublimes das moradias transparentes, a harmonia quadrada das fileiras azuis-acinzentadas de números. Assim, parecia que não gerações inteiras, mas sim eu — precisamente eu — vencera o antigo Deus e a antiga vida, que eu próprio criara tudo isso. Sentindo-me como uma torre, temia mover os cotovelos e estilhaçar as paredes, as cúpulas, as máquinas...

---

[1] Provavelmente, um derivado da antiga palavra "uniforme". (N. do narrador)

Nós

Mas no instante seguinte — um salto através dos séculos, do mais para o menos. Lembro-me de um quadro no museu (uma associação por contraste, certamente), o quadro de uma avenida do século XX: uma confusão estonteante e multicolorida de pessoas, engrenagens, animais, letreiros, árvores, tintas, pássaros... E dizem que tudo isso existiu realmente — tudo isso foi possível! Pareceu-me tão inverossímil, tão absurdo, que não pude resistir e soltei uma risada. Em seguida, o som de um riso, como um eco do meu, veio da direita. Ao me virar vi dentes excepcionalmente brancos e pontiagudos, e, depois, um rosto feminino desconhecido.

— Me perdoe — disse ela —, mas você olha para tudo de um modo tão inspirado, que mais parece um deus mitológico no sétimo dia da criação. Imagino que esteja certo de que eu também fui criada por você e não por outro. Seria uma grande lisonja para mim.

Tudo isso sem sorrisos, eu diria até que com certo respeito (podia ser que ela soubesse que sou o Construtor da Integral). Mas, não sei bem, em seus olhos e sobrancelhas havia um estranho e irritante X que não fui capaz de compreender, não pude encontrar para ele uma expressão aritmética.

Algo me deixou desconcertado, e, de maneira um tanto confusa, passei a buscar a motivação lógica de meu riso. Ficou claro que esse contraste, esse abismo intransponível entre hoje e aquele tempo...

— Mas por que intransponível? (Como são brancos os dentes dela!) Pode-se estender uma ponte sobre o abismo. Imagine só: tambores, batalhões, homens formando fileiras, tudo isso já existia antes, consequentemente...

— Sim, é claro! — exclamei. Isso foi uma surpreendente intersecção de pensamentos: ela disse quase com as mesmas palavras o que eu havia escrito antes do passeio. Vocês compreendem? Até mesmo os pensamentos. Isso acontece porque ninguém é "um", mas "um dos". Somos todos tão parecidos...

— Você tem certeza? — ela perguntou.

Notei que suas sobrancelhas, arqueadas em direção às têmporas, formavam um ângulo agudo, como as hastes de um X. Outra vez fiquei desconcertado; olhei para a direita, para a esquerda, e...

À minha direita, ela: esguia, ágil, obstinadamente flexível como uma vara de açoite — I-330 (agora vejo seu número); à esquerda, O, inteiramente diferente: arredondada, com dobrinhas de bebê nos pulsos; e no extremo de nosso quarteto, um número masculino que me era desconhecido: um sujeito duplamente curvado, algo como a letra S. Éramos diferentes uns dos outros...

A que estava à minha direita, I-330, captou, pelo visto, meu olhar confuso, e disse com um suspiro:

— Pois é... ai, ai!

Estes "ais", para ser franco, vieram a propósito; mas novamente havia algo indecifrável em seu rosto ou em sua voz...

Com um ímpeto incomum para mim, eu disse:

— Nada de "ai, ai"! A ciência floresce e está claro que, se não agora, em cinquenta ou cem anos...

— Até os narizes de todos serão...

— Sim, até os narizes! — Eu estava quase gritando — Pois que essas diferenças, de um modo ou outro, servem de motivo para a inveja... Enquanto meu nariz for achatado como um botão e o de um outro for...

— Bem, seu nariz, me permita dizer, está mais para o tipo clássico, como se dizia antigamente. Já as mãos... Não, não, me mostre as mãos!

Não suporto que olhem para minhas mãos. São cheias de pelos compridos — um atavismo ridículo. Estendi as mãos e, num tom que era o mais indiferente possível, disse:

— Simiescas.

Nós

Ela olhou para minhas mãos, depois para meu rosto:

— É de uma harmonia interessante.

Ela me media com os olhos, como se estes fossem uma escala. E outra vez arquearam-se as pontas de suas sobrancelhas.

— Ele está registrado em meu nome — exclamou contente a boca rósea de O-90.

Melhor seria ter ficado calada. Isso foi inteiramente fora de propósito. Mas assim é a querida O... Como posso dizê-lo? A velocidade de sua língua foi incorretamente calculada; a velocidade por segundo de sua língua devia estar sempre um pouco abaixo da velocidade por segundo de seu pensamento e nunca o contrário.

No fim da avenida, o sino da Torre Acumuladora badalou retumbante a décima sétima hora. Terminava a Hora Particular. I-330 se foi com o número masculino que lembrava a letra S. Ele tinha um ar bastante respeitável e, então percebi, parecia-me ter um rosto familiar. Em algum lugar já o tinha visto, mas não podia recordar.

Ao se despedir, I-330, com aquele mesmo X, sorriu-me dizendo:

— Dê uma passada, depois de amanhã, no auditório 112.

Encolhi os ombros:

— Caso eu receba ordem de me dirigir ao auditório a que se refere...

Ela, com uma certeza que não pude compreender, afirmou:

— Receberá.

Essa mulher exercia sobre mim um efeito tão desagradável quanto um termo irracional que se mete numa equação e não se pode decompor. Então fiquei contente de permanecer ao menos algum tempo a sós com a encantadora O-90.

De mãos dadas, passamos por quatro linhas de avenidas. Quando chegamos à esquina, ela tinha de seguir para a direita, eu para a esquerda.

— Eu gostaria muito de ir a sua casa e descer as cortinas. Precisamente hoje, agora mesmo... — disse-me O-90, levantando timidamente os olhos redondos, de um azul cristalino.

Que engraçada! O que eu poderia ter dito a ela? Ela esteve comigo ainda ontem e sabe tão bem quanto eu que nosso dia sexual mais próximo será depois de amanhã. E outra vez aquele "adiantamento do pensamento", que lhe é tão próprio. Como acontece certas vezes quando uma faísca chega muito rápido ao motor, prejudicando-o.

Na despedida, eu beijei duas... não, serei preciso... beijei três vezes seus maravilhosos e imaculados olhos azuis.

3ª ANOTAÇÃO

Um casaco
Um muro
A Tábua das Horas

Examinei tudo o que foi escrito ontem e percebi que não escrevi de forma suficientemente clara. Melhor dizendo, é tudo absolutamente claro para qualquer um de nós. Mas, como saber se também será para vocês, seres desconhecidos, a quem a Integral levará minhas anotações? Pode ser que vocês tenham lido o grande livro da civilização somente até a página a que chegaram nossos antepassados, 900 anos atrás. É possível até que desconheçam elementos como a Tábua das Horas, as Horas Particulares, a Norma Materna, o Muro Verde, o Benfeitor. Para mim é engraçado e ao mesmo tempo muito difícil falar de tudo isso. É como se um escritor qualquer, digamos, do século XX, tivesse de explicar em seu romance o que significam as palavras "casaco", "apartamento", "esposa". Se o romance tivesse de ser traduzido para os selvagens, acaso ele poderia passar sem uma nota que lhes explicasse o que é "casaco"?

Estou certo de que um selvagem olharia para um "casaco" e pensaria: "Para que serve isso? Não deve passar de um fardo". O mesmo sentiriam vocês, creio, se lhes dissesse que nenhum de nós, desde os tempos da Guerra dos Duzentos Anos, jamais esteve do outro lado do Muro Verde.

Mas, caros leitores, é preciso pensar um pouco. Isso ajuda muito. Porque é tudo muito claro: toda a história da humanidade, tanto quanto a conhecemos, é a história da passagem das formas nômades para as formas sedentárias. Acaso não decorre daí que a forma mais avançada de vida sedentária (a nossa) seja também a mais perfeita? Houve um tempo em que os homens iam de um extremo ao outro da terra, mas era um tempo pré-histórico, quando ainda havia nações, guerras, comércio e descobertas de Américas diversas. Quem precisa dessas coisas agora?

Suponho que não tenha sido de uma hora para outra, tampouco sem dificuldades, que se adquiriu o hábito da vida sedentária. Durante a Guerra dos Duzentos Anos, quando todas as estradas foram destruídas e cobertas pela mata, deve ter sido muito incômodo, num primeiro momento, viver em cidades separadas umas das outras por vastidões verdes. Mas o que veio depois? É bem provável que o homem, depois que perdeu a cauda, também não tenha aprendido rapidamente a espantar moscas sem ela. De início, ele se entristeceu, não há dúvida, sentindo a falta de sua cauda. Mas, hoje, poderiam vocês se imaginar com uma cauda? Ou, poderiam se imaginar despidos na rua, sem "casaco"? (Talvez ainda passeiem por aí usando "casacos"). Eu, do mesmo modo, não consigo imaginar uma cidade que não seja cercada por um Muro Verde, muito menos a vida que não esteja envolta pelas figuras digitais dos paramentos da Tábua das Horas.

A Tábua das Horas... Agora mesmo, da parede do meu quarto, sobre o fundo dourado, essas figuras purpúreas me olham nos olhos de modo severo e terno. Elas involuntariamente recordam aquilo que os antigos chamavam de "ícone sagrado", e me surge o desejo de compor poemas ou preces (que são, afinal, a mesma coisa). Ah, quem me dera ser poeta para exaltar dignamente a Tábua das Horas, o coração e o pulso do Estado Único!

Todos nós (é possível que também todos vocês), quando éramos crianças, lemos na escola esse importante monu-

Nós

25

mento da literatura antiga que chegou até nós — o "Quadro de Horas das Estradas de Ferro". E, mesmo ele, quando colocado junto de nossa Tábua das Horas, os fará ver, lado a lado, o grafite e o diamante: nos dois, o mesmo elemento C, o carbono — mas quão eterno e límpido é o brilho do diamante! Quem é que não perde o fôlego ao percorrer as páginas do "Quadro de Horas"? A Tábua das Horas, porém, transforma cada um de nós em heróis de aço de seis rodas. Todas as manhãs, com a precisão de uma engrenagem de seis rodas, no mesmo minuto da mesma hora, nós — uma legião de milhões — levantamo-nos como se fôssemos um só número. E, do mesmo modo, como um só corpo começamos a trabalhar e como um só corpo encerramos o trabalho. E, fundidos em um único corpo de milhões de mãos, levamos as colheres à boca no exato segundo que a Tábua das Horas determina; também no mesmo segundo saímos para passear e vamos ao auditório, ou para o Salão de Exercícios Taylor,[2] ou nos recolhemos para dormir...

Serei inteiramente franco: também nós ainda não temos a solução exata e absoluta para o problema da felicidade. Duas vezes por dia, das 16 às 17 e das 21 às 22 horas, o poderoso organismo unido se decompõe em células separadas: são as Horas Particulares estabelecidas pela Tábua das Horas. Durante essas horas vocês podem ver as cortinas dos quartos de alguns pudicamente fechadas; outros andam pelo pavimento brônzeo da avenida ao ritmo da Marcha do Estado Único; alguns — como eu, neste momento — ficam sentados à escrivaninha. Mas creio firmemente, ainda que me

---

[2] Referência ao modelo de administração desenvolvido pelo engenheiro norte-americano Frederick Taylor (1856-1915). Para Taylor, que teorizou sobre como acelerar o ritmo nos processos de produção, eram importantes o controle e a especialização dos movimentos do operário na linha de produção. (N. do T.)

chamem de idealista e fantasioso, que mais cedo ou mais tarde encontraremos na fórmula geral um lugar para essas horas. Creio que descobriremos um meio de incluir os 86.400 segundos de cada dia na Tábua das Horas.

Tive ocasião de ler e ouvir muitas coisas incríveis sobre aqueles tempos em que as pessoas viviam livremente, isto é, de forma desorganizada, selvagem. Mas o que me pareceu mais inacreditável foi o seguinte: como foi possível ao poder governante, por mais rudimentar que ele fosse, permitir ao povo viver sem nada que se assemelhasse à nossa Tábua das Horas, sem passeios obrigatórios, sem nenhum rigor no controle sobre o horário das refeições? Deitavam-se e levantavam-se quando bem entendiam! Alguns historiadores afirmam até que, naqueles dias, as ruas ficavam iluminadas toda a noite e que as pessoas caminhavam ou passeavam de veículo durante a madrugada.

Trata-se de algo, para mim, impossível de compreender. Porque, por mais limitada que fosse a inteligência deles, ainda assim deveriam perceber que tal modo de vida era o retrato do mais autêntico massacre, embora este fosse lento, dia após dia... O Estado (o humanitarismo) proibia o assassinato de uma pessoa, mas não proibia o extermínio de milhões delas. Matar uma pessoa, isto é, reduzir em cinquenta anos a soma de todas as existências humanas, era um delito, mas reduzir a mesma soma em cinquenta milhões de anos não o era. Acaso não é ridícula esta maneira de pensar? Qualquer um dos nossos números de dez anos de idade resolveria em menos de um minuto esse problema matemático-moral. Eles, no entanto, não foram capazes de resolvê-lo; nem mesmo todos os seus Kants juntos (porque nenhum Kant imaginou construir um sistema ético científico, ou seja, algo que se baseasse na subtração, na adição, na divisão e na multiplicação).

E não é absurdo que o Estado (esse governo tinha o atrevimento de se chamar Estado!) deixe de exercer qualquer

Nós

controle sobre a vida sexual? Era com quem fosse, quando fosse e quantas vezes quisessem... Como animais, contrapunham-se inteiramente à ciência. E, tal como animais, procriavam às cegas. Não é curioso que, dominando a fruticultura, a avicultura, a piscicultura (temos dados confiáveis de que conheciam muito bem tudo isso), não tenham sabido avançar até o último degrau dessa escada lógica — a humanocultura? O fato é que não chegaram a intuir coisas como as nossas Normas Materna e Paterna.

Essas coisas parecem tão ridículas, tão improváveis, que, ao escrevê-las, receio que vocês, meus leitores desconhecidos, não me levem a sério. Talvez pensem que eu apenas esteja zombando de vocês ao contar com ar grave o que parece um completo disparate.

Mas, asseguro-lhes, primeiramente, que sou incapaz de fazer graça: todo gracejo disfarça seu objetivo, contendo, portanto, certa falsidade; além disso, a Ciência do Estado Único afirma que a vida dos antigos era precisamente esta que acabo de descrever, e a Ciência do Estado Único não pode se equivocar. E ainda, como se poderia alcançar a lógica estatal num tempo em que as pessoas viviam em estado de liberdade, isto é, como selvagens, como um bando de primatas? O que mais se poderia esperar deles, se até hoje, de tempos em tempos, ainda se pode ouvir o eco primitivo, o guincho simiesco que vem do fundo, das profundezas selvagens?

Felizmente, além de acontecer só de vez em quando, essas ocorrências não passam de pequenos acidentes, casos sem importância e que se podem reparar sem a necessidade de interromper-se o movimento perpétuo, grandioso e progressivo de toda a Máquina. E, para que se dê cabo da peça defeituosa, temos a mão hábil e firme do Benfeitor e os olhos experientes dos Guardiões...

A esse propósito, lembro-me agora: estou quase certo de ter visto aquele número de ontem — o que era duplamente curvado, como um S — saindo do Departamento dos Guardiões. Agora entendo por que senti por ele um respeito instintivo e por que senti certo embaraço quando aquela estranha I-330, na presença dele... Devo confessar que essa I...

Acaba de soar o toque de dormir: 22h30. Até amanhã.

4ª ANOTAÇÃO

O selvagem e o barômetro
Epilepsia
Se ao menos

Até hoje, tudo na vida tinha sido claro para mim (não por acaso tenho certa preferência pela palavra "claro"). Mas hoje... não compreendo. Em primeiro lugar, de fato recebi a ordem de estar no auditório 112, como ela dissera, embora a probabilidade de isso acontecer fosse de 1.500 para 10.000.000 = 3/20.000 (1.500 é o número de auditórios, 10.000.000 é a cifra total de números). Em segundo lugar... Aliás, é melhor ir por partes.

O auditório: uma gigantesca semiesfera de vidro compacto que a luz do sol atravessa, iluminando-a inteiramente. Filas circulares de cabeças nobres, esféricas, todas raspadas rente. Um pouco aturdido, olhei em volta. Creio que olhava esperando ver brilhar, em algum lugar sobre as ondas azuladas de unifs, o crescente cor-de-rosa: os lábios encantadores de O-90. Mas o que vi foram os dentes de não sei quem, extraordinariamente brancos e pontiagudos, que pareciam aqueles... mas não, não eram como aqueles. Esta noite, às 21h, O-90 virá a minha habitação; portanto, meu desejo de encontrá-la era perfeitamente natural.

Tocou a campainha. Levantamos, cantamos o Hino do Estado Único, e, sobre o palco, o alto-falante dourado e reluzente de nosso fonoleitor começa a falar:

"Respeitáveis números, recentemente os arqueólogos descobriram um livro do século XX. Nele, um autor irônico conta a história do selvagem e do barômetro. O selvagem tinha notado que, sempre que o nível do barômetro indicava 'chuva', realmente chovia. E, como o selvagem queria que chovesse, tirou certa quantidade de mercúrio, o suficiente para que o nível do barômetro indicasse 'chuva' (na tela, via-se um selvagem adornado com plumas extraindo mercúrio de um barômetro, o que provocou muitas gargalhadas). Vocês estão rindo, mas não lhes parece que o europeu daquela época era muito mais ridículo? Tal como o selvagem, o europeu queria 'chuva' — uma chuva de verdade, uma chuva algébrica —, mas ficava na frente do barômetro como uma mosca morta. O selvagem, ao contrário, tinha mais ousadia, energia e lógica. Ainda que fosse uma lógica primitiva, ele foi capaz ao menos de perceber que havia uma relação entre a causa e o efeito. Ao extrair o mercúrio, ele dava o primeiro passo no caminho importante pelo qual..."

Nesse momento (e aqui repito: escrevo sem omitir nada), era como se eu tivesse ficado impenetrável às ondas vivificantes que emanavam do alto-falante. Tive a súbita impressão de que minha vinda fora inútil (inútil por quê, se eu não podia, ignorando a ordem que me tinha sido dada, deixar de comparecer?). Tudo me parecia vazio, uma casca oca. E, somente quando o fonoleitor passou ao tema principal — a nossa música e sua composição matemática (a matemática é a causa; a música é seu efeito), a descrição do recém-inventado musicômetro — é que pude, com grande esforço, prestar atenção.

"... Simplesmente girando esta manivela, qualquer um pode compor pelo menos três sonatas em uma hora. Vocês não podem imaginar a dificuldade que seus antepassados enfrentavam para fazer o mesmo. Só conseguiam criar quando tomados por um acesso de 'inspiração' — uma forma extinta de epilepsia. Agora lhes mostrarei um exemplo extraordinariamente cômico do que eram capazes de produzir: a música de Scriábin,[3] um compositor do século XX. Esta caixa preta — abriram-se as cortinas do palco e pudemos ver um instrumento musical antigo —, nossos antepassados a chamavam de 'piano de cauda' ou 'piano real',[4] ideia que demonstra, mais uma vez, o quanto toda a música deles..."

E, mais adiante... não me recordo. É bem possível que não me recorde porque... Direi sem rodeios: I-330 se aproximou do piano. E eu devo ter ficado muito surpreso com a inesperada aparição dela no palco.

Ela apareceu em trajes fabulosos de tempos antigos: um vestido negro muito justo que realçava o branco dos ombros nus e do colo, que erguia e baixava com a respiração, e a sombra quente que se agitava entre... E os dentes, quase perversos, eram de uma brancura ofuscante...

Ela nos dirigiu um sorriso — uma mordida. Sentou-se; começou a tocar. Uma música selvagem, convulsiva, de estilo variado e confuso, e, como tudo o que provém daqueles tempos, sem nenhum traço de racionalismo mecânico. É claro que riam com razão todos que estavam à minha volta. Só que alguns poucos... Mas por que também eu... Eu?

Sim, a epilepsia, uma doença mental, uma dor. Deleitosa e lenta dor, como uma mordiscada, que se intensifica, se aguça. E então, lentamente, o sol — não o nosso sol, com seu resplendor azul-cristalino e uniforme que penetra pelos tijolos de vidro, mas outro: selvagem, incontido, abrasador, que tudo desfaz, que tudo reduz a pequeníssimas partículas...

O número sentado ao lado olhou de esguelha para mim e deu uma risadinha. Por alguma razão, lembro com muita clareza de um detalhe: vi que, em seus lábios, uma bolha mi-

---

[3] Aleksandr Scriábin (1872-1915), compositor e pianista, representante da escola russa de composição do início do período moderno; teorizou sobre a relação das cores com as notas musicais. (N. do T.)

[4] Em russo, o piano de cauda é designado por *royal*. (N. do T.)

croscópica de saliva apareceu e depois estourou. Esta bolha me fez voltar a mim. Tornei a ser eu mesmo.

Assim como os outros, o que eu ouvia agora eram os estalidos agitados e confusos das cordas. Comecei a rir e tudo se tornou leve e simples. O talentoso fonoleitor ofereceu-nos uma descrição vívida daquela época selvagem. E isso foi tudo.

Que grande prazer o meu ao escutar depois a nossa música contemporânea! (Ao final, executaram-na para mostrar o contraste.) As escalas cristalinas e cromáticas que convergem e divergem em séries infinitas, a harmonia sintética das fórmulas de Taylor e Maclaurin.[5] Na partitura, a marcha de tons inteiros desenha um diagrama como as "calças de Pitágoras";[6] as melodias tristes de um movimento decrescente, oscilante; a textura expressiva da análise espectral dos planetas, dissecadas pelas linhas de Fraunhofer[7]... Que coisa magnífica! Que conformidade absoluta, inflexível! E que deplorável era a música de nossos antepassados, sem ter nada mais que a limitasse, além de suas fantasias selvagens...

Em filas ordenadas de quatro, como de costume, todos saíram pela porta larga do auditório. Passou por mim uma figura duplamente curvada que não me era desconhecida. Dirigi-lhe um cumprimento.

A encantadora O-90 chegaria dentro de uma hora. Eu sentia, então, uma excitação agradável que me seria provei-

---

[5] Brook Taylor (1685-1731) e Colin Maclaurin (1698-1746), matemáticos britânicos que publicaram trabalhos sobre as séries matemáticas que receberam seus nomes. (N. do T.)

[6] Alcunha do diagrama dos *Elementos* de Euclides que demonstra que num triângulo retângulo a soma dos quadrados dos catetos é igual ao quadrado da hipotenusa. (N. do T.)

[7] Joseph von Fraunhofer (1787-1826), físico alemão responsável por catalogar e atribuir cores a um conjunto de linhas do espectro solar até então associadas a faixas escuras. (N. do T.)

tosa. Ao chegar em casa, corri para a sala da administração, apresentei o bilhete cor-de-rosa ao inspetor e recebi a autorização para baixar as cortinas — um direito que se concede exclusivamente para os dias sexuais. Parecendo feitas de ar reluzente, as paredes transparentes que nos cercam nos deixam sempre à vista, banhando-se eternamente em luz. Esta forma de viver facilita a difícil e nobre missão dos Guardiões, além disso, nada temos a esconder uns dos outros. Se assim não fosse, sabe-se lá o que poderia acontecer. É muito possível que as habitações estranhas e opacas de nossos ancestrais estejam na origem de sua triste "psicologia de cela": "Minha (*sic!*) casa — minha fortaleza". Como puderam não atinar?!

Às 21h baixei as cortinas e, nesse exato momento, esbaforida, chegou O-90. Ela me entregou sua boca rosada e o bilhetinho da mesma cor. Separei o talão do bilhete, mas de sua boca rosada nada pôde me separar até o último instante — às 22h15.

Depois mostrei a ela minhas anotações e falei sobre a beleza do quadrado, do cubo, da linha reta. E, pelo visto, eu falava muito bem, porque ela escutava com tanto interesse, tão encantada... De repente, de seus olhos azuis brotou uma lágrima, seguida de outra, e de uma terceira, que escorreram, caíram sobre a página exposta (a página 18) e borraram a tinta. Terei de passar tudo a limpo.

— Querido D, se ao menos você... Se ao menos...

— Se ao menos o quê? Se ao menos o quê?

Será aquela velha cantilena: um bebê? Ou será algo novo, sobre algum outro número? Embora, ao pensar nisso, não me pareça assim, tão... Não: seria, sim, um grande absurdo.

5ª ANOTAÇÃO

O quadrado
Os senhores do mundo
Uma função útil e agradável

Outra vez, não é bem isso. Outra vez, meu leitor desconhecido, falo como se você fosse, digamos, meu velho camarada R-13, o poeta com lábios de negro... Bem, todos o conhecem. Entretanto, você está em algum lugar na lua, em Vênus, Marte ou Mercúrio. Haverá quem o conheça, saiba quem é e onde você se encontra? Sabe-se lá!

É o seguinte: imagine um quadrado, um belo quadrado vivo. Deve compreender que ele, precisando falar de si, de sua vida, a última coisa que iria dizer é que seus quatro ângulos são iguais. Porque isso, de tão habitual, tão cotidiano, é algo que ele simplesmente não enxerga. É nessa posição, a mesma do quadrado, que me vejo constantemente. Tomemos, como exemplo, os bilhetes cor-de-rosa e tudo que a eles se refere: eles estão para mim como a igualdade dos ângulos está para o quadrado, ao passo que para você talvez representem uma coisa mais complicada que o binômio de Newton.

Muito bem. Um dos sábios antigos disse — por mero acaso, sem dúvida — uma coisa inteligente: "O amor e a fome são os senhores do mundo". *Ergo*: para conquistar o mundo, o homem terá que dominar os senhores do mundo. A muito custo nossos antepassados triunfaram sobre a Fome: refiro-me à Grande Guerra dos Duzentos Anos, uma guerra entre a cidade e o campo. Os camponeses selvagens, devido certamente a preconceitos religiosos, aferraram-se obstinadamente a seu "pão".[8] Mas no trigésimo quinto ano antes da fundação do Estado Único, foi descoberta a alimentação derivada do petróleo que hoje consumimos. É bem verdade que apenas 0,2% da população sobreviveu; em compensação, limpa da imundície milenar, a face da terra se tornou, enfim, esplendorosa, e este pequeno número de sobreviventes pôde se deleitar nos aposentos do Estado Único.

Mas, não estaria claro que o deleite supremo e a inveja são, respectivamente, numerador e denominador daquela fração a que chamamos felicidade? Afinal, se ainda restarem motivos para a inveja, que sentido teria o número incontável de sacrifícios da Guerra dos Duzentos Anos? Se ainda restam motivos para inveja, isto se deve ao fato de continuarem a existir narizes em forma de botão ao lado de narizes de talhe clássico (o tema de nossa conversa durante o passeio); assim, enquanto há uns cujo amor é procurado por todos, há outros cujo amor ninguém procura.

Naturalmente, depois de subjugar a Fome (um feito que, em termos algébricos, equivale à soma das satisfações interiores), o Estado Único dirigiu sua ofensiva contra o segundo senhor do mundo, contra o Amor. Este elemento acabou por ser derrotado, isto é, organizado, matematizado, e, há cerca de trezentos anos, foi promulgada esta nossa, que agora já é histórica, *Lex Sexualis*: "Como produto sexual, qualquer número tem direito a outro".

O resto é uma questão meramente técnica. Para cada um é elaborada uma Tabela dos Dias Sexuais, de acordo com exames minuciosos realizados nos laboratórios do Departamento Sexual, onde se determina a taxa de hormônios sexuais no sangue de cada número. A seguir, faz-se um requerimento em que se informa o desejo de se utilizar, em um dos

---

[8] Palavra que entre nós se conservou apenas como metáfora; como substância, desconhecemos sua composição química. (N. do narrador)

dias previamente determinados, deste ou daquele número; recebe-se o livrinho de bilhetes (cor-de-rosa) correspondente e está feito. Isso é tudo.

Assim, está claro, já não restam motivos para a inveja: o denominador da fração da felicidade fica reduzido a zero e toda a fração se converte em um magnífico infinito. O que para os antigos era fonte de incontáveis e estúpidas tragédias, entre nós representa uma das harmoniosas funções do organismo, uma função útil e agradável, tal como o sono, o esforço físico, a alimentação, a excreção e outras. Com isso, pode-se ver como a grande força da lógica purifica tudo aquilo em que toca. Ah, se também vocês, leitores desconhecidos, chegassem a conhecer esta força divina, se aprendessem a segui-la até o fim!

Que estranho! Hoje, quando escrevia sobre os momentos de apogeu da história humana, eu respirava o mais puro ar que se oferece ao espírito. Internamente, porém, tudo parecia nublado, emaranhado, cruzado pelos quatro braços de um X. Ou foram meus braços que, como estiveram por muito tempo diante dos meus olhos, com minhas mãos peludas, fizeram-me pensar assim. Não gosto de falar de minhas mãos; e não gosto delas, propriamente: são um vestígio de épocas selvagens. Será possível que ainda reste em mim...?

Estas anotações ultrapassam os limites do resumo, por isso quis eliminá-las, mas a seguir decidi que não: vou conservá-las. Que elas sejam capazes, como um sismógrafo ultrassensível, de desenhar até mesmo a curva das mais insignificantes oscilações cerebrais! Pois que, às vezes, estas oscilações são o prenúncio de alguma... Bem, esta frase é absurda! Era melhor não tê-la escrito. Conquistamos e subjugamos todos os elementos; seria impossível que ainda houvesse catástrofes.

Agora me parece inteiramente claro: a estranha sensação que experimento se deve à condição de quadrado em que me encontro e de que falei no início. E o X não está dentro de mim (isso não é possível); eu simplesmente receio que ainda reste algum X em vocês, meus leitores desconhecidos. Estou certo de que não me julgarão com muita severidade. Estou certo de que irão compreender que, para mim, é muito difícil escrever, mais do que já foi para qualquer escritor ao longo de toda a história humana. Alguns escrevem para os contemporâneos, outros para a posteridade, mas a seres primitivos, distantes — possivelmente selvagens como nossos antepassados — ninguém jamais escreveu.

6ª ANOTAÇÃO

Incidentes
O maldito "é claro"
Vinte e quatro horas

Devo repetir que me impus a obrigação de escrever sem mascarar coisa alguma. Então, por mais triste que seja, devo registrar que, como apontam as evidências, nosso processo de endurecimento, de cristalização da vida, ainda não se completou; até o estágio ideal restam alguns passos. O ideal (é claro) se encontra onde já não há incidentes, mas entre nós... Sobre isso, vou dar um exemplo: leio hoje no *Jornal do Estado Único* que na Praça do Cubo, dentro de dois dias, vão celebrar a Festa da Justiça. Donde se conclui que, outra vez, um dos números perturbou o funcionamento da grande Máquina do Estado. Outro imprevisto aconteceu, outra vez alguma coisa não entrou nos cálculos.

Além disso, também comigo aconteceu uma coisa. Ainda que tenha sido durante a Hora Particular, ou seja, durante o período que é especialmente concedido a circunstâncias imprevisíveis, mesmo assim...

Por volta das 16h (dez para as dezesseis, para ser mais preciso), estava eu em casa. De repente, o telefone:

— D-503? — perguntou uma voz feminina.

— Sim.

— Está livre?

— Sim.

— Sou eu, I-330. Logo mais irei até você e juntos vamos à Casa dos Antigos. De acordo?

I-330... Ela me irrita, causa-me repulsa... quase chega a me assustar. Mas foi exatamente por isso que lhe respondi: "Sim".

Em cinco minutos já estávamos no aero. O sol brando, no límpido azul do céu de maio, zunia atrás de nós. Em seu aero dourado, ele mantinha ritmo constante, nem se deixava para trás nem se adiantava para nos alcançar. Mas, logo adiante, apareceram nuvens turvas como o branco da catarata, nuvens desajustadas e gorduchas como as do velho cupido; elas nos embaraçavam. A janelinha dianteira estava levantada; o vento soprava e ressecava os lábios, então passávamos a língua e tínhamos de pensar nisso a todo instante.

De longe já se podem ver as manchas verde-opacas, do outro lado do Muro. Depois, o coração enfraquece de leve, involuntariamente, e começamos a descer, a descer, a descer — como se descêssemos de uma montanha íngreme, escarpada — até chegar à Casa dos Antigos. Toda esta construção estranha, indistinta e frágil está protegida por uma redoma de vidro; se não fosse isso, há muito que teria desabado. Junto à porta de vidro, uma velha toda enrugada, mas na boca, em especial, tinha muitos vincos e pregas; os lábios já voltados para dentro, como se a boca tivesse cicatrizado — era inteiramente improvável que pudesse falar, e no entanto falou.

— E então, meus caros, vieram ver minha casinha? — E as rugas da velha reluziram (i. e., as rugas se dispuseram como raios, o que fez parecer que "reluziam").

— Sim, vozinha, mais uma vez gostaríamos — disse-lhe I-330.

Com as rugas ainda reluzentes:

— Ora essa, vejam este sol! Mas que trapaceiro, hein, que trapaceiro! Eu sei, eu sei! Está bem, entrem um de cada vez que eu fico melhor aqui, ao sol...

Hum... Minha parceira de viagem, pelo visto, é visita frequente aqui. De minha parte, preciso me livrar de algo que incomoda. Talvez seja a persistência de uma impressão visual: aquelas nuvens no límpido azul do céu.

— Gosto dela... dessa velhota — disse-me I-330, quando subíamos por uma escada larga e escura.

— E por quê?

— Não sei bem. Talvez por sua boca. Ou talvez não haja por quê. Gosto dela, apenas isso.

Encolhi os ombros. Ela continuou subindo, exibindo um sorriso leve, quase imperceptível, ou talvez não sorrisse, nem um pouco sequer:

— Me sinto culpada, muito culpada. É claro que, em vez de "amor-sem-razão", deve ser "amor-com-razão". Todos os elementos da natureza devem tomar parte...

— É claro... — comecei eu, mas logo me dei conta dessa expressão e olhei furtivamente para I-330. Ela teria percebido? Ou não?

Ela olhava para algum lugar embaixo; suas pálpebras semicerradas, como se fossem cortinas...

Lembrei-me de repente que, à noite, por volta das 22h, quando se anda pela avenida, entre as células transparentes, fortemente iluminadas, encontram-se outras, células escuras, cujas cortinas estão fechadas, e lá, além das cortinas... O que se passa por lá, além das cortinas de seus olhos? Por que ela foi me telefonar hoje? Para que tudo isso?

Abri uma porta opaca, pesada, que rangia, e entramos num espaço soturno, desordenado (era o que eles chamavam de "apartamento"). Vimos aquele mesmo instrumento musical estranho, a que chamam "real", e ouvimos sua música selvagem, desorganizada e insana como era então — uma mistura absurda de cores e formas. Um plano branco acima; paredes azul-escuras; livros da antiguidade com lombadas vermelhas, verdes, laranjas; candelabros de bronze e uma estátua de Buda; móveis com linhas distorcidas pela epilepsia, coisas que não entram em equação alguma.

Nós

Era com dificuldade que eu suportava todo aquele caos. Enquanto minha parceira de viagem, pelo visto, tinha o organismo mais resistente.

— Este é o de que mais gosto... — ela se interrompeu, como se tivesse subitamente lembrado de alguma coisa (outra vez o sorriso-mordida, os dentes brancos e pontiagudos) — ... melhor dizendo: o mais absurdo de todos os "apartamentos".

— Ou, dizendo melhor ainda: de todos os estados. Os milhares de estados microscópicos, eternamente em guerra, impiedosos como...

— Sim, é claro... — disse I-330, aparentando certa gravidade.

Passamos por um quarto onde havia camas pequenas, para crianças (as crianças também eram propriedade privada naquela época). E outros quartos com espelhos cintilantes, armários pesados, divãs insuportavelmente coloridos, uma lareira imensa e uma cama de madeira vermelha, muito grande. O que temos hoje, nosso esplêndido, eterno e diáfano vidro moderno, só aparecia ali nos míseros quadradinhos das janelas.

— E pensar que eles aqui "amavam-sem-razão", que se consumiam e se martirizavam... (as cortinas de seus olhos estavam outra vez abaixadas). Que estúpido desperdício de energia humana, não é verdade?

Ela falava como se haurisse minhas palavras, dizia meus pensamentos. Mas no sorriso ela sempre trazia aquele X irritante. Alguma coisa estava acontecendo lá dentro, atrás das cortinas dos olhos; não sei o quê, mas era algo que me fazia perder a calma. Eu quis discutir, gritar com ela (isso mesmo: gritar), mas era forçado a concordar. Era impossível não concordar.

Paramos diante de um espelho. Nesse momento eu via somente os olhos dela. Daí, ocorreu-me a ideia de que o homem, tal como esses apartamentos absurdos, apresenta uma constituição selvagem, irracional: a cabeça humana é opaca, apenas duas janelinhas se abrem ao seu interior... Ela deve ter lido meus pensamentos; voltando-se para mim, dizia: "Bem, aqui estão meus olhos. E então?". (Tudo em silêncio, é claro.)

Eram duas janelas hermeticamente fechadas que estavam diante de mim, e, atrás delas, no interior, uma vida estranha, desconhecida. Eu vi somente as chamas de uma fogueira que ardia numa espécie de "lareira", e algumas figuras que pareciam...

Tudo isso, por certo, era natural: eu me vi refletido nos olhos dela. Mas o que eu sentia não era natural nem habitual em mim. Certamente, aquele cenário opressivo tinha influência nisso. Eu tinha a clara sensação de ter sido capturado e metido nessa jaula. Sentia-me tragado por aquele turbilhão feroz de nossa antiga vida.

— Sabe o quê? — perguntou I-330, e continuou. — Entre um minuto no quarto ao lado. — A voz dela vinha lá de dentro, de trás das cortinas escuras de seus olhos, onde ardiam as chamas na lareira.

Entrei e sentei-me. De uma prateleira na parede, bem diante do meu rosto, com um nariz arrebitado, a fisionomia assimétrica de um poeta da antiguidade (Púchkin, imagino) sorria quase imperceptivelmente.

"Por que aturo submisso esse sorriso? Por que fico quieto? Para que tudo isso? Por que razão estou aqui? Por que uma situação assim, tão absurda? E essa mulher estranha, irritante, repulsiva... e esse estranho jogo..."

A porta do armário bateu, ouviu-se um roçagar de sedas e foi difícil não levantar para ir até lá, e... Tive de me conter. Mas não lembro exatamente; é provável que eu quisesse dizer a ela uma série de coisas bem desagradáveis. Mas ela já tinha aparecido.

Nós

Ela trazia um vestido amarelo-vivo, curto e de tipo antigo; além de chapéu e meias pretas. O vestido era de seda leve. Vi claramente suas meias longas, que iam até acima dos joelhos, e o colo à mostra com a sombra entre...

— Escute, já está claro que você quer se mostrar original, mas será possível que você...

— Está claro — interrompeu-me I-330 — que ser original significa ser diferente, destacar-se dos outros. Consequentemente, ser original é violar a lei da igualdade. E aquilo que na estúpida língua dos antigos era chamado de "ser banal", para nós significa apenas "cumprir com o dever". Porque...

— Sim, é exatamente isso. — Interrompi. — E você não devia... não devia...

Ela se aproximou do busto do poeta de nariz arrebitado e, baixando as pálpebras para esconder o fogo selvagem de seus olhos, falou, ao que parecia, com toda sinceridade (talvez quisesse apenas abrandar minha impaciência, mas o que disse era bastante razoável):

— Você não acha espantoso que, algum dia, as pessoas tenham tolerado tipos como esse? E não só toleravam, como até os adoravam. Que espírito servil eles tinham! Não lhe parece?

— É claro... mas, o que eu queria dizer... (Esse maldito "é claro"!)

— Sim, sim, eu entendo. Realmente, poetas como ele eram soberanos de fato muito mais poderosos que os coroados. Então, por que não eram isolados e aniquilados? Se fosse agora, entre nós...

— Sim, entre nós... — comecei eu.

Mas, de repente, ela começou a rir. Eu via a curva sonora desse sorriso, abrupta e estrepitosa, tensa e flexível como uma vara. Lembro que meu corpo inteiro tremia. Pensei em agarrá-la, mas já não lembro para quê... Era preciso fazer alguma coisa, não importava o que fosse. Abri maquinalmente o fecho dourado para ver o relógio: faltavam 10 para as 17h.

— Você não acha que já está na hora de ir embora? — disse-lhe eu, da maneira mais cortês que podia.

— E se eu pedisse a você que ficasse aqui comigo?

— Ouça bem: você... você se dá conta do que está dizendo? Por obrigação, devo estar no auditório em dez minutos...

— ... E todos os números têm obrigação de assistir aos cursos prescritos de arte e ciência... — ela disse com minha voz, e, levantando bruscamente as pálpebras, mostrou-me a chama que ardia através de suas janelas escuras. E continuou: — No Departamento Médico tenho um conhecido, um médico com o qual sou registrada; se eu pedir, ele pode lhe providenciar um atestado em que constará que esteve doente. O que acha?

Compreendi! Eu finalmente compreendi aonde todo este jogo me levava.

— Ah, então é isso?! Mas sabe que, como todo número honesto, sou realmente obrigado a me dirigir sem demora ao Departamento dos Guardiões e...

— Mas não "realmente" (e aquele sorriso-mordida com dentes afiados). Estou terrivelmente curiosa: você vai ou não ao Departamento dos Guardiões?

— Você fica? — ao perguntar, agarrei a maçaneta de cobre, e, aos meus ouvidos, minha voz pareceu soar tal como o metal que eu tocava.

— Um minutinho... Posso?

Ela se aproximou do telefone. Chamou um número qualquer — eu estava tão agitado que não fui capaz de identificá-lo — e falou bem alto:

— Espero você na Casa dos Antigos. Sim, sim, sozinha...

Fiz girar a fria maçaneta de bronze, e perguntei:

— Você me permite pegar o aero?

Nós

— Sim, claro! Por favor...

Lá fora, junto à saída, a velha dormitava ao sol como uma planta. E, outra vez, foi surpreendente que sua boca, que parecia uma cicatriz, se abrisse e se pusesse a falar:

— Mas... e sua... ficou lá sozinha?

— Sozinha.

A boca da velha tornou a se fechar. Ela balançou a cabeça. Pelo visto, até mesmo um cérebro enfraquecido como o dela compreendia quão absurdo e temerário era o comportamento daquela mulher.

Às 17h, precisamente, cheguei ao auditório. Durante a palestra, eu me dei conta de que não fora inteiramente sincero com a velha: I-330, a essa altura, não estaria sozinha. Talvez por isso — por ter faltado com a verdade, ainda que de modo involuntário — eu tenha me perturbado a ponto de não conseguir prestar atenção no que diziam. Não, ela não ficaria sozinha — eis a questão.

Depois das 21h30 tive uma hora livre. Eu poderia ter logo ido ao Departamento dos Guardiões para apresentar uma declaração. Mas, depois dessa aventura estúpida, sentia-me exausto. Além disso, o prazo legal para entrega de uma declaração é de dois dias. Amanhã terei tempo de fazer isso; tenho ainda vinte e quatro horas inteiras.

7ª ANOTAÇÃO

Um cílio
Taylor
O meimendro e o lírio-do-vale

A noite. O verde, o azul, o alaranjado; o instrumento musical real, vermelho; o vestido amarelo como um girassol. Depois, o Buda de bronze. De súbito, levantam-se as pálpebras metálicas e, do Buda, começa a escorrer um suco. Do vestido também escorre uma seiva que se espalha em gotas sobre o espelho, salpica a cama, os berços e, agora, eu próprio estou encharcado... E amedrontado, de um pavor mortífero e doce...

Despertei: uma luz amena, azulada; o vidro das paredes, das cadeiras, da mesa brilhava. Isso me acalmou, meu coração parou de palpitar. Seiva, Buda...? Que disparate! Estou doente, isto é claro. Antes, nunca havia sonhado. Dizem que, entre os antigos, sonhar era a coisa mais normal e corriqueira. Não admira; daí ser toda a vida deles esse carrossel pavoroso: o verde, o laranja, o Buda, a seiva. Mas nós sabemos que os sonhos são uma grave doença psíquica. E sei que, até hoje, meu cérebro era um mecanismo cronometricamente regulado, fulgurante, sem um grão de poeira sequer, mas agora... Sim, agora mesmo sinto um corpo estranho em meu cérebro. Da mesma maneira, quando um cílio nos cai no olho, continuamos a ser os mesmos de antes, mas não conseguimos nos esquecer do cílio no olho nem por um segundo.

O sininho de cristal à minha cabeceira soa alegre e vigoroso. Sete horas — hora de levantar. De um lado e outro, através das paredes de vidro, é como se eu estivesse vendo a mim mesmo, meu quarto, minha roupa, meus movimentos — tudo se repetia, milhares de vezes. Enxergar-se como parte desta gigantesca e potente unidade é algo estimulante. Quanto rigor em toda essa beleza: nenhum gesto supérfluo, nenhuma alteração ou desvio.

Taylor realmente foi o maior gênio que os antigos tiveram. É verdade que ele nunca atinou com a ideia de aplicar seu método à vida em geral, a cada movimento, ao dia e à noite... Não foi capaz de integrar seu sistema da primeira à vigésima quarta hora. Apesar disso, como foi possível terem escrito bibliotecas inteiras sobre um tal Kant, sem notarem o grande Taylor, um profeta que soube enxergar o que só existiria dez séculos depois?

Terminado o café da manhã, cantamos em uníssono o Hino do Estado Único. Em filas de quatro, num caminhar harmônico, dirigimo-nos aos elevadores. Mal se ouve o sussurro dos motores; e logo começamos a descer, descer, descer... sinto aquele leve enfraquecimento do coração... E aqui, por alguma razão, ocorre-me outra vez aquele sonho estúpido; ou talvez fosse alguma função desconhecida daquele sonho. Ah, sim! Ontem, quando descia no aero, aconteceu o mesmo. Mas, de todo modo, tudo passou. Aliás, fiz muito bem em ter sido áspero e resoluto com ela.

Pelos trilhos da estrada subterrânea, o vagão me conduzia ao lugar onde brilhava ao sol, ainda imóvel — ainda não animado pelo fogo —, o corpo elegante da Integral. Fechando os olhos, sonho em fórmulas: mais uma vez calculei mentalmente a velocidade inicial necessária para fazer a Integral levantar do chão. A cada mínima partícula de segundo a massa da Integral irá se alterar, ao despender o combustível explosivo. A equação, com grandezas transcendentais, resultava extremamente complexa.

Aqui, no meu sólido universo de algarismos, sinto, como num sonho, que alguém sentou-se ao meu lado, tocou-

-me de leve e, por isso, desculpou-se. Entreabri os olhos e, de início (por alguma associação com a Integral), vejo um objeto a voar impetuosamente pelo espaço: uma cabeça que voava porque tinha, de um lado e outro, como orelhas alongadas ao extremo, asas cor-de-rosa. Vejo depois o arco côncavo da nuca ondeando, as costas arqueadas, a dupla curva da letra S...

E, entre as paredes de vidro de meu universo algébrico, outra vez o cílio dentro do olho — uma coisa desagradável que hoje terei de...

— Não é nada, não é nada, por favor — disse eu, sorrindo ao meu vizinho e, acenando com a cabeça, cumprimentei-o. Em sua insígnia dourada reluzia: S-4711 (aí está o motivo pelo qual, desde o primeiro instante, eu associava sua figura à letra S: foi uma impressão visual que minha consciência não tinha registrado). Os olhos dele também reluziam — eram duas brocas pontiagudas que, girando rapidamente, penetravam cada vez mais fundo. Em certo momento, pareciam ter penetrado tão fundo que logo veriam aquilo que eu não me atrevo a confessar nem a mim próprio...

O cílio, de repente, tornou-se inteiramente claro para mim. S era um deles, um dos Guardiões. E o mais simples seria contar-lhe tudo agora mesmo, sem deixar nada para depois.

— Estive ontem, sabe, na Casa dos Antigos... — comecei com a voz estranha, fina e abafada, por isso tentei tossir.

— Bem, que ótimo! Isso deve lhe fornecer material para deduções muito importantes.

— Sim, mas, veja bem, não estive lá sozinho, eu acompanhava o número I-330, e então...

— I-330? Fico contente por você. É uma mulher interessantíssima, talentosa, e que tem muitos admiradores.

... Vejam só, ele também... Então, durante aquele passeio... Será que também ele está registrado em nome dela?

Nós

Não, sobre isso, com ele, não posso... é inadmissível, isso é bem claro.

— Sim, sim! Como não? Sem dúvida! Ela é muito... — Eu sorria de modo cada vez mais largo, mais absurdo e disparatado; e tinha a sensação de que meu sorriso me desnudava e me tornava estúpido...

As brocas que me penetravam, depois de alcançarem o fundo, começaram a girar em sentido contrário até voltarem para os olhos dele. Sorrindo de forma ambígua, S me fez um aceno de cabeça e esgueirou-se em direção à saída.

Escondi o rosto com o jornal (tinha a sensação de que todos olhavam para mim) e logo esqueci do cílio no olho, das brocas e de tudo, tal foi minha agitação com o que tinha acabado de ler: "Segundo informações fidedignas, foram detectados sinais de que ainda mantém atividade uma organização que busca a libertação do benéfico jugo do Estado".

"Libertação"? É realmente impressionante ver como persistem os instintos criminosos na espécie humana. É de forma deliberada que digo: "criminosos". Pois liberdade e crime estão tão inseparavelmente relacionados, quanto... bem, quanto o movimento do aero à sua velocidade: se a velocidade do aero for igual a zero, ele não se move; se a liberdade de uma pessoa for igual a zero, ela não comete crimes. Isso é evidente. Portanto, livrar o homem da liberdade é o único meio de livrá-lo do crime. Quanto a nós, mal conseguimos nos livrar disso (na escala cósmica dos séculos, é claro, podemos dizer assim, que "mal conseguimos"), e já alguns retardatários desprezíveis... Não! Não compreendo por que não fui imediatamente, ontem mesmo, ao Departamento dos Guardiões. Hoje, depois das 16h, sem falta me dirijo até lá.

Ao sair, às 16h10, dou logo de cara com O-90, que estava na esquina; ao me encontrar ela ficou radiante. "O-90 é um espírito simples e prático. Ela compreenderia tudo e, inclusive, me apoiaria..." Não! Pensando bem, eu não precisava de apoio. Eu estava firme em minha decisão.

Os alto-falantes da Oficina Musical tocavam compassadamente a marcha de todos os dias — a Marcha do Estado Único. Que fascínio indizível se encontra nessa repetição que faz de um dia o espelho do outro!

— Vamos dar um passeio? — perguntou O-90, agarrando-me pela mão e exibindo-me os olhos azuis e arredondados bem abertos, por onde penetrei sem encontrar nada de estranho, isto é, nada de impróprio ou desnecessário havia em seu interior.

— Passear? Não, antes eu preciso... — E disse a ela aonde eu tinha de ir. Para meu espanto, vi o círculo róseo de sua boca tomar a forma de uma meia-lua, com as pontas para baixo como se tivesse acabado de provar algo muito azedo. Isso me irritou.

— Ao que parece, vocês, os números femininos, estão todos irremediavelmente lesados por preconceitos e superstições. São inteiramente incapazes de qualquer pensamento abstrato. Peço desculpas, mas isso não passa de estupidez.

— Você está indo falar com os espiões?... Francamente! Já eu estive no Museu Botânico, onde colhi uns ramos de lírio-do-vale para você...

— Por que "já eu"? Por que esse "já"? Só mesmo os números femininos! — Furioso, confesso, arranquei da mão dela os ramos de lírio-do-vale. — Bem, aqui está seu lírio-do-vale, então? Sinta o perfume. Não é bom? Agora, use ao menos um pouco de lógica. O lírio-do-vale tem um cheiro agradável; é verdade. Mas sobre o odor em geral, sobre o conceito mesmo de "odor", não se pode dizer que seja bom ou mal. Simplesmente, não se pode, não é assim? Temos o perfume do lírio-do-vale e o cheiro desagradável do meimendro, e tanto um como outro são odores. Da mesma maneira, havia espiões nos Estados da antiguidade, tal como os temos hoje... Espiões, sim. Não tenho medo das palavras. Mas não lhe parece evidente que os espiões deles eram o meimendro, enquanto os nossos são o lírio-do-vale? Sim, o lírio-do-vale, sim!

A meia-lua cor-de-rosa estremeceu. Agora compreendo que isto foi apenas impressão, mas então tive plena certeza de que ela iria cair na risada. Por isso, comecei a gritar o mais alto que pude:

— Lírio-do-campo, sim! E não tem nada de engraçado nisso, absolutamente nada!

Todas as cabeças redondas e lisas que passavam perto se viraram para nos olhar. O-90 pegou ternamente a minha mão:

— Hoje você está de um jeito... Não está doente?

O sonho... a cor amarela... o Buda... Nesse instante, tornou-se claro para mim que eu devia ir ao Departamento Médico.

— Sim, você está certa, estou doente — disse com alegria (aí se tem uma contradição inexplicável: não tinha motivo algum para me alegrar).

— Você precisa agora mesmo ir consultar um médico. Pois você mesmo sabe que tem a obrigação de estar saudável; tanto que soa estranho ter de lhe dizer.

— Muito bem, minha cara O; sim, é evidente, você está certa. Absolutamente certa!

Não teve jeito: em vez de ir ao Departamento dos Guardiões, fui ao Departamento Médico; e lá me detiveram até as 17h.

E, à noite (aliás, de nada adiantaria ter ido ao Departamento dos Guardiões, a essa hora já estaria fechado)... A noite O-90 veio até mim. As cortinas não foram fechadas. Ficamos resolvendo as questões de aritmética de um caderno de exercícios antigo. Esta é uma atividade que acalma e purifica os pensamentos. Debruçada sobre o caderno, O-90 inclinava a cabeça para a esquerda, e era tal sua concentração, que involuntariamente tocava a bochecha esquerda por dentro com a ponta da língua. Seus gestos eram tão pueris, tão encantadores. Assim, em meu interior tudo parecia bem, preciso, simples...

Ela foi embora e eu fiquei só. Respirei fundo duas vezes (isso é muito útil antes de deitar). De repente, um odor inesperado... e de algo muito desagradável... Mas logo encontrei a fonte: um ramo de lírios-do-vale estava escondido em minha cama. Foi como se tudo entrasse num turbilhão e voltasse imediatamente à tona. Sem dúvida, da parte dela foi uma grande indelicadeza ter-me deixado furtivamente o ramo de lírios. E, de minha parte, não fui aonde devia ter ido; é também verdade. Mas não sou culpado de ter adoecido.

8ª ANOTAÇÃO

Uma raiz irracional
R-13
O triângulo

Foi há muito tempo, ainda nos anos de escola, que me deparei pela primeira vez com a raiz quadrada de menos um. Aquilo ficou tão bem gravado na minha memória que ainda hoje lembro de tudo claramente: o salão esférico bem iluminado, as centenas de cabeças redondas de meninos e, é claro, Pliapa, nosso matemático. Nós o apelidamos de Pliapa porque ele aparentava já ter sido bastante utilizado, já não funcionava com toda firmeza e precisão, além disso, quando o aluno responsável inseria nele os pinos do conector, o alto-falante sempre começava com "pliá-pliá-pliá-tsss", e só depois vinha a aula. Certa vez, Pliapa nos contou sobre os números irracionais; lembro bem de ter chorado, batido na mesa com os punhos cerrados e dito aos berros: "Não quero! Retire isso de mim!". Aquela raiz quadrada tinha se integrado a mim, como um corpo estranho, assustador; ela me devorava; eu não podia torná-la neutra ou racional porque ela estava além da razão — fora de toda *ratio*.

Eis que esse desvio da razão agora retorna. Depois de reler estas minhas anotações, ficou claro: lancei mão de artimanhas, menti para mim mesmo, e tudo para não me obrigar a enxergar... Nada daquilo era realmente sério — nem a doença nem todo o resto; eu bem podia ter ido aonde devia; na semana passada, eu teria ido sem hesitar... Mas por que não agora? Por quê?

Ainda hoje, precisamente às 16h10, estava eu diante da reluzente parede de vidro; acima, o resplendor dourado e radiante do letreiro na fachada do Departamento dos Guardiões. Através das paredes transparentes, dentro do edifício se via uma longa fila de unifs azulados, com um brilho ameno nas faces, como os lampadários das igrejas da antiguidade. Eles estavam ali para realizar um grande feito: iriam pôr seus entes queridos, seus amigos e, talvez, a si próprios ao pé do altar do Estado Único. Eu ansiava por me juntar a eles, mas não pude: meus pés estavam colados ao pavimento de vidro... Fiquei ali, com um olhar apático, sem forças para sair do lugar...

— Eh, matemático! Devaneando?

Tive um sobressalto. Fitavam-me uns olhos risonhos, de um brilho escuro. Os lábios grossos, como de negro... Era o poeta R-13, um velho amigo, e, ao lado dele, estava a rosada O-90. Furioso, eu me virei para encará-los (imagino que, se não tivessem aparecido, eu teria entrado no Departamento para extirpar a raiz de irracionalidade que se cravara em minha carne).

— Não, não devaneava... Contemplava, se preferir — disse-lhe com certa rispidez.

— Sim, sim, com certeza! Você, meu caro, em vez de ser matemático, devia ser poeta... poeta, sim! Passe para o lado dos poetas; junte-se a nós. Hein? Se quiser, posso arranjar tudo num instante.

Ao falar, R-13 parecia sufocar-se. As palavras saíam de seus lábios grossos como num jorro, salpicavam como um líquido. Cada "p" era uma fonte... A cada "poeta" — uma fonte.

— Sempre estive e sempre estarei a serviço da ciência — disse-lhe eu, franzindo o cenho; porque não gosto de brincadeiras, não as compreendo, e R-13 tem o mau hábito de brincar.

— Ora, a serviço da ciência! Mas isso não passa de covardia. O que tem lá de tão verdadeiro? O que pretendem não é mais que cercar o infinito com um muro, além do qual não se atrevem a olhar. É isso mesmo! E, se olharem, irão se ofuscar e fechar os olhos.

— Os muros são o fundamento de tudo o que é humano...

Antes que eu seguisse falando, a fonte de R-13 irrompeu, enquanto O-90 gargalhava à sua maneira: redondamente, rosadamente... Dei de ombros: "pode rir, não me importa". Mas, para mim, não era engraçado. Além disso, era outra a minha preocupação — eu precisava dar um jeito de devorar, sufocar aquele maldito número irracional.

— Vamos comigo — propus —, vamos passar um tempo resolvendo questões de aritmética. (Lembrei da hora de repouso do dia anterior; talvez hoje pudéssemos fazer o mesmo.)

O-90 deu uma olhada para R-13; depois, dirigiu-me serenamente seus olhos redondos e suas bochechas ganharam a cor suave mas excitante de nossos bilhetes cor-de-rosa.

— É que hoje eu... tenho um bilhete em nome dele para hoje — com um aceno de cabeça ela apontou para R-13 —, mas à noite ele estará ocupado... Então...

Com os lábios úmidos e brilhantes, R disse sem malícia:

— Bem, para nós dois, meia hora já basta. Não acha, O? Não sou lá grande apreciador de suas questões de aritmética. Vamos então comigo, passamos todos um tempo em minha habitação.

Eu estava com algum medo de ficar a sós comigo mesmo — para ser mais correto: com este novo ser, estranho a mim, que só mesmo por uma coincidência inexplicável tem o mesmo número que eu, D-503. Aceitei ir com R-13. É verdade que ele não é muito preciso, seu ritmo é incerto, sua lógica atravessada inspira o riso; apesar disso tudo, somos amigos. Não foi por acaso que há três anos escolhemos juntos a encantadora e rósea O-90. É um laço que nos une mais fortemente do que nossos anos de escola.

O quarto de R-13 parecia em tudo igual ao meu: a Tábua das Horas, o vidro das cadeiras, da mesa, do armário, da cama. Mas logo que entramos, R mudou uma cadeira de lugar, depois outra — tudo saiu do que estabelecia o gabarito, os planos foram violados, nada mais seguia as regras da geometria de Euclides. R ainda era aquele, o mesmo de sempre. Tanto na ciência de Taylor quanto em matemática, ele era sempre o último da classe.

Recordamos o velho Pliapa: lembramos de como nós, crianças, colávamos bilhetes de agradecimento nele, cobrindo inteiramente suas pernas de cristal (gostávamos muito de Pliapa). Recordamos também o Preceptor de Leis Sagradas.[9] Nosso Preceptor de Leis tinha uma voz excepcionalmente forte — era como um estrondo ruidoso que saía do alto-falante. E repetíamos a plenos pulmões os textos que ele nos dizia. Lembramos ainda de quando R-13, sempre inquieto, encheu o cone do alto-falante de bolinhas de papel: a cada texto era uma bolinha que ele lançava. R-13, é evidente, foi punido; o que ele fez era claramente reprovável; mas ao rememorar, nós — o triângulo que formávamos — gargalhamos. Lembro, afinal, de ter rido muito.

— E se nosso Preceptor de Leis fosse um ser vivente, de carne e osso, como os de antigamente; o que teria acontecido? — indagou R-13, expelindo saliva por entre os lábios grossos a cada vez que pronunciava "p".

A luz do sol, atravessando o teto e as paredes, entrava por cima e pelos lados, e refletia-se de baixo para cima. Os

---

[9] É evidente que não se trata aqui das antigas "Leis de Deus", mas das "Leis do Estado Único". (N. do narrador)

Nós

olhos azuis de O-90, que estava sentada sobre as pernas de R-13, refletiam pequeníssimas gotas de sol. Eu me sentia confortado, algo me acalentava os nervos; fiquei em silêncio, imóvel...

— E como é que vai sua Integral? Já está tudo pronto? Partiremos em breve para iluminar os habitantes de outros planetas? Bem, é melhor que se apressem, do contrário nós, os poetas, vamos produzir tanta literatura que sua Integral não vai poder decolar com todo o material. Todos os dias, das oito às onze... — R-13 abanou a cabeça, coçou a nuca: a nuca dele mais parecia uma maleta quadrangular presa atrás da cabeça (isso me lembrava o antigo quadro "Na carruagem").

Antes que ele continuasse, fui tomado de um impulso renovado:

— Então você também está escrevendo para a Integral? Pode-se saber sobre o quê? Hoje, por exemplo, o que andou escrevendo?

— Hoje não escrevi nada. Estive ocupado com outras coisas... — com o "p" de "ocupado" os perdigotos eram lançados diretamente em minha direção.

— Que outras coisas?

R-13 franziu o cenho:

— Que outras coisas...? Ora, ora! Mas, já que insiste, eu lhe digo: uma sentença. Poetizei uma sentença de morte. Um idiota — um de nossos poetas, devo reconhecer... Bem, estivemos próximos por dois anos e nunca tivemos nenhum problema. Um belo dia, de repente, ele exclamou: "Sou um gênio... um gênio! Estou acima da lei". E outros disparates... Bem, isso não é coisa que... Ah!

Os lábios grossos descaíram e o brilho negro desapareceu de seus olhos. R-13 levantou de um salto, deu meia-volta e fixou o olhar em algum ponto além das paredes. Ao olhar para a maleta hermeticamente fechada na parte de trás de sua cabeça, eu me indagava: o que estaria ele procurando em sua maleta?

Houve um instante embaraçoso, de um silêncio canhestro. Eu não compreendia do que se tratava, mas havia ali alguma coisa.

— Felizmente, lá se vão os tempos antediluvianos de todos aqueles Shakespeares e Dostoiévskis... ou como queiram chamá-los — disse eu, elevando de propósito o tom da voz.

R virou o rosto para me olhar. As palavras jorravam de sua boca e salpicavam como antes, mas já não se percebia o brilho alegre e negro de seus olhos.

— Com toda certeza, meu caro matemático, felizmente, sim, felizmente! Nós somos aquela felicíssima média aritmética... Como vocês costumam dizer: a integração do zero ao infinito, do cretino a Shakespeare... Não é assim?!

Não sei por quê — isso me pareceu inteiramente fora de propósito — me veio à mente a outra mulher, recordei o tom da voz dela e imaginei que algo muito fino estabelecia uma ligação entre ela e R. Mas que espécie de ligação? Outra vez a irracionalidade, a raiz quadrada de menos um se remexia em meu interior. Consultei a insígnia: eram 16 horas e 25 minutos. De acordo com o bilhete cor-de-rosa, restavam 45 minutos para eles.

— Bem, preciso ir...

Beijei O, apertei a mão de R e me dirigi ao elevador.

Olhando para o imenso bloco de moradias de vidro transparente, quando eu estava já do outro lado da avenida, vi que em meio à massa de células penetradas pela luz do sol havia, aqui e acolá, uma célula opaca, azul-acinzentada. Eram as células que tinham fechado as cortinas — células de felicidade rítmica, taylorizada. Identifiquei no sétimo andar a célula de R-13. Ele já tinha baixado as cortinas.

Querida O... Querido R... Nele, tem algo que também (não sei por que este "também", mas... que fique escrito como escrevi); tem algo que também não me é inteiramente claro. De qualquer maneira, ele, O e eu formamos um triângulo — mesmo que não seja um triângulo isósceles, não deixa de ser um triângulo. Nós, para falar na língua de nossos antepassados (talvez esta linguagem, meus leitores planetários, seja mais compreensível a vocês), nós somos uma família. E é tão bom descansar de vez em quando, ainda que por pouco tempo, num triângulo simples mas vigoroso, isolar-se de tudo o que...

9ª ANOTAÇÃO

Liturgia
Iambos e troqueus
A mão de ferro

Um dia solene, claro. Num dia assim, esquecemos de nossas fraquezas, imprecisões, enfermidades, e tudo nos aparece cristalino, eterno e inquebrantável como o vidro que hoje usamos...

A Praça do Cubo. Sessenta e seis poderosos círculos concêntricos: as tribunas. E sessenta e seis fileiras: a luminosidade serena dos rostos, os olhos que refletem o resplendor do céu — ou talvez seja o resplendor do Estado Único. Escarlate como sangue eram as flores — os lábios das mulheres. Nas primeiras fileiras, próximas do lugar da ação, grinaldas delicadas de rostos infantis. Um silêncio gótico, austero e profundo.

A julgar pelas descrições que chegaram até nós, algo semelhante era experimentado pelos antigos em seus "ofícios divinos". Mas eles serviam ao seu Deus irracional, desconhecido — nós servimos àquilo que se conhece com absoluta precisão, a um ente racional. Nada além de buscas eternas e torturantes lhes era concedido por seu Deus — um deus que, por razões obscuras, não foi capaz de inventar nada mais inteligente que oferecer a si próprio em sacrifício. Aqui somos nós que oferecemos sacrifício ao nosso Deus, o Estado Único — sacrifícios ponderados, sensatos, inteiramente racionais. Sim, era uma liturgia solene para o Estado Único, em memória dos dias e anos cruciais da Guerra dos Duzentos Anos — a celebração majestosa da vitória de todos sobre um, da soma sobre a unidade...

Eis que então, de pé nos degraus do Cubo iluminado pelo sol, havia um número. O rosto branco... não, já não era branco, era um rosto sem cor; um rosto de vidro, lábios de vidro. E somente os olhos eram buracos negros que absorviam, tragavam para aquele mundo atroz de que ele estava a não mais que um passo, a poucos minutos. A insígnia dourada com o número já lhe tinha sido retirada do peito. Suas mãos estavam atadas por uma fita púrpura (um costume antigo: a explicação parece estar no fato de que na antiguidade, quando não era em nome do Estado Único que se realizavam essas liturgias, os condenados sentiam-se no direito de resistir e tinham as mãos amarradas por correntes).

No topo do Cubo, junto à Máquina, imóvel como se fosse de metal, estava a figura daquele que chamamos de Benfeitor. De onde estávamos, ali embaixo, não era possível distinguir seu rosto: o máximo que se podia ver era que seus contornos eram quadrados, majestosos e austeros. Quanto à suas mãos... Às vezes acontece o mesmo com as fotografias: as mãos postas em primeiro plano, parecendo próximas demais, atraem o olhar. As mãos do Benfeitor encobrem tudo. Aquelas mãos pesadas que repousavam tranquilas sobre os joelhos eram de pedra, estava claro, e os joelhos mal suportavam o peso delas...

De repente, uma dessas mãos imensas ergueu-se num gesto vagaroso, como que de ferro, e o número, obedecendo a este comando, desceu da tribuna e aproximou-se do Cubo. Era um dos Poetas do Estado, a quem o destino reservou uma grande sorte — coroar a festa com seus versos. E, acima das tribunas, ressoaram divinos iambos de bronze sobre aquele insensato de olhos de vidro, que aguardava parado, de pé nos degraus do Cubo, a consequência lógica de suas loucuras.

... As chamas derretiam tudo... Na cadência iâmbica os edifícios balançavam, lançando ao alto sua substância líquida dourada, e vinham abaixo. As árvores verdes se contorciam e, desfazendo-se em seiva, logo estavam como as negras cruzes das velhas sepulturas. Neste momento surgiu Prometeu (uma representação de todos nós, é claro):

Uniu o fogo à máquina, ao aço,
E os grilhões da lei domaram o caos.

Então, tudo aparece renovado, de aço: o sol, as árvores, as pessoas... De repente, um louco "desacorrenta e liberta o fogo" e tudo volta a perecer...

Para os versos, infelizmente, não tenho boa memória, mas de uma coisa lembro bem: não puderam escolher imagens mais belas, mais edificantes.

Outra vez o gesto lento, pesado, e nos degraus do Cubo apareceu um segundo poeta. Por impulso, quase levantei: não pode ser! Não, aqueles lábios grossos, de negro, são dele... Por que não contou antes que o aguardava esta grande... Os lábios dele tremiam, acinzentados. Era compreensível: ante a face do Benfeitor, diante das hostes de Guardiões... Mas, ainda assim, agitar-se daquela maneira...

Bruscos, rápidos, afiados como um cutelo — os troqueus. Sobre o crime inaudito: versos profanos em que o Benfeitor fora chamado de... não, sequer posso mover minha pena para repeti-los aqui, por escrito.

R-13, pálido, sem olhar para ninguém (eu não esperava dele esse acanhamento), desceu e sentou-se. Ao lado dele, por uma ínfima fração de segundo, apareceu-me o rosto de alguém — um triângulo negro, agudo — e, no mesmo instante, desapareceu: meu olhar, juntamente com outros milhares, se dirigiu para a Máquina, no topo do Cubo. Então, o terceiro gesto, de ferro, da mão sobre-humana. E, cambaleante, movido por um vento invisível, o criminoso caminhou lentamente — um passo, depois outro, e eis o passo que será o último de sua vida. Com a cabeça para trás, o rosto voltado para o céu, ele está em seu último leito.

Pesado, pétreo como o destino, o Benfeitor contornou a Máquina, pôs sua enorme mão na alavanca... Nem um sussurro, nem um suspiro: todos os olhares acompanham a mão. Que arrebatador deve ser — como um turbilhão de fogo — servir de instrumento, ser a força resultante de centenas de milhares de volts. Que destino grandioso!

Um segundo eterno. Depois de ligar a corrente de energia, a mão baixou. O fio de um raio insuportavelmente agudo reluziu, e, nos canos da Máquina, uma trepidação, um estalido que mal se ouvia. Todo envolto por uma névoa luminescente, o corpo estendido se dissolve com espantosa rapidez, à vista de todos. Enfim... nada; somente uma poça de água quimicamente pura, que um minuto antes, então vermelha e violenta, pulsava no coração...

Tudo isso era muito simples, era sabido por cada um de nós: sim, a dissociação da matéria, sim, a cisão dos átomos do corpo humano. Apesar disso, sempre parecia um milagre, era sempre um sinal do poder sobre-humano do Benfeitor.

No alto, diante d'Ele, ardiam as faces de uma dezena de números femininos, os lábios semiabertos pela excitação, levando flores que balançavam ao vento.[10]

De acordo com um antigo costume, dez mulheres ornavam com flores o unif ainda úmido do Benfeitor. Com o passo de um sacerdote supremo, majestoso, Ele desce, passa len-

---

[10] Do Museu Botânico, evidentemente. De minha parte, não vejo nada de belo nas flores, bem como em nada que pertença ao mundo selvagem, que há muito foi deixado do outro lado do Muro Verde. Apenas o racional e o útil podem ser belos: máquinas, calçados, fórmulas, alimentos, etc. (N. do narrador)

tamente entre as tribunas e, diante d'Ele, as mãos cândidas femininas levantadas como ramos delicados e milhões de gritos exultantes num uníssono tormentoso. Depois, gritos semelhantes para a glória das hostes de Guardiões, invisivelmente presentes, aqui mesmo, em algum lugar entre nossas fileiras. Quem sabe: talvez sejam precisamente eles que a fantasia dos antigos previu quando inventou seus "anjos da guarda", temíveis e ternos, que acompanham cada homem desde o nascimento.

Sim, havia em toda esta celebração algo das antigas religiões, algo purificador como a tempestade, como a borrasca. Vocês, que por acaso venham a ler isto, conhecem momentos como esse? Lamento por vocês, caso não conheçam...

10ª ANOTAÇÃO

Uma carta
A membrana
Eu desgrenhado

Para mim, o dia de ontem foi como aquele papel que os químicos usam para filtrar as soluções: todas as partículas suspensas, tudo o que é supérfluo retido no papel. De manhã, desci para a rua inteiramente purificado, destilado e transparente.

Embaixo, no saguão, a inspetora atrás do balcão olhava para o relógio e anotava o número dos que saíam. O nome dela, U... aliás, é melhor não revelar o número porque temo escrever algo de negativo sobre ela. Ainda que ela seja, em essência, uma mulher já de certa idade e muito respeitável. Só tem uma coisa de que não gosto nela — é que suas bochechas pendem um pouco, como as guelras de um peixe (apesar de que, seria até possível perguntar se há realmente algo de estranho nisso).

A caneta da inspetora deu um rangido, olhei e vi meu nome no papel, "D-503", e, ao lado do nome, um borrão de tinta. Assim que pensei em chamar-lhe a atenção para isso, ela subitamente ergueu a cabeça e, sorrindo-me uma espécie de sorriso de tinta, me salpicou:

— Uma carta para você — ela disse —, logo receberá, meu caro, logo receberá.

Eu sabia: a carta, já lida por ela, devia passar ainda pelo Departamento dos Guardiões (penso que seja desnecessário explicar em detalhes algo que é um procedimento natural) e até as 12h estaria comigo. Mas aquele sorrisinho me perturbou; a gota de tinta turvou a transparência de minha solução destilada. De tal modo que, mais tarde, no hangar da Integral, eu não conseguia me concentrar, cheguei mesmo a me atrapalhar nos cálculos, o que antes nunca havia acontecido.

Às 12h, outra vez as guelras róseo-acastanhadas, o sorrisinho, e finalmente a carta estava em minhas mãos. Não sei por quê, mas em vez de ler ali mesmo, eu a enfiei no bolso e logo me retirei para o quarto. Desdobrei o papel, passei os olhos e me sentei... Era uma notificação oficial de que I-330 se registrara em meu nome e que às 21h eu deveria ir até ela — abaixo, o endereço...

Não, depois de tudo que se passou, depois que demonstrei com franqueza minha posição a respeito dela... Além disso, ela nem sequer sabia que eu tinha estado no Departamento dos Guardiões, pois não tinha como saber que eu estive doente... bem, eu também não podia... Apesar de tudo isso...

Um dínamo girava e zumbia em minha cabeça. O Buda, o amarelo, o lírio-do-vale, a meia-lua cor-de-rosa... Sim, e ainda isso: hoje, O-90 queria vir me visitar. Devo mostrar a ela esta notificação a respeito de I-330? Eu não sei, ela não vai acreditar (e, realmente, como é possível acreditar?) que não tenho nada com isso, que eu, de forma alguma... E sei que será uma conversa difícil, disparatada e absolutamente ilógica... Não, isso não. Que tudo se resolva mecanicamente: vou simplesmente enviar uma cópia da notificação para ela.

Quando enfiava às pressas a notificação no bolso, vi a minha horrível mão de símio. Lembrei de como ela, I, pegara minha mão durante o passeio e a observara. Será possível que ela realmente...

Eis que faltam 15 minutos para as 21h. É noite branca. Está tudo vítreo-esverdeado. Mas este é outro vidro, quebradiço, não é como o nosso, autêntico; é uma fina casca de vidro sob a qual algo voa, dá voltas, zune... E não ficaria surpreso se agora, como nuvens de fumaça redondas e lentas, as cúpulas dos auditórios se levantassem; ou se a lua madura nos sorrisse um sorriso de tinta como aquela mulher atrás do balcão hoje de manhã; ou, ainda, se as cortinas de todas as casas baixassem, e atrás das cortinas...

Uma sensação estranha: eu sentia que minhas costelas — estas varas de ferro — interferiam, precisamente isso, interferiam no coração, apertando-o, deixando-o sem espaço. Eu estava parado diante de uma porta de vidro com cifras douradas: I-330. De costas para mim, sentada à mesa, ela escrevia alguma coisa. Entrei...

— Pegue... — entreguei-lhe o bilhete cor-de-rosa. — Recebi hoje a notificação e estou comparecendo.

— Como você é pontual! Um minutinho... tudo bem? Sente-se. Eu não demoro.

Ela voltou os olhos para a carta... mas o que há por trás dessas cortinas semicerradas de seus olhos? O que ela dirá? O que fará daqui a um segundo? Como se pode saber, calcular, quando toda ela vem de lá, do selvagem, antigo mundo dos sonhos?

Eu olhava em silêncio para ela. As costelas, as varas de ferro, apertavam... Quando ela fala, seu rosto parece uma roda brilhante, veloz: não se distinguem os raios separadamente. Mas agora a roda está imóvel. E observei uma estranha combinação: as sobrancelhas escuras com as pontas externas levantadas bem alto em direção às têmporas — um triângulo pontiagudo, malicioso, com o vértice voltado para baixo; e dois sulcos profundos que iam do nariz aos cantos da boca — outro triângulo, este com o vértice para cima. Estes dois triângulos se contradiziam de algum modo. Eles conferiam ao rosto dela esse desagradável, e mesmo irritante X, ou cruz — um rosto com uma cruz traçada no meio.

A roda começou a girar; seus raios se fundiram...

— E, afinal, não esteve no Departamento dos Guardiões?

— Eu estive... Estive doente... Não pude.

— Ah, sim. Bem, foi o que pensei: alguma coisa, não importa o quê, devia tê-lo atrapalhado (os dentes pontiagudos, aquele sorriso). Em compensação, agora está em minhas mãos. Você se lembra: "Todo número que deixa de declarar, no prazo de 48 horas, ao Departamento dos Guardiões, será considerado...".

Meu coração bateu com tanta força que as varas de ferro se dobraram. Tolo, como um garotinho, caí em suas garras, e estupidamente mantive silêncio. Senti que estava enredado, nem mesmo com as pernas ou os braços eu podia...

Ela se levantou e espreguiçou-se indolente. Apertou um botão e, com um leve barulho, as cortinas de todos os lados desceram. Eu estava apartado do mundo — a sós com ela.

Ouvi seu unif frufrulhar e cair em algum lugar atrás de mim, talvez perto do armário; eu escutava, eu inteiro escutava. E me lembrei... não, passou pela minha mente como um relâmpago, num milésimo de segundo...

Há pouco tive de calcular a curvatura de um novo tipo de membrana de rua (agora estas membranas, elegantemente camufladas, foram instaladas em todas as avenidas com o fim de gravar as conversas de rua para o Departamento dos Guardiões). Lembrei-me de uma membrana rosada, côncava e trêmula — um estranho ser constituído de um só órgão: um ouvido. Eu estava então como uma dessas membranas.

Depois foi o estalido dos botões do colarinho, do peito e... de mais abaixo. O barulho da seda vítrea roçando em seus ombros, em seus joelhos... no piso. Eu escutava — com muito mais clareza do que se visse — como do monte azul-acinzentado de seda saía uma de suas pernas, depois a outra...

A membrana tensamente esticada vibra e registra o si-

Nós

lêncio. Não — golpes de martelo, com pausas infinitas, sobre as varas de ferro de meu peito. Então escuto, vejo, que ela, atrás de mim, detém-se por um segundo, a pensar. As portas do armário bateram, e outra vez o frufrulhar... seda... seda...

— Bem, por favor.

Eu me virei. Ela estava com um vestido leve, amarelo-açafrão, de modelo antigo; o que era mil vezes mais perverso do que se não vestisse nada. Através do tecido fino, dois pontos afiados, róseos e ardentes como duas brasas incandescentes entre cinzas; dois joelhos suavemente arredondados...

Ela estava sentada numa cadeira baixinha. Na mesinha quadrada diante dela havia um frasco com um líquido verde como veneno e duas taças bem pequenas com hastes. De um canto da boca, por um tubinho bem fino de papel, ela soltava fumaça de uma antiga substância (agora não me recordo como a chamavam).

A membrana continuava a vibrar. O martelo batia a toda — em meu interior — nas varas de ferro incandescentes. Eu ouvia cada golpe com absoluta nitidez, e... Será que ela também ouvia?

Mas ela baforava com toda a calma, olhando tranquila para mim, batendo a cinza com negligência em meu bilhete cor-de-rosa.

Do modo mais frio possível, perguntei-lhe:

— Me diga uma coisa: considerando esta situação, por que você se registrou para estar comigo? Para que me fez vir até aqui?

Como se não tivesse ouvido, ela encheu a tacinha com o líquido do frasco e deu um gole.

— Um licor estupendo! Aceita?

Só então compreendi: álcool! Como um relâmpago, passou pela minha mente o que eu tinha visto ontem: a gigantesca mão de pedra do Benfeitor, o fio insuportável de um raio e lá, no topo do Cubo, o corpo estendido com a cabeça jogada para trás. E estremeci.

— Escute — disse-lhe eu —, você mesma sabe que a todos os que se envenenam com nicotina e sobretudo com álcool, o Estado Único impiedosamente...

As sobrancelhas escuras se ergueram até as têmporas dando forma ao triângulo malicioso.

— É mais sensato aniquilar uns poucos que dar a muitos a possibilidade de aniquilarem-se, degenerarem-se, etc. Esta é a verdade nua e crua.

— Sim... nua e crua.

— Se liberássemos na rua todo um conjunto de verdades assim, nuas e cruas como essa, você pode imaginar? E aquele meu admirador persistente, S... — bem, você o conhece —, imagine se ele se despisse de toda essa falsidade de vestimentas e exibisse em público sua verdadeira aparência... Oh!

Ela ria. Enquanto eu via claramente aquele triste triângulo inferior: dois sulcos profundos que partiam dos cantos da boca e seguiam até o nariz. E, por alguma razão, ficou claro para mim por meio desses sulcos que aquele número arqueado, duplamente curvado e com orelhas de abano, sim, ele a abraçara assim... como ela estava... Ele...!

Naturalmente, eu agora trato de transmitir as sensações — anormais — que tive naquele momento. Neste momento, enquanto escrevo, compreendo claramente que tudo isso é como devia mesmo ser, pois ele, como todo número honesto, tem direito à alegria... e não seria justo se... Bem, imagino que este ponto já esteja claro.

I-330 riu demoradamente, de um modo muito estranho. Depois me dirigiu um olhar atento, perscrutador — que me via por dentro — e disse:

— Mas o que importa é que me sinto muito tranquila com você. Você é tão gentil! Estou segura de que sequer lhe passa pela cabeça ir ao Departamento dos Guardiões para relatar que fumo e bebo licor. Você estará doente... ou simplesmente ocupado... ou qualquer outra coisa. E mais segura ainda estou de que irá beber comigo este veneno encantador...

Que tom insolente, escarnecedor! Senti vivamente que num instante começaria a odiá-la outra vez. (Aliás, por que "num instante"? Eu a odiava o tempo todo.) Virando a tacinha na boca, ela bebeu todo o veneno verde, depois levantou-se e, emanando uma luz cor-de-rosa através do amarelo-açafrão translúcido de seu vestido, deu alguns passos e deteve-se atrás de minha cadeira.

De repente, os braços dela estavam em volta de meu pescoço... os lábios em meus lábios... não, eles me penetraram fundo, era algo mais assustador, portanto... Confesso que isso era completamente inesperado para mim, e é bem possível que somente por isso... Afinal, eu não podia... — agora compreendo com toda clareza — não podia ter desejado o que aconteceu depois.

Aqueles lábios insuportavelmente doces (suponho que fosse o gosto do "licor") verteram em mim um gole do veneno ardente, depois mais um gole, e ainda outro... Eu me desprendi da terra e, como um planeta independente, girando com frenesi, descia, descia... seguindo uma órbita não calculada...

O que se seguiu só posso descrever de modo aproximado, somente por meio de analogias mais ou menos adequadas.

Antes, nunca me tinha passado pela cabeça algo dessa natureza, mas é precisamente assim que as coisas acontecem: nós, na terra, estamos sempre caminhando sobre o borbulhante e rubro mar de fogo que se esconde nas entranhas da terra. Entretanto, nunca pensamos nisso. Mas se de repente a casca fina sob nossos pés se tornasse de vidro, se de repente pudéssemos ver...

Eu me tornei como o vidro e me vi por dentro. Havia

dois de mim. Um deles, o de antes, D-503, o número D-503, já o outro... Antes, este não fazia mais que pôr para fora da casca suas patas peludas, desgrenhadas, mas agora ele se punha inteiro para fora, a casca estalava... estava a ponto de se fazer em pedaços e... e o que se daria então?

Agarrando-me com todas as forças à tábua de salvação — os braços da cadeira — perguntei, para ouvir a mim mesmo, isto é, aquele, o de antes:

— Onde... onde você conseguiu esse... esse veneno?

— Oh, isto? Um médico, um dos meus...

— "Dos meus"? "Dos meus" o quê?

O outro "eu", de repente, saltou para fora de mim e vociferou:

— Não admito! Não quero que ninguém, além de mim... Eu mato qualquer um que... Porque eu... você...

E vi como ele — este "eu" desgrenhado — agarrou-a brutalmente com suas mãos peludas, rasgou a delicada seda de seu vestido e cravou nela os dentes; me lembro bem: precisamente os dentes.

Não sei como, mas I-330 se safou. E, com os olhos tapados por essas malditas cortinas impenetráveis, ela ficou parada, apoiando as costas no armário, ouvindo-me.

Lembro-me que eu estava no chão e, agarrando suas pernas e beijando seus joelhos, eu suplicava: "Agora... agora mesmo... neste minuto...".

Os dentes afiados... o triângulo malicioso das sobrancelhas. Ela se inclinou e, sem dizer nada, destacou minha insígnia.

— Sim, querida, sim... — eu comecei a tirar às pressas meu unif. Mas ela, ainda em silêncio, aproximou de meus olhos o relógio de minha insígnia. Faltavam cinco minutos para as 22h30.

Fiquei gelado: eu sabia o que significava aparecer na rua depois das 22h30. Toda a minha loucura se dissipou num instante, como que soprada pelo vento. Tornei a ser apenas eu. Uma coisa me era clara: eu a odeio, odeio, odeio!

Sem me despedir, sem olhar para trás, abandonei o quarto correndo. Prendendo de qualquer jeito a insígnia ao peito, corri pelos degraus da escada (temia encontrar alguém no elevador) até chegar à rua vazia.

Estava tudo em seu lugar; tudo tão simples, costumeiro, ordinário: os prédios de vidro com suas luzes brilhantes, o pálido céu vítreo, a imóvel noite esverdeada. Sob este vidro silencioso e frio, porém, corria inaudível algo violento, purpúreo, desgrenhado. Ofegando, eu corria para não me atrasar.

De repente, percebi que a insígnia, abotoada às pressas, se desprendia; então ouvi seu tinido quando, desprendendo-se de vez, quicou pela calçada de vidro. Quando me agachei para pegá-la, ouvi, no silêncio de alguns segundos, os passos de alguém. Virei-me para olhar e vi que algo pequeno e curvado dobrava a esquina. Pelo menos foi o que me pareceu ver então.

Disparei a correr; corri o mais rápido que pude; o vento assobiava em meus ouvidos. Chegando à entrada, parei. Faltava um minuto para as 22h30. Apurei o ouvido para escutar, mas não ouvi nada: não havia ninguém atrás de mim. Tudo isso, evidentemente, era pura fantasia, efeito do veneno.

Foi uma noite terrível. Debaixo de mim, a cama subia, depois descia para tornar a subir — ela flutuava por uma curva senoidal. Eu tratava de inculcar-me a ideia: "À noite, todos os números devem dormir; tal como trabalhar durante o dia, isto é uma obrigação. Dormir à noite é necessário para trabalhar durante o dia. Não dormir à noite é algo criminoso...". Entretanto, eu não conseguia, simplesmente não conseguia.

Estou perecendo! Eu não estou em condições de cumprir com minhas obrigações perante o Estado Único... Eu...

11ª ANOTAÇÃO

... Não, não consigo; que seja assim, sem resumo.

É noite. Uma leve neblina. O céu está coberto por uma tela dourada leitosa e não se vê o que há por lá, além, acima dela. Os antigos julgavam que lá estava seu grandioso cético aborrecido — seu Deus. Nós sabemos que lá está o mais puro, desnudo, cristalino e obsceno nada. Agora já não sei, do muito que aprendi, o que mais existe por lá. O conhecimento absolutamente crente de sua infalibilidade é a fé. Eu tinha uma fé inabalável em mim mesmo; acreditava que sabia tudo sobre mim mesmo. Até que...

Estou diante do espelho. E, pela primeira vez na vida — exatamente isto: pela primeira vez na vida — vejo-me com toda clareza, nitidez e consciência. Vejo-me com espanto, como se visse algum outro "eu". Eis-me aqui — sou "ele": as sobrancelhas negras traçadas em linha reta e, como uma cicatriz no meio delas, uma ruga vertical (não sei se ela estava aqui antes). Os acinzentados olhos de aço, contornados pela sombra de uma noite insone; e por trás deste aço... eu nunca soube o que havia ali. E, de "lá" (este "lá", que é ao mesmo tempo aqui, está infinitamente distante) olho para mim — para ele — e com certeza sei: ele — com as sobrancelhas traçadas em linha reta — é um ser estranho, alheio a mim, com o qual me encontro pela primeira vez na vida. Porém, o verdadeiro *eu* não é *ele*.

Não. Ponto final. Tudo isso é tolice. E todas essas sensações absurdas são delírios, o resultado da intoxicação de ontem... Mas o que teria sido? Os goles do veneno verde ou ela própria? Tanto faz. Anoto estas coisas apenas para mostrar como a razão humana, tão precisa e perspicaz, pode estranhamente enredar-se e desviar-se. A mesma razão que podia tornar digerível até mesmo aquilo que amedrontava os antigos — o infinito — por meio de...

O clique do intercomunicador, e o número R-13. Pois bem, que seja, até me alegro: estar sozinho nessa hora talvez me fosse...

Vinte minutos depois:

Na superfície plana do papel, no mundo bidimensional, estas linhas estão próximas, mas em outro mundo... Estou perdendo o senso dos números: os 20 minutos podem ser 200 ou 200 mil. E isto se revela tão absurdo: descrever de modo comedido e ponderado, refletindo sobre cada palavra, aquilo que me aconteceu na companhia de R. É como se você sentasse na poltrona ao lado de sua própria cama e cruzasse as pernas para olhar com curiosidade como você — você mesmo — se contorce nesta cama.

Quando R-13 entrou, eu estava absolutamente tranquilo e normal. Com um sentimento de sincera admiração, comecei a falar sobre como ele teve um êxito magnífico em transformar uma sentença em versos troqueus e como, justamente com esses versos, foi abatido e aniquilado aquele transgressor insano.

— ... E mais que isso — continuei lhe falando —, se me propusessem fazer um desenho esquemático da Máquina do Benfeitor, sem dúvida, sem sombra de dúvida eu teria, eu teria descoberto uma maneira de pôr nesse desenho os seus troqueus — e terminei de falar.

De repente, vi que os olhos de R-13 se tornavam opacos, seus lábios ficavam cinzentos.

— O que há com você?

— O quê? O quê?! Bem... Eu simplesmente estou farto de todos ao redor gritando "sentença", "sentença". Não quero mais ouvir sobre esse assunto. Não quero mais!

Ele franziu o cenho, esfregou a nuca — aquela pequena maleta cujo conteúdo eu desconhecia inteiramente. Uma pausa. Eis que na maleta ele encontrou alguma coisa, retirou-a, desembrulhou-a, e, depois que a desdobrou, seus olhos laquearam-se de riso, então disse:

— Estou escrevendo isto para sua Integral... Sim, isto aqui, sim!

Ele era o mesmo de antes: os lábios que se tocam, borrifam, as palavras que jorram como de uma fonte.

— Compreende (o som de "p" era uma fonte), é a antiga lenda sobre o paraíso... É sobre nós, sobre os de hoje. Sim! Pense um pouco. Àqueles dois, no paraíso, foi apresentada uma escolha: ou a felicidade sem liberdade, ou a liberdade sem felicidade; *uma terceira coisa não se dá*.[11] Eles, tolos que eram, escolheram a liberdade, e o que se deu foi que, naturalmente, passaram séculos sofrendo a falta dos grilhões. Dos grilhões, compreende? É nisso que consiste a *dor de mundo*.[12] Por séculos! E assim que imaginamos um meio de devolver a felicidade... Não, escute mais, me acompanhe! O antigo Deus e nós, sentados à mesma mesa, lado a lado. Sim! Fomos nós que ajudamos Deus a derrotar definitivamente o diabo. Foi o diabo, afinal, que incitou o homem a violar a proibição e provar da perniciosa liberdade — ele, a serpente astuta. Mas

---

[11] No original, *trétiego ne dano*, é a tradução da expressão latina *tertium non datur*, literalmente: "um terceiro não se dá". Trata-se da Lei do Terceiro Excluído, da lógica clássica, segundo a qual alterna-se exclusivamente entre um termo proposto e a sua negação. (N. do T.)

[12] Do alemão *Weltschmerz* (literalmente, "dor de mundo"), termo cunhado pelo escritor romântico Jean Paul (1763-1825), que se refere ao sentimento experimentado por alguém que entende ser a realidade física incapaz de satisfazer as exigências da mente. (N. do T.)

nós pisamos com uma bota pesada em sua cabeça — creque! E pronto, o paraíso está de volta. Somos simples e inocentes outra vez, como Adão e Eva. Nada dessas confusões sobre o bem e o mal; tudo muito simples, paradisíaco, infantilmente simples! O Benfeitor, a Máquina, o Cubo, a Campana de Gás, os Guardiões — tudo isso é o bem, algo majestoso, belo, nobre, elevado e cristalinamente puro. Porque é isso que protege nossa falta de liberdade, isto é, nossa felicidade. Coube aos antigos analisar, julgar, quebrar a cabeça em discussões sobre o que é moral, imoral... Em suma, são estas as ideias de meu poeminha paradisíaco. O que acha? E, com tudo isso, ele é de um tom seriíssimo... compreende? Uma bela peça, não acha?

Bem, como não compreender? Recordo o que pensei nesse momento: "Com essa aparência tão disparatada e assimétrica, ele tem um raciocínio tão lúcido". Por isso é tão próximo a mim, ao meu verdadeiro *eu* (insisto que meu verdadeiro eu é o de antes; todo este de agora, certamente não passa de uma doença).

R-13, pelo visto, leu na minha face o que se passava em minha mente; ele pôs um braço sobre meus ombros e começou a gargalhar.

— Eh, você... Adão! Sim, aliás, a propósito de Eva...

Ele revolveu o bolso, sacou um caderninho de anotações e começou a folheá-lo.

— Para depois de amanhã... não, para daqui a dois dias, O-90 tem um bilhete cor-de-rosa para estar com você. O que acha disso? Como antes? Quer que ela...

— Sim, claro, como antes.

— Está bem, assim o direi. Ela própria, veja você, se constrange um pouco... Vou lhe contar uma coisa, é que a mim ela só aceita assim, por meio do bilhete cor-de-rosa, já você... E não me diz quem é a quarta pessoa que se meteu em nosso triângulo? Quem é ela, pecador? Confesse, vamos!

As cortinas levantaram-se dentro de mim, e... o frufrulhar da seda, o frasco verde, os lábios... E, sem qualquer razão, inoportunamente, escapou-me (oh, por que não me contive?!):

— Me diga: alguma vez já lhe aconteceu de provar nicotina ou álcool?

R-13 franziu os lábios e me olhou de soslaio. Eu ouvia com toda clareza seus pensamentos: "Trata-se de um amigo, está claro, ainda assim...". Mas sua resposta foi:

— Bem, como devo dizê-lo? A bem da verdade, não. Mas conheci uma mulher...

— I-330! — gritei.

— Como... você... com ela... Você também? — R-13 encheu-se de riso, sufocou-se e daí a pouco iria expelir borrifos de saliva.

Meu espelho estava pendurado de tal maneira que, para me olhar nele, eu tinha de fazê-lo através da mesa. Daqui, de minha poltrona, eu só podia ver minha fronte e minhas sobrancelhas. Eis-me então — o verdadeiro *eu* —, a ver no espelho a reta deformada e trêmula de minhas sobrancelhas, quando, de súbito, ouvi um abominável grito selvagem:

— Que "também"? Não! O que vem a ser "também"? Não... exijo uma resposta!

Os lábios negros desmesuradamente abertos. Os olhos esbugalhados... Eu, o verdadeiro, agarrei pelo pescoço este outro *eu* — selvagem, desgrenhado, arquejante — e disse a R:

— Peço que me desculpe, em nome do Benfeitor. Estou muito doente, não durmo. Não sei o que há comigo...

Um sorriso fugaz apareceu em seus lábios grossos:

— Sim, sim, claro! Eu compreendo, sim, compreendo! Conheço tudo isso... teoricamente, é claro. Adeus!

Chegando à porta, ele se virou girando como uma bolinha negra e, voltando, aproximou-se da mesa e pôs um livro sobre ela:

Nós

— É meu último... Eu o trouxe justamente para entregá-lo a você, mas quase esqueci. Adeus! (Os borrifos em mim com as consoantes.) E partiu rolando...

Fiquei sozinho. Ou, para ser mais preciso, fiquei a sós com este outro *eu*. Sentado na poltrona com as pernas cruzadas, eu observava curiosamente, de algum "lá" indeterminado, como eu — eu mesmo — me contorcia na cama.

Por que... mas por que razão vivemos tão amistosamente por três anos, R-13, O-90 e eu, e agora, de repente, uma única palavra sobre aquela... sobre I-330, e... Será possível que toda essa loucura — amor, ciúme — exista para além dos livros idiotas dos antigos? O que parece mais estranho é que eu... Eu!... Equações, fórmulas, cifras, e, de repente, isso! Não compreendo absolutamente nada! Nada! Mas amanhã mesmo vou até R-13 e direi a ele que...

Não é verdade, eu não irei. Nem amanhã, nem depois de amanhã. Nunca mais irei até lá. Não posso, nem quero vê-lo. É o fim — nosso triângulo está arruinado.

Estou só. É noite. Uma leve neblina. O céu está coberto por uma tela dourada leitosa. Se eu soubesse o que há lá em cima. Se ao menos soubesse quem sou eu, e que *eu* sou este agora.

12ª ANOTAÇÃO

A limitação do infinito
O anjo
Reflexões sobre a poesia

De qualquer maneira, parece que estou me curando, que ainda posso me restabelecer. Dormi muito bem. Nada daqueles sonhos, nem qualquer outro fenômeno doentio. Amanhã, a encantadora O-90 virá até aqui, e tudo será simples, correto e limitado como um círculo. Não tenho medo da palavra *limitação*: o trabalho daquilo que há de supremo no homem — a racionalidade — conduz justamente à constante limitação do infinito, ao fracionamento do infinito em cômodas porções facilmente digeríveis — diferenciais. É precisamente nisso que se encontra a divina beleza de meu elemento — a matemática. É exatamente a compreensão dessa beleza o que falta a I-330. Ainda que este último pensamento não passe de uma associação fortuita.

Todas essas coisas me vieram à mente ao som cadenciado e regular das rodas na estrada de ferro subterrânea. Acompanhando em silêncio o ritmo das rodas, repetia mentalmente os versos de R-13 (do livro que ele me deixou ontem) quando percebi que atrás de mim alguém se inclinava cuidadosamente para olhar a página do livro aberto. Sem me virar, apenas com uma olhada de canto de olho, vejo uma figura duplamente curvada, de orelhas rosadas estendidas como asas... Ele! Eu não queria desconcertá-lo, então fiz de conta que não o notei. Como ele aparecera ali, isso eu não sabia, mas a impressão que tive, quando entrei no vagão, era de que ele não estava ali.

Nós

Esse acontecido, insignificante por si só, teve um efeito especialmente positivo sobre mim. Eu diria que me fortaleceu. É tão agradável sentir o olhar vigilante de alguém que nos guarda com amor, que não nos permite cometer erro algum, nem dar qualquer passo em falso. Não importa que soe um tanto sentimental; ainda assim, me ocorre aquela mesma analogia: são como os anjos da guarda, aqueles com que sonhavam nossos ancestrais. Muito daquilo que para eles não passava de sonho tornou-se realidade concreta em nossa vida.

Naquele momento em que percebi a presença do anjo da guarda às minhas costas, eu desfrutava de um soneto intitulado "Felicidade". Penso que não me engano se disser que esta é uma obra rara, tanto pela beleza quanto pela profundidade de pensamento. Eis aqui os quatro primeiros versos:

> *Duas vezes dois num elo apaixonado*
> *Juntos num quatro de paixão eterna,*
> *Os mais ardentes amantes desta terra —*
> *Para toda a eternidade estão ligados...*

E segue adiante no mesmo tema: a eterna e sábia felicidade da tabela de multiplicação.

Todo poeta verdadeiro é necessariamente um Colombo. A América existiu por séculos antes de Colombo, mas somente ele foi capaz de descobri-la. A tabela de multiplicação, da mesma maneira, existiu por séculos antes de R-13, mas somente ele foi capaz de encontrar na floresta virgem das cifras um novo Eldorado. Certamente, não há felicidade mais sábia, mais desanuviada que a desse admirável mundo vítreo. O aço enferruja. O antigo Deus criou o antigo homem, isto é, o homem que era capaz de equivocar-se, e, por consequência, equivocou-se Ele próprio. A tabela de multiplicação é mais sábia, mais absoluta que o antigo Deus; ela nunca — compreenda: nunca! — se equivoca. E não há cifras mais felizes que as que vivem segundo as harmoniosas e eternas leis da tabela de multiplicação. Nenhuma oscilação, nenhum erro. A verdade é uma só, e o caminho verdadeiro é único; esta verdade é: quatro; e seu caminho verdadeiro é: duas vezes dois. E acaso não seria absurdo se esse *dois*, multiplicado de forma plena e exitosa, começasse a pensar numa tal liberdade, quer dizer, em cometer erros? Para mim, o axioma que R-13 soube apreender é o mais fundamental, o mais...

Nesse momento, voltei a perceber — primeiro na nuca, depois na orelha esquerda — o sopro cálido e terno do anjo da guarda. Ele certamente havia notado que o livro sobre meus joelhos já estava fechado e que meus pensamentos estavam longe. Bem, eu estaria preparado para abrir diante dele, neste mesmo instante, as páginas de minha mente: é uma sensação tão calma, tão consoladora. Recordo-me de que até me virei e, insistente e suplicante, olhei para ele nos olhos, mas ele não compreendeu — ou não quis compreender — e não me perguntou nada... Só me resta uma coisa: contar-lhes tudo, meus leitores desconhecidos (vocês são para mim agora tão caros, tão próximos e inalcançáveis como ele foi naquele momento).

Assim era o meu caminho: da fração para o inteiro; a fração era R-13, o majestoso inteiro — nosso Instituto de Poetas e Escritores do Estado. Eu pensei: como foi possível que aos antigos não tenha saltado aos olhos todo o absurdo de sua literatura, de sua prosa e poesia? A colossal e esplêndida força da palavra artística se gastava absolutamente em vão. É simplesmente ridículo: cada um escrevia sobre o que viesse à cabeça. Igualmente ridículo e absurdo era o mar dos antigos, que se batia torpemente, o dia inteiro, contra a costa; e os milhões de quilogrâmetros contidos nas ondas que se gastavam somente para acalentar os sentimentos dos apaixonados. Nós, a partir do sussurro apaixonado das ondas, obtemos a eletricidade, e, da besta que nos salpicava sua espu-

Nós

ma furiosa, nós criamos um animal doméstico; e, da mesma maneira, domamos e impusemos rédeas ao elemento selvagem da poesia. A poesia já não consiste em um descarado sibilo de rouxinol: a poesia está a serviço do Estado; poesia é utilidade.

A propósito de nossas famosas "Rimas Matemáticas": sem elas acaso nos seria possível, na escola, criar um amor tão sincero e terno pelas quatro regras aritméticas? E "Os Espinhos", esta imagem clássica: os Guardiões — os espinhos da rosa — que protegem a tenra Flor do Estado Único do toque rude... Que coração de pedra ficaria indiferente diante dos inocentes lábios infantis que murmuram como uma oração: "Um menino malvado agarrou a rosa com a mão, mas o espinho de aço o picou como um ferrão; o travesso — ai, ai! — correu logo para casa" etc., etc. E as "Odes Cotidianas ao Benfeitor"? Quem poderia, ao lê-las, deixar de se curvar devotamente ante o trabalho abnegado deste que é o Número dos Números? E as lúgubres, encarnadas "Flores das Sentenças Judiciais"? E a imortal tragédia "Aquele Que Chegou Atrasado ao Trabalho"? E o livro de cabeceira "Cantos Sobre a Higiene Sexual"?

A vida inteira em toda a sua complexidade e beleza cunhada para sempre no ouro das palavras.

Nossos poetas já não pairam mais no Empíreo — eles desceram à terra; caminham conosco, passo a passo, sob a rígida marcha mecânica da Oficina Musical; sua lira é o ruído leve das escovas de dente elétricas, o estalo ameaçador das faíscas na Máquina do Benfeitor, o eco majestoso do Hino do Estado Único, o tinido íntimo dos cristalinos vasos noturnos, o estalo excitante das cortinas caindo, as vozes alegres dos novíssimos livros de culinária, o ruído quase inaudível das membranas pelas ruas...

Nossos deuses estão aqui embaixo, estão conosco nos Departamentos, na cozinha, na oficina, no banheiro. Os deuses igualaram-se a nós: *ergo*, tornamo-nos deuses. E chegaremos até vocês, meus leitores desconhecidos que habitam outros planetas, chegaremos para tornar suas vidas divinamente racionais e plenamente exatas, tal como a nossa...

13ª ANOTAÇÃO

A névoa
Tu
Um acontecimento absolutamente disparatado

Despertei ao alvorecer. Saltou-me aos olhos o firmamento rosado e vigoroso. Tudo estava bem, pleno. À noite O viria. Seguramente eu já tinha me curado. Sorri e peguei no sono outra vez.

Toca a sirene matinal, levanto-me e vejo tudo diferente: através do vidro do teto, das paredes, em toda parte, atravessando tudo por todos os lados há um nevoeiro. Nuvens estranhas, ora mais pesadas, ora mais leves e mais próximas, e já não há limites entre a terra e o céu. Tudo voa, derrete, cai — não há nada em que se possa agarrar. Os prédios não existem mais: as paredes de vidro se dissolveram na neblina como cristais de sal na água. Observando da calçada, as figuras escuras das pessoas nas casas são como partículas suspensas numa delirante solução láctea — pendem em direção ao fundo, depois sobem, sobem... até o décimo andar. Tudo parece coberto de fumaça, como se houvesse um incêndio silencioso mas enfurecido.

Exatamente às 11h45 olhei para o relógio, o que fiz para agarrar-me às cifras: talvez elas, pelo menos, pudessem me salvar.

Às 11h45, logo antes de sair para as habituais aulas de trabalho físico (conforme a Tábua das Horas), entrei por um instante em meu quarto. De súbito, uma chamada telefônica; a voz — uma agulha comprida, penetrando lentamente o coração:

— Aha, você em casa? Fico feliz. Espere-me na esquina. Iremos juntos... Para onde? Bem, você logo verá.

— Você sabe muito bem que agora tenho de ir para o trabalho.

— Você sabe muito bem que fará como eu disser. Até logo. Dentro de dois minutos...

Dois minutos depois eu estava na esquina. Era preciso mostrar-lhe que sou governado pelo Estado Único, e não por ela. "Como eu disser..." A julgar pelo tom, ela estava muito segura. Bem, agora vou falar a sério com ela... Os unifs, acinzentados pela névoa, surgiam apressados e por alguns segundos era possível enxergá-los, depois se diluíam na neblina. Eu não desgrudava do relógio; eu era aquele afiado e trêmulo ponteiro dos segundos. Oito, dez minutos... Faltam três, dois minutos para as 12h...

É claro! Eu já estava atrasado para o trabalho. Como a odeio... Mas eu precisava mostrar a ela que...

Eis que aponta na esquina, em meio à branca névoa, uma linha vermelha como sangue — o corte feito pela lâmina afiada de seus lábios.

— Parece que o detive aqui... Mas, já não importa. Agora ficou tarde para você.

Como eu a... se bem que, de fato, agora é tarde.

Em silêncio, eu olhava para os lábios dela. Todas as mulheres são lábios, apenas lábios. Alguns são rosados, tensos e arredondados: um cerco, uma proteção tenra contra todo o mundo. Mas esses, que um segundo antes não estavam aqui, agora me aparecem, como se tivessem sido feitos por um corte de faca, ainda escorrendo o sangue doce.

Chegando mais perto, ela encostou-se, apoiou-se em mim com o ombro — algo transbordava dela para dentro de mim — e nos tornamos um. Eu sei que é assim que deve ser. Sei com cada nervo, com cada fio de cabelo, com cada batida dolorosamente doce do coração. É tão grande a alegria de

Nós

submeter-se a este "dever ser". É provável que a um pedaço de ferro, do mesmo modo, seja uma alegria submeter-se à lei exata e inevitável quando se agarra ao ímã. E também à pedra que, lançada ao alto, hesita por um segundo e logo se precipita em direção à terra. E ao homem que, após a agonia, dá finalmente o último suspiro e morre.

Lembro-me de ter sorrido sem graça e, sem nenhum propósito, ter dito:

— A névoa... É muita.

— Tu gostas da névoa?

Esse antigo *tu*, há muito esquecido — o *tu* do senhor ao escravo[13] — penetrou em mim de forma aguda, lentamente: sim, sou escravo, e isso também "deve ser", também é algo bom e necessário.

— Sim, algo bom... — em voz alta, eu disse a mim mesmo. E depois a ela: — Odeio a névoa. Tenho medo.

— Então a amas. Tens medo porque ela é mais forte do que tu; odeias porque a temes; amas porque não podes submetê-la a ti. Pois só se ama aquilo que não se pode subjugar.

Sim, é assim que é. E justamente por isso, justamente por isso eu...

Íamos os dois como se fôssemos um. Em algum lugar distante, através da neblina, o sol cantava uma canção que mal se ouvia, mas enchia o ar de elasticidade e de cores vivas: peroladas, douradas, rosadas, avermelhadas. Todo o mundo era uma única mulher — imensa, que não se podia abarcar —, e nós estamos em seu ventre; ainda não tínhamos

---

[13] Em russo corrente, a distinção no emprego dos pronomes de segunda pessoa (*vy* — plural; *ty* — singular) opõe o registro formal ao informal e expressa a distinção social. No original deste romance, de modo geral, emprega-se o pronome *vy*, que aqui se traduz por "você". Somente nos casos em que o narrador se refere ao emprego do "antigo" pronome *ty*, é que usamos a forma "tu". (N. do T.)

nascido mas seguíamos crescendo alegremente. Parecia-me claro, infalivelmente claro, que, para mim, o sol, a neblina, o róseo, o dourado... para mim...

Não perguntei para onde estávamos indo. Não importava: era somente ir e continuar indo, continuar amadurecendo, flexibilizando-se mais e mais...

— Bem, é aqui... — I-330 deteve-se na porta — hoje, está aqui de plantão justamente um de meus... Eu falei sobre ele quando estávamos na Casa dos Antigos.

Com muito cuidado, atento ao que amadurecia, li de longe a placa na fachada: "Departamento Médico". E entendi tudo.

Um quarto de vidro cheio de uma névoa dourada. O teto de vidro, garrafas e latas coloridas, cabos elétricos e faíscas azuladas nos tubos; um número masculino — um homenzinho muito esguio — que era como se tivesse sido recortado em papel, pois, por mais que ele se virasse, não importava para que lado, via-se apenas um perfil bem-acabado: seu nariz — uma lâmina reluzente; seus lábios — gumes de tesoura.

Não ouvi o que I-330 disse a ele. Eu apenas olhava para seus lábios quando ela falava, e percebi que eu estava rindo, tolamente, de modo irreprimível. Os gumes da tesoura brilharam — os lábios — e o médico então falou:

— Sim, sim, entendo, a enfermidade mais perigosa; não conheço outra mais perigosa... — e começou a rir; depois, com a mão achatada, recortada em papel, escreveu rapidamente alguma coisa e entregou a folha de papel a I; escreveu outra e entregou a mim.

Eram documentos que atestavam que estávamos doentes, portanto não poderíamos comparecer ao trabalho. Eu estava roubando meu trabalho do Estado Único: sou um ladrão, estou sob a Máquina do Benfeitor. Mas isso me soava distante, indiferente, como as coisas que se leem nos livros...

Peguei a folha de papel sem hesitar um segundo sequer; eu — meus olhos, lábios, mãos —, eu sabia que era assim que devia ser.

Na esquina, numa garagem quase deserta, pegamos o aero. Como daquela outra vez, foi ela que se sentou ao volante; moveu o arranque até a posição "avante" e nos descolamos da terra flutuando. E tudo ficou para trás: a névoa róseo-dourada, o sol; o perfil achatado como lâmina do médico, de repente tão querido, tão próximo. Antes, tudo girava ao redor do sol; mas agora sei que gira à minha volta — lento, beatífico, com os olhos semicerrados...

Ao portão da Casa dos Antigos estava a velha; a terna boca cheia de rugas dispostas como raios, parecendo cicatrizada — é provável que tivesse ficado fechada todos esses dias e que somente agora, quando nos sorriu, se abria outra vez:

— Aha, sua danada! Não está podendo trabalhar, como todos...? Pois sim, está bem, está bem! Qualquer coisa, corro para avisar...

A porta pesada, ruidosa e opaca fechou-se atrás de nós, e, súbito, meu coração abriu-se largamente, e, continuando a se abrir, dolorosamente, escancarou-se. Os lábios dela eram os meus — e deles eu bebia, bebia; apartava-me dela, olhava em silêncio para seus olhos arregalados e, mais uma vez...

A penumbra no quarto; o azul, o amarelo-açafrão, o marroquim verde-escuro, o sorriso dourado do Buda, a cintilação dos espelhos. E agora meu antigo sonho era tão compreensível: tudo impregnado de uma seiva róseo-dourada que estava a ponto de transbordar, aos jorros... Amadurecido, sem poder evitar, como o ferro atraído pelo ímã, numa doce submissão a uma lei indefectível, me despejei inteiro nela. Não havia bilhete cor-de-rosa, nem contas a acertar, nem Estado Único, nem mesmo eu. O que havia eram apenas os dentes ternamente afiados, cerrados, o brilho dourado dos olhos muito abertos que me fitavam, pelos quais eu penetrava devagar, cada vez mais fundo. E o silêncio, perturbado somente por um gotejar no lavatório, em algum lugar a milhares de milhas de distância. Eu era todo o universo; e, entre uma gota e outra, transcorriam épocas, eras inteiras...

Vestindo meu unif, inclinei-me sobre I-330 para absorvê-la com os olhos pela última vez.

— Eu sabia de tudo isso... Eu *te* conhecia... — disse ela com a voz muito calma, antes de levantar com pressa, vestir o unif e me sorrir seu costumeiro e afiado sorriso-mordida. Então continuou:

— Bem, meu anjo caído, você agora pereceu. Não sente medo? Então, até logo! Você deve voltar sem mim. Está bem?

Ela abriu a porta espelhada do armário embutido; virando-se, olhou para mim por sobre os ombros e ficou à espera. Obediente, saí do quarto. Mas, mal tinha atravessado a soleira da porta, veio-me a necessidade de sentir o toque do ombro dela, por um segundo apenas, nada mais. Então voltei... voltei àquele quarto onde ela (provavelmente) ainda abotoava seu unif diante do espelho, entrei correndo e me detive. Eis que me deparo com a argola antiga da chave da porta do armário ainda a balançar, mas I-330 já não estava lá. Ela não poderia ter ido a parte alguma, pois havia apenas uma saída do quarto, ainda assim, não estava mais lá. Revirei tudo, cheguei a abrir o armário, tateei os antigos vestidos multicoloridos: não havia ninguém...

Para mim, meus leitores de outros planetas, é um tanto incômodo contar-lhes sobre estes acontecimentos; eles parecem absolutamente inverossímeis. Mas o que fazer, se tudo isto aconteceu exatamente assim? Acaso todo o dia não foi, desde as primeiras horas da manhã, cheio de coisas inverossímeis? Acaso tudo isto não parece aquela antiga doença dos sonhos? E se é assim, não dá no mesmo um absurdo a mais ou a menos? Ademais, estou certo de que, cedo ou tarde, conseguirei incluir todo esse absurdo em algum silogismo. Isso me tranquiliza; espero que tranquilize também a vocês.

... Como estou farto! Se soubessem como estou farto!

14ª ANOTAÇÃO

Meu
É impossível
O piso frio

Continuo agora a relatar o que se passou ontem. Porque em minha Hora Particular, a que tenho logo antes de dormir, estive ocupado e não pude fazer a anotação. Mas está tudo aqui, como se tudo tivesse sido gravado em mim; é certamente por isso que me ficou especialmente registrada na memória a sensação que me dava aquele piso frio, insuportavelmente frio...

À noite, O-90 devia vir me ver — era o dia dela. Para pegar o documento que autoriza baixar as cortinas, desci para falar com o inspetor que então cumpria o turno.

— O que há com você? — perguntou o inspetor. — Hoje você está parecendo tão...

— Estou... estou doente...

Propriamente falando, era verdade: eu estava de fato doente. Tudo isso é uma doença. E, de imediato, recordei: sim, aquele atestado... Apalpei o bolso: sim, pelo ruído, o papel ainda estava lá. Quer dizer que tudo, tudo realmente tinha acontecido...

Entreguei o papel ao inspetor. Senti minhas bochechas arderem; sem olhar, vi que ele me fitava com espanto.

Eram 21h30. No quarto à esquerda, as cortinas estavam fechadas. No quarto à direita, vejo o vizinho inclinado sobre um livro; sua calva era cheia de saliências; sua testa — uma enorme parábola amarela. Atormentado, eu caminho, cami-

Nós

nho: como será para mim, depois de tudo, estar com O? E sinto claramente o olhar que vem da direita, vejo muito nítidas as rugas na testa — como uma série de linhas indecifráveis; e, por alguma razão, parece-me que essas linhas se referem a mim.

Às 21h45, em meu quarto, cor-de-rosa e muito alegre, um turbilhão, um círculo róseo de braços apertando-me em volta do pescoço. Sinto, então, que o círculo se afrouxa, se afrouxa ainda mais, até que se abre — os braços caem...

— Você não é aquele, não é o mesmo! Você não é meu!

— Que terminologia mais absurda: "meu"! Eu nunca pertenci... — hesitei porque me veio à mente que antes não pertencia, mas agora... Pois, neste momento, não vivia mais em nosso mundo racional, mas no mundo antigo, delirante, o mundo da raiz irracional de menos um.

As cortinas descem. Ali, atrás da parede à direita, o vizinho deixa cair no chão o livro que estava na mesa, e, por uma fresta estreita, no último momento antes que as cortinas baixem por completo, vejo a mão amarela pegando o livro, e penso: eu me aferraria a essa mão com todas as forças...

— Eu pensei que... eu gostaria de tê-lo encontrado hoje durante o passeio. Tenho muito o que... Tenho muitas coisas a falar com você...

Querida! Pobre O! A boca rosada, a meia-lua com as pontas para baixo. Mas não posso contar a ela tudo o que se passou. Isso a faria, no mínimo, cúmplice de meus crimes, tanto mais que, como sei, as forças dela não chegam para ir ao Departamento dos Guardiões, e, por consequência...

O-90 estava deitada. Eu a beijava lentamente; beijava aquela ingênua dobrinha roliça de seu pulso; os olhos azuis estavam fechados, a meia-lua cor-de-rosa desabrochava devagar, abrindo-se; então a beijei inteira.

De repente, percebo claramente até que ponto tudo fora devastado e entregue. Não posso, é impossível. Eu devo, sim... Mas, ao mesmo tempo, é impossível. E meus lábios arrefeceram de uma vez...

A meia-lua cor-de-rosa começou a tremer, perdeu o brilho e contorceu-se. O-90 se cobriu com o cobertor, o rosto ela escondeu com o travesseiro...

Sentei-me ao lado da cama, diretamente no piso — que estava extremamente frio — sem dizer nada. O frio torturante que vinha de baixo se intensificava, e cada vez mais. É, certamente, o mesmo frio taciturno que há por lá, no azul mudo do espaço interplanetário.

— Entenda, eu não queria... — murmurei. — Eu, com todas as forças...

Era verdade: eu, o verdadeiro eu não queria... Mas com que palavras direi tudo isso a ela? Como explicar que o ferro não queria ser atraído, mas que a lei é precisa, inevitável...

O tirou o rosto do travesseiro e, sem abrir os olhos, disse:

— Vá embora! — Mas como chorava, saiu-lhe "vambora", e, por alguma razão, gravou-se em minha memória este detalhe ridículo.

Invadido pelo frio, inteiramente transido, saí para o corredor. Do outro lado da parede de vidro, via-se a fumaça leve, quase imperceptível da névoa. Mas, com a noite, ela deve baixar outra vez, adensando-se, cobrindo tudo. O que será desta noite?

Esgueirando-se, O-90 passou por mim em silêncio, em direção ao elevador. A porta bateu com força.

— Um minuto! — gritei: eu estava com medo.

Mas já se ouvia o zumbido do elevador que descia, descia, descia...

Ela me tirou R.

Ela me tirou O.

Mas mesmo assim, mesmo assim...

15ª ANOTAÇÃO

A Campânula de Gás
O mar espelhado
Arderei eternamente

Assim que entrei no hangar onde a Integral está sendo construída, veio ao meu encontro o Segundo Construtor. Com a cara de sempre, redonda e branca como um prato de porcelana, ele falava como quem oferece, neste prato, algo irresistivelmente saboroso:

— Enquanto esteve doente, aqui, ontem, sem você, sem a Chefia, tivemos um... bem, uma espécie de acidente, pode-se dizer.

— Acidente?

— É, pode-se dizer que sim. Tocou a sirene, encerramos, começaram a nos conduzir para fora do hangar e... você não pode imaginar: o inspetor detectou e prendeu um homem sem a insígnia com o número. Como ele entrou, não consigo entender. Levaram-no ao Departamento de Operações. E lá, de nosso caro invasor, certamente vão arrancar tudo; "como", "por quê"... (Ele sorriu satisfeito.)

No Departamento de Operações, os nossos melhores e mais experientes físicos trabalham sob a supervisão direta do próprio Benfeitor. Entre os diversos aparelhos que se encontram por lá, o mais importante é a famosa Campânula de Gás. Trata-se, na realidade, de um experimento elementar que os antigos praticavam: um rato era colocado sob uma redoma de vidro; manipulava-se a bomba de vácuo para que o ar dentro da campânula fosse se tornando rarefeito... Bem, o resultado se conhece. Mas nossa Campânula de Gás é um aparato muito mais perfeito, é claro, capaz de utilizar diferentes combinações de gases, mas devo dizer que, naturalmente, não se trata de escarnecer de um pequeno animal indefeso; trata-se, sim, de um objetivo bastante elevado, que é o cuidado com a segurança do Estado Único; em outras palavras: a preocupação com a felicidade de milhões. Há mais ou menos cinco séculos, quando o trabalho no Departamento de Operações ainda estava em fase de ajustes, alguns imbecis compararam este Departamento com a antiga Inquisição, mas isso é tão absurdo quanto igualar um cirurgião que faz uma operação de traqueostomia a um bandido de estrada; ambos até podem ter a mesma faca nas mãos, ambos fazem a mesma coisa — perfuram a garganta de um homem vivo; ainda assim, só um deles é benfeitor, o outro é criminoso; um é marcado por um sinal positivo, o outro por um negativo...

Tudo isso torna-se perfeitamente claro em um segundo; numa única volta da roda da máquina da lógica, os dentilhões engancham-se ao sinal de "menos" e, quando o levam para cima, transformam-no em outra coisa.

Há uma questão diferente: a argola da porta do armário ainda estava balançando. Pelo visto, ela acabara de ser fechada com força, mas I-330 não estava mais lá; tinha desaparecido. Isso a máquina de lógica não poderia de maneira alguma ter feito. Era sonho? Mas ainda agora sinto uma dor suave e incompreensível no ombro direito, o ombro que ela apertava, estreitando-se contra mim, em meio à névoa. "Tu gostas da névoa?" Sim, da névoa e de tudo o mais... de tudo que é elástico, novo, admirável... tudo isso está de acordo... tudo está bem...

— Está tudo bem — disse eu em voz alta.

— Bem? — os olhos redondos de porcelana se arregalaram. — Mas o que há de bom nisso? Se esse de número desconhecido deu um jeito de penetrar... significa que há outros, que eles estão por toda parte, à nossa volta, o tempo todo... eles estão aqui, perto da Integral, eles...

— Mas quem são eles?

— Como vou saber? Só sei que posso senti-los, será que me entende? Sinto-os o tempo todo.

— Você ouviu falar de uma nova operação que surgiu recentemente: a remoção cirúrgica da imaginação? (Por aqueles dias eu realmente tinha ouvido falar de qualquer coisa assim.)

— Ouvi, sim. Mas, com o que isso tem a ver?

— É que eu, se estivesse em seu lugar, pediria que fizessem essa operação em mim.

No prato de porcelana manifestou-se claramente algo ácido como limão. Pareceu-lhe ofensiva a sugestão, ainda que indireta, de que ele pudesse ter imaginação... A propósito, uma semana atrás, eu também teria certamente me ofendido com uma insinuação dessas. Mas agora... agora não mais; porque sei que a tenho em mim, sei que estou doente. E sei mais: não quero me curar; isso é uma coisa que eu simplesmente não desejo.

Subimos até o alto pelos degraus de vidro. Tudo o que podíamos ver lá de cima parecia caber na palma da mão...

Vocês que leem estas anotações, quem quer que sejam, têm o sol sobre vocês. E se alguma vez estiveram doentes, assim como estou agora, devem saber o tipo de sol que há — ou que pode haver — pelas manhãs; vocês conhecem este ouro rosado, translúcido e tépido. E o próprio ar, ligeiramente rosado, todo impregnado do terno sangue solar; tudo se enche de vida: as pedras parecem macias e vivas, o aço parece vivo e quente, as pessoas, cheias de vida e sorridentes. É possível que tudo isso desapareça em pouco tempo; que se esvaia todo o sangue rosado, gota a gota, em não mais que uma hora. Enquanto isso, porém, tudo vive. E vejo como pulsa e flui a seiva nos tubos de vidro da Integral; vejo a Integral e imagino que ela pense em seu futuro grandioso e aterrador: a pesada carga de inevitável felicidade que levará até lá, até o alto, a vocês, nossos caros desconhecidos, a todos que buscam eternamente sem nunca encontrar. Vocês hão de encontrar, hão de ser felizes — serão obrigados a ser felizes; e já não terão de esperar muito tempo por isso.

O corpo da Integral está quase pronto: um elegante elipsoide alongado feito de nosso vidro — eterno como ouro, maleável como aço. Eu via como as longarinas e as costelas transversais fortificavam o corpo de vidro; na popa se instalava a base para o gigantesco propulsor de foguetes. A cada três segundos, como uma erupção, a poderosa cauda da Integral lançará chamas e gases no espaço cósmico, e subirá voando a toda velocidade — um ardente Tamerlão[14] da felicidade... Eu via como, de acordo com o sistema de Taylor, os que trabalhavam na construção da nave se moviam com rapidez e, tal como a alavanca de uma enorme máquina, curvavam-se e desencurvavam-se ao ritmo do compasso. Nas mãos, seguravam tubos com archotes reluzentes: com o fogo tanto cortavam quanto soldavam — as paredes de vidro, as esquadrias, as longarinas, os colchetes. Eu via como as gruas transparentes e gigantescas rolavam lentamente pelos trilhos de vidro, e, da mesma maneira que os trabalhadores, viravam-se obedientes para um lado e outro, e, inclinando-se, introduziam suas cargas no ventre da Integral. Tudo isso parecia um corpo único: máquinas humanizadas e homens mecanizados. Era a mais nobre e formidável beleza, harmonia, música... Súbito, quis descer até lá, aonde estavam, para me unir a eles!

Eis-me aqui, ombro a ombro, ligado a eles, capturado pelo ritmo de aço... Os movimentos compassados: as boche-

---

[14] Tamerlão, ou "Timur, o Coxo" (1336-1405), foi o último dos grandes conquistadores nômades da Ásia Central. (N. do T.)

chas coradas, tensamente redondas; as frontes espelhadas, sem nenhuma sombra da insensatez dos pensamentos. Eu flutuava nesse mar espelhado, a repousar...

De repente, um deles vira-se serenamente em minha direção:

— Como é: sente-se melhor hoje?

— Melhor? Como?

— Bem... como ontem não esteve aqui, pensamos que estivesse com alguma coisa grave... — sua fronte brilhava; seu sorriso era infantil, inocente.

O sangue subiu-me ao rosto. Eu não podia, não podia mentir ante aqueles olhos. Então calei; era como se me afogasse... Acima, um rosto redondo de porcelana, branco e brilhante, apareceu na escotilha.

— Ei, D-503! Suba até aqui, por favor! Tivemos um problema com os caixilhos dos consoles, os pontos de entroncamento estão provocando uma tensão no quadrado...

Antes de terminar de ouvir, disparei em direção a ele, escada acima — eu me salvava vergonhosamente, correndo. Eu não tinha forças para levantar os olhos; eles se turvaram com o brilho dos degraus sob meus pés, e a cada degrau meu desespero aumentava. Aqui não é lugar para mim: um delinquente, um envenenado. Nunca mais me adaptaria àquele ritmo mecânico, sem falhas, nunca mais flutuaria naquele mar sereno e espelhado. O meu destino seria arder para sempre, debater-me, procurar um ponto qualquer onde esconder o olhar, para sempre, até encontrar forças para entregar-me e...

Neste momento, senti-me transpassado por uma fagulha gelada: comigo já não me importo, não há problemas; mas não posso deixar de pensar nela, porque ela também...

Por uma escotilha, saí para a coberta e parei: não sabia para onde seguir, não sabia por que tinha ido até ali. Olhei para cima. O sol opaco do meio-dia, já extenuado, subia lentamente. Embaixo estava a Integral, um corpo vítreo-acinzentado, sem vida. Tinha-se esvaído o sangue róseo. Para mim era claro que tudo não passava de minha imaginação, que tudo continuava a ser como antes, mas ao mesmo tempo era claro que...

— Então, D-503, está surdo? Já o chamei mais de uma vez... Que há com você? — Era o Segundo Construtor que gritava bem nos meus ouvidos; e devia estar gritando já fazia tempo.

Que se passava comigo? Tinha perdido o leme. O motor roncava o mais que podia, o aero agitava-se e voava a toda velocidade, mas não tinha leme... Eu não sabia para onde ia com aquela pressa: se descia para me chocar contra o solo, ou se subia em direção ao sol, ao fogo ardente...

16ª ANOTAÇÃO

O amarelo
A sombra bidimensional
A alma incurável

Não escrevo nada há muitos dias. Não sei quantos: todos os dias são o mesmo. São também de uma mesma cor — amarelos como a areia ressecada, abrasada pelo sol, e sem nenhuma sombra, nenhuma gota de água; vai-se por essa infinitude de areia amarela, sem descanso. Não posso ficar sem ela, mas ela... desde aquele desaparecimento inexplicável na Casa dos Antigos...

Desde então, eu a vi uma única vez, durante o passeio. Há dois, três, quatro dias, não sei — todos os dias são o mesmo. Ela passou como um relâmpago e encheu por um instante esse mundo amarelo, vazio. De braço dado com ela ia o homem duplamente curvado, em forma de S — ele não passava do ombro dela —, também a acompanhava o médico de papel recortado e mais um quarto número do qual recordo apenas os dedos: estes emergiam das mangas do unif como um feixe de raios; eram uns dedos extraordinariamente finos, brancos, compridos. I-330 levantou a mão, acenou para mim, depois inclinou-se por cima da cabeça do número curvado para falar com o outro, o de dedos como raios enfeixados. Pareceu-me ouvir a palavra *Integral*; os quatro se viraram e lançaram-me um olhar — e aqui já se tinham perdido no mar azul-acinzentado... e outra vez o caminho amarelo de areia ressecada.

Ela tinha um bilhete cor-de-rosa para se encontrar comigo naquela noite. Fiquei parado diante do intercomunicador e supliquei-lhe com ternura e ódio que, num estalo, fizesse aparecer o mais depressa possível no visor em branco: I-330. A porta do elevador abria-se ruidosamente e de lá saíam mulheres pálidas, altas, rosadas, morenas; e as cortinas iam-se fechando ao redor. Mas ela não aparecia. Não tinha vindo.

E podia ser que justo naquele minuto em que eu escrevia, às 22h em ponto, ela, com os olhos fechados, estivesse encostada em alguém, ombro a ombro, e a este alguém dissesse igualmente: "*Tu me amas?*". Mas a quem? Quem seria ele? Seria esse, o de dedos enfeixados como raios? Ou R, o de lábios grossos que salpicam? Ou seria S?

S... Por que todos os dias escuto os passos dele em meu encalço, como se patinhasse em poças d'água com seus pés chatos? Por que ele me segue o tempo todo — à frente, ao lado, atrás — como uma sombra? Uma sombra azul-acinzentada, bidimensional: passam através dela, pisam-na, mas ela está sempre aqui, ao lado, ligada a mim como um cordão umbilical. Seria ela, I, por acaso, este cordão umbilical? Não sei; ou, talvez, eles, os Guardiões, já estejam sabendo que eu...

Se lhes dissessem que sua sombra os vê, que os vê o tempo todo... Entenderiam? E, de repente, uma estranha sensação: seus braços não são seus, mas de outro alguém; vocês se pegam movendo-os de maneira descoordenada, sem harmonia com seus próprios passos. Ou se, de repente, necessitando olhar para trás, não pudessem de modo algum se virar, porque seu pescoço era preso, inflexível, como metal forjado. Ou ainda, ao sentirem-se assim, corressem, corressem cada vez mais rápido e tivessem a sensação de que, ainda mais rápido, corria a sombra atrás de vocês; e dela não pudessem escapar porque não havia para onde, simplesmente não havia...

Em meu quarto, encontro-me enfim só. Mas uma coisa me acompanha, o telefone. Pego o fone: "Sim, I-330, por favor". E ouço outra vez no fone um leve ruído, os passos de alguém no corredor, diante da porta dela, depois o silêncio... Pouso o fone no gancho — não posso, não posso mais. Vou para lá, onde ela está.

Isso aconteceu ontem. Corri para lá e por uma hora inteira, das 16h às 17h, estive caminhando ao redor da casa onde ela vive. Números passavam em filas. Milhares de pernas golpeando o solo ao compasso; um Leviatã de milhões de tentáculos ondulantes passava por mim. Mas eu estava sozinho, fustigado pela tormenta numa ilha deserta, e de olhos atentos eu procurava, procurava em meio às ondas azuis-acinzentadas.

E agora, de algum lugar, surgiria aquele ângulo malicioso das sobrancelhas erguidas nas têmporas. E lá, além das janelas escuras de seus olhos, arderia uma lareira e se moveria a sombra de alguém. Seguirei para lá, diretamente, para o seu interior, e direi a ela: "Tu". Sim, direi sem falta: "Tu" — "Como tu sabes, não posso viver sem ti. Então, por que...?". Mas ela se manteria calada.

De repente escuto o silêncio; de súbito, com o silêncio da Oficina Musical, compreendo: já passam das 17h, há muito todos se foram, estou só, me atrasei. Ao meu redor, o deserto de vidro mergulhado no amarelo do sol. Então vejo, como um espelho d'água, a superfície reluzente das paredes de vidro penduradas de ponta-cabeça; também eu, de modo ridículo, suspenso no ar, pendia de ponta-cabeça.

Preciso ir logo, neste minuto mesmo, ao Departamento Médico para solicitar um atestado, caso contrário serei levado e... Mas, talvez, isso fosse o melhor; ficar aqui e aguardar calmamente até ser encontrado e levado ao Departamento de Operações; assim, tudo logo teria um fim, tudo seria expiado... Um leve ruído e, diante de mim, uma sombra duplamente curvada. Percebi, sem olhar, que duas brocas de aço cinza penetraram rapidamente em mim. Reuni todas as forças para dar um sorriso, e disse — era preciso que se dissesse qualquer coisa:

— Eu... eu preciso ir ao Departamento Médico.

— O que o impede? Por que fica parado aqui?

Ridiculamente virado, pendurado pelos pés, eu me calava, ardendo inteiro de vergonha.

— Siga-me — ordenou-me S, carrancudo.

Eu o segui obedientemente, balançando meus braços inúteis, alheios a mim. Eu não podia levantar a vista, caminhava todo o tempo em um mundo absurdo, virado de ponta-cabeça: as máquinas com suas bases viradas para cima, as pessoas com os pés pregados ao teto, como antípodas, e, mais abaixo, o céu fundido ao vidro grosso do pavimento. Recordo que o mais lamentável de tudo era que eu via o mundo pela última vez na vida, e o via assim, invertido, e não em seu estado natural; mas não podia levantar a vista para olhar.

Paramos. Diante de mim, os degraus de uma escada. Um passo mais e verei as figuras dos médicos com seus aventais brancos, e a enorme Campânula muda...

Com esforço, como se me desatarraxasse, pude finalmente desprender os olhos do vidro sob meus pés, e, de repente, me saltam à cara as letras douradas — "Departamento Médico". Por que ele me trouxe para cá e não para o Departamento de Operações? Por que se apiedou de mim? Naquele momento eu sequer podia pensar sobre isso: num salto, atravessando os degraus, irrompi, fechando com força a porta atrás de mim, então respirei ofegante. Assim, como se não respirasse desde a manhã, como se meu coração ainda não tivesse batido, e só então respirasse pela primeira vez, só então se abrissem as comportas em meu peito...

Havia dois deles: um — baixíssimo, de pernas roliças como pedestais, com olhos capazes de jogar para o alto os pacientes, como fazem os golpes de chifres; o outro — muito magro, com lábios que eram como gumes reluzentes de te-

soura, o nariz como uma lâmina... Era aquele mesmo que...
Avancei na direção dele como se faz com um amigo próximo, diretamente para suas lâminas, murmurando alguma coisa a respeito de insônia, sonhos, sombras, sobre o mundo amarelo. Os lábios de tesoura brilharam num sorriso.

— Seu caso é grave! Ao que parece, uma alma nova se formou em você.

Alma? É uma palavra estranha, arcaica, há muito já esquecida. Às vezes dizemos "como uma só alma", "sua alma, sua palma", "desalmado", mas alma...?

— Isso é... muito perigoso? — balbuciei.

— Incurável — sentenciaram os gumes da tesoura.

— Mas... em que consiste, realmente? Eu não... não sou capaz de imaginar.

— Veja... como posso lhe explicar... Você é matemático, não é?

— Sim.

— Então suponha um plano, uma superfície... Este espelho, por exemplo. E sobre esta superfície estamos nós, e apertamos os olhos, como pode ver, para escondê-los da luz do sol; e isto aqui é a faísca elétrica azulada no tubo, e ali apareceu a sombra do aero que acaba de passar. Tudo nesta superfície e tudo num instante. Agora, suponha que pelo calor do fogo esta superfície impenetrável subitamente amoleça, de maneira que nada mais possa deslizar por ela, mas tenha necessariamente de penetrar em seu interior, neste mundo de espelhos para onde olhamos como crianças — a propósito, asseguro a você que as crianças não são as tolas que as julgamos ser. E a superfície, então, fez-se em volume, encorpou-se, tornou-se um mundo, e, dentro do espelho — dentro de você — estão o sol, o torvelinho da hélice do aero, e seus lábios trêmulos com os lábios de mais alguém. Compreende? Um espelho frio apenas reflete ou repele, enquanto este absorve, conservando para sempre os vestígios de tudo que o penetrou. A ruga quase imperceptível que viu certa vez no rosto de alguém estará para sempre com você; e neste momento escuta o som da gota d'água que certa vez ouviu cair no meio do silêncio.

— Sim, sim, exatamente... — eu falava agarrando a mão dele. — Ouvi agora as gotas pingando lentamente da torneira do lavatório, no silêncio. E entendi que isto é para sempre. Mas, de todo modo, por quê, de repente, uma alma? Se por tanto tempo ela nunca existiu, por que agora, assim, de repente... Se ninguém a tem, por que então eu...?

Agarrei-me com mais força àquela mão magra: eu tinha um medo aterrador de perder a boia salva-vidas.

— Por quê? Por que não temos penas, não temos asas, mas somente estas escápulas que seriam a base para nossas asas? Porque já não precisamos de asas, temos o aero, as asas só iriam atrapalhar. As asas são para voar, e nós já não temos mais para onde ir: já voamos até nosso destino, já o encontramos. Não é assim?

Eu assenti com a cabeça, confuso. Ele olhou para mim e exibiu um sorriso afiado como um bisturi. O outro escutou, veio de seu gabinete pisando firme com suas pernas de pedestal e, com seus olhos de chifre, levantou meu delgadíssimo médico, depois me levantou.

— Mas qual o problema: uma alma? Você disse "alma"? Que diabo! Desse jeito, logo, logo vamos retornar aos tempos do cólera. Eu lhe dizia (dirigindo o olhar de chifres ao magro): é preciso extirpar de todos a imaginação... de todos... uma operação generalizada para extirpar a imaginação. E isso, só mesmo com cirurgia, não tem outro jeito, só com cirurgia...

Ele pôs uns óculos de raio-X enormes e começou a andar à minha volta, vendo através dos ossos de meu crânio, examinando meu cérebro e fazendo anotações numa caderneta.

— Curiosíssimo... É realmente muito curioso! Escute, você não consentiria em conservar seu cérebro em álcool? Isso seria de extrema importância para o Estado Único... nos ajudaria a prevenir uma epidemia... A não ser que tenha alguma objeção, é claro.

— Veja — dizia meu médico, dirigindo-se ao outro —, o número D-503 é Construtor da Integral, e estou seguro de que isso violaria...

— Ah — mugiu o outro, voltando com seus passos pesados para seu gabinete.

Ficamos sós. Ele pousou a mão de papel com toda leveza e amabilidade sobre a minha; inclinou o rosto, todo ele perfil, aproximando-o de mim, e cochichou:

— Vou lhe contar um segredo: você não é o único. Não foi por acaso que meu colega falou em epidemia. Procure se lembrar, você mesmo; acaso nunca percebeu algo similar em mais alguém? Algo assim, realmente parecido?

Enquanto falava, ele olhava fixamente para mim, de maneira insistente. A que ele se referia? A quem? Seria, por acaso...

— Escute... — comecei eu, saltando da cadeira. Mas ele, com um tom de voz elevado, começou a falar sobre outra coisa:

— Mas para sua insônia, para seus sonhos, posso lhe recomendar uma coisa: ande mais a pé; faça caminhadas. Comece logo amanhã de manhã e dê umas voltas, percorra uma distância, assim... até a Casa dos Antigos, por exemplo.

Outra vez me penetrou com os olhos, exibindo um sorriso afiado. Pareceu-me ter visto com toda clareza, envolta no tecido fino daquele sorriso, uma palavra — uma letra —, um nome, o único nome... Ou não passava outra vez de minha imaginação?

Eu mal aguentei esperar que ele escrevesse meu atestado de doença para aquele dia e para o seguinte; e, uma vez mais, apertei-lhe fortemente a mão, sem dizer palavra, e corri para fora dali.

Meu coração — leve, acelerado — subia, rápido como um aero, levando-me para o alto, subia, subia... Eu sabia que o dia seguinte me reservava alguma alegria. Mas qual?

17ª ANOTAÇÃO

Através do vidro
Eu morri
O corredor

Estou inteiramente desconcertado. Ontem, no exato momento em que pensei que tudo estivesse desembaraçado, que todos os X tivessem sido encontrados, na minha equação surgiram novas incógnitas.

A origem das coordenadas de toda esta história é sem dúvida a Casa dos Antigos. Deste ponto partem os eixos X, Y e Z, nos quais construíra-se para mim há pouco todo o mundo. Pelo eixo X (59ª Avenida) eu segui a pé rumo à origem das coordenadas. Agitava-se em mim, como um turbilhão variegado, o que se passara no dia anterior: as pessoas e as casas invertidas, as torturantes mãos alheias, os gumes reluzentes da tesoura, o ruído agudo do gotejar no lavatório; tudo isso existira assim, existira certa vez. Todas estas coisas giravam impetuosamente, despedaçando a carne, por trás da superfície derretida pelo fogo, onde a "alma" se encontra.

Para cumprir com a prescrição médica, decidi-me pela via que segue não pela hipotenusa, mas pelos dois catetos. E ao final do segundo cateto: a estrada circular ao pé do Muro Verde. Do infinito oceano verde além do Muro, rolava em minha direção uma vaga selvagem de raízes, flores, ramos e folhas; erguendo-se, como um animal nas patas traseiras, a vaga logo me cobriria, e, de homem que eu era — o mais fino e apurado dos mecanismos — seria convertido em...

Felizmente, porém, entre mim e o selvagem oceano verde havia o espesso vidro do Muro. Oh, grandiosa e sublime é a sabedoria limitadora dos muros e barreiras! Talvez seja essa a maior entre todas as invenções. O homem só deixou de ser um animal selvagem quando construiu o primeiro muro. O homem só deixou de ser primitivo quando nós construímos o Muro Verde, isolando com ele nosso perfeito mundo mecânico do mundo disforme e insensato das árvores, feras, pássaros...

Através do vidro, em meio à névoa opaca, observa-me o focinho estúpido de um bicho qualquer. Seus olhos amarelos me repetem com insistência uma ideia que não compreendo. Olhamos demoradamente nos olhos um do outro — esses poços sem fundo que do mundo superficial conduzem a outro mundo, ao que está abaixo da superfície. E em mim algo começa a fervilhar: "E se este ser de olhos amarelos, em sua vida insensata, incalculável, entre montes de folhas sujas, for mais feliz do que nós?".

Agitei a mão, acenando; os olhos amarelos piscaram, afastaram-se e desapareceram na folhagem. Uma criatura lastimável! Que absurdo: ser ele mais feliz do que nós! É possível que seja mais feliz que eu, sim; mas é que eu... sou uma exceção, estou doente. Além disso, eu...

Eu já divisava as paredes vermelhas da Casa dos Antigos, e a visão agradável da boca cheia de rugas, cicatrizada, da velha, então me lancei na direção dela o mais rápido que pude:

— Ela está aqui?

A boca cicatrizada abriu-se lentamente:

— Quem é "ela"?

— Ora! Quem, quem? I-330, é claro. Nós viemos juntos da última vez... no aero...

— Ah, sim, claro... Sim, sim...

As rugas como raios ao redor dos lábios, o brilho astuto de seus olhos amarelos penetrava em meu interior, e, penetrando cada vez mais fundo, ela finalmente me confirmou:

Nós   111

— Está bem... sim, ela está aqui. Chegou agora há pouco.

Notei que aos pés da velha havia um arbusto de absinto prateado (como em um museu, o pátio da Casa dos Antigos é meticulosamente conservado em seu estado pré-histórico). O arbusto estendia um galho até a mão da velha, ela o acariciava enquanto uma faixa amarela de sol pousava em seu colo. E por um instante, eu, o sol, a velha, o arbusto de absinto, os olhos amarelos, éramos todos uma coisa só, estávamos estreitamente ligados por certas veias, e por essas veias circulava o mesmo sangue, magnífico e impetuoso...

Sinto vergonha de escrever sobre isso agora, mas prometi que nestas anotações seria franco até o fim. Assim, eu me inclinei e beijei aquela boca de musgo, enrugada e macia. A velha enxugou a boca e começou a rir...

Passei correndo pelos quartos já familiares, sombrios, onde o som ecoava, e, por alguma razão, fui direto para o quarto de dormir. Junto à porta, ao agarrar a maçaneta, pensei: "E se ela não estiver sozinha?". Então me pus a escutar. Mas escutei apenas a batida de meu coração, não dentro de mim, mas em algum lugar ao meu redor.

Entrei. Uma cama ampla, não amarrotada. Um espelho. Outro espelho na porta do armário, e, no buraco da fechadura, uma chave com uma argola antiga. Não havia ninguém.

Chamei baixinho:

— I... I-330, você está aqui? — e mais baixo ainda, com os olhos arregalados, sem respirar, assim, como se já estivesse de joelhos diante dela — I, querida!

Silêncio. Apenas o gotejar apressado da água que caía da torneira na cuba branca do lavatório. Não posso explicar agora por quê, mas aquilo era desagradável para mim; fechei a torneira com força e saí. Ali ela não estava, ficou claro. Então devia estar em algum outro "cômodo".

Desci correndo por uma escada larga e sombria, puxei

uma porta, depois outra, e uma terceira: todas trancadas. Estava tudo trancado, à exceção, apenas, daquele "nosso" cômodo, onde não havia ninguém. Ainda assim, outra vez me dirigi para lá, sem que eu próprio soubesse para quê. Caminhei devagar, com dificuldade — as solas dos sapatos tornaram-se, de repente, pesadas como ferro. Recordo claramente de um pensamento: "É um equívoco considerar que a força da gravidade seja uma constante. Por conseguinte, todas as minhas fórmulas...".

Neste momento — um estrondo! A porta bateu no andar de baixo; alguém passava pisando firme pela laje do assoalho. Eu, novamente leve, levíssimo, me lancei ao corrimão para me debruçar e, numa palavra, num único grito — "Tu!" — expressar tudo...

E fiquei enregelado: em baixo, pela sombra quadrada que a moldura da janela formava, passou uma cabeça maneando, com as orelhas estendidas como asas, asas cor-de-rosa — era a cabeça de S.

E, como um relâmpago, vi apenas a conclusão nua, sem premissa alguma (continuo, até agora, sem conhecer as premissas): "Não devo permitir, por nada, que ele me veja". E, de mansinho, na ponta dos pés, apertando-me contra a parede, subi até o quarto que não estava trancado à chave.

Por um segundo me detenho junto à porta. Aqueles passos continuam e agora parecem subir para cá. Se ao menos a porta... Implorei à porta, mas ela, que era de madeira, começou a ranger e a ganir. Entrei, e, veloz como uma rajada, diante de meus olhos passaram-se o verde, o vermelho, o Buda amarelo; detive-me em frente à porta espelhada do armário: meu rosto estava pálido, meus olhos expectantes, meus lábios... Escuto outra vez, por sobre o ruído de meu sangue circulando, o rangido da porta... É ele, ele.

Agarrei-me à chave da porta do armário; a argola começou a balançar. Isso me fez recordar alguma coisa, outra con-

Nós

clusão instantânea, nua, sem premissas... Uma fagulha de conclusão, para ser mais preciso: "Daquela vez, I...". Abri bruscamente o armário e, quando me encontrava lá dentro, na escuridão, fechei a porta com uma batida bem forte, estrondosa. Um passo... e algo ondulou sob meus pés. Como se flutuasse, comecei a deslizar suave e lentamente para baixo, a vista escureceu — morri.

* * *

Mais tarde, quando tive de registrar todos estes acontecimentos estranhos, busquei na memória, vasculhei nos livros, e agora finalmente compreendo: foi um estado de morte temporária, um fenômeno conhecido pelos antigos, mas, até onde sei, inteiramente desconhecido entre nós.

Não faço ideia de quanto tempo estive morto, devem ter sido cinco ou dez segundos, não mais; o certo é que depois desse tempo ressuscitei, abri os olhos: estava escuro, senti que descia, descia... Estendi a mão e agarrei-me à parede áspera que escapava rapidamente, arranhando-me a palma e deixando sangue em meus dedos; era evidente que aquilo não era uma brincadeira de minha imaginação doente. Mas então o que era? Sim, o que era?

Eu escutava minha respiração trêmula, entrecortada (tenho vergonha de confessar, tão inesperado e incompreensível foi tudo isso). Dois, três minutos se passaram, eu ainda descia. Finalmente um solavanco brando: aquilo que estava caindo sob meus pés agora ficara imóvel. Tateando no escuro encontrei uma maçaneta, empurrei, abriu-se uma porta e apareceu uma luz opaca. Então vi que atrás de mim subia rápido uma pequena plataforma quadrada. Quis correr para ela, mas já era tarde: estava isolado ali... onde era esse "ali", eu não sabia.

Um corredor. Um silêncio esmagador, pesando mil toneladas. Nos tetos abobadados, um pontilhado infinito de lâmpadas bruxuleantes. Parecia-se um pouco com os "tubos" de nossos trens subterrâneos, mas este corredor era consideravelmente mais estreito e construído não com o nosso vidro, mas com algum outro material, um dos que se empregavam antigamente. Fazia lembrar os redutos subterrâneos onde as pessoas, ao que se diz, refugiavam-se durante a Guerra dos Duzentos Anos. De toda maneira, era preciso seguir.

Caminhei, suponho, uns vinte minutos. Virei à direita, o corredor tornou-se mais largo e a luz das lâmpadas, mais intensa. Ouvia-se um rumor abafado. Talvez fossem máquinas, talvez fossem vozes, eu não sabia, mas me encontrava diante de uma porta pesada e opaca e era certo que o rumor vinha de trás dela.

Bati uma vez; depois tornei a bater, mais alto. O rumor atrás da porta serenou. Ouviu-se um rangido: a porta se abriu lenta e pesadamente.

Não sei qual de nós dois ficou mais estupefato: diante de mim estava o médico delgadíssimo com nariz de lâmina.

— Você? Aqui? — disseram as tesouras e fecharam-se ruidosamente. Enquanto eu, como se nunca tivesse conhecido uma palavra da língua humana, fiquei calado. Olhava, mas não compreendia absolutamente nada do que ele me dizia. Devia ser para que eu fosse embora dali, porque depois foi me empurrando com seu abdômen chato de papel até o final da parte mais iluminada do corredor, onde me deu um empurrão nas costas.

— Permita-me... eu gostaria... pensei que ela, I-330... Mas, atrás de mim...

— Fique onde está — atalhou o médico, e desapareceu...

Finalmente! Finalmente ela estava por perto, estava aqui, e não importava onde era esse "aqui". A seda amarelo-açafrão, o sorriso-mordida, os olhos fechados pelas cortinas... Meus lábios, minhas mãos e meus joelhos tremiam, e, por minha cabeça, passou uma ideia tolíssima:

"As vibrações são sons. Os tremores deveriam soar. Por que então não escuto?"

Os olhos dela se abriram para mim — de par em par — e eu entrei neles...

— Eu não podia aguentar mais! Onde você estava? Por que... — sem deixar de olhar para os olhos dela nem por um segundo, falei como se delirasse, rapidamente, sem coerência, talvez apenas tivesse pensado. — A sombra me perseguia... Eu morri... E da porta do armário... Porque aquele seu médico disse com as tesouras que eu... tenho uma alma... Incurável.

— Uma alma incurável! Pobrezinho! — I-330 desatou a rir e me salpicou com seu riso: todo o delírio se dissipou; por toda parte ressoavam e reluziam as fagulhas daquele riso... e tudo, tudo estava bem.

O médico surgiu novamente da esquina — magnífico, esplêndido, o delgadíssimo médico.

— E então? — ele se deteve ao lado dela.

— Nada, nada! Depois eu lhe conto. Por acaso, ele... Diga que retorno em... quinze minutos, mais ou menos.

Virando a esquina, o médico desapareceu outra vez. Ela esperou. A porta bateu fazendo soar um barulho surdo. Então I-330, muito lentamente, foi introduzindo uma agulha doce e afiada cada vez mais fundo em meu coração, e apertava-se contra mim com o ombro, o braço, apertava-se inteira, e começamos a caminhar juntos, absolutamente unidos, éramos dois e éramos um...

Não me lembro onde foi, mas entramos na escuridão, e, em silêncio, às escuras, começamos a subir pelos degraus de uma escada sem fim. Eu não via, mas sabia que ela, exatamente como eu, ia com os olhos fechados, como cega, com a cabeça levantada, mordiscando os lábios e ouvindo a música — a música do meu quase imperceptível tremor.

Ao voltar a mim, encontrava-me num dos muitos recantos do pátio da Casa dos Antigos; havia uma espécie de cerca, costelas de rocha à mostra, saídas da terra, e dentes amarelos de muros em ruínas. Ela abriu os olhos e disse: "Depois de amanhã às 16h". E se foi.

Será que tudo isso realmente aconteceu? Não sei. Saberei depois de amanhã. Há um único vestígio real: a pele descascada na ponta dos dedos da mão direita. Mas hoje, na Integral, o Segundo Construtor me garantiu, como se ele mesmo tivesse visto, que eu toquei por acaso na roda de um esmeril com estes dedos — aí estaria a explicação. Deve ter sido isso mesmo. É bem provável que tenha sido. Mas não sei. Não sei de nada.

18ª ANOTAÇÃO

Os labirintos da selva da lógica
Ferimentos e emplastros
Nunca mais

Ontem, quando me deitei, logo desci ao fundo do sono, tal como um navio que vai a pique por excesso de carga. Uma massa espessa e ondulante de água verde me envolveu. E quando subo lentamente do fundo em direção à superfície, em algum lugar na metade da subida, abro os olhos: meu quarto, a manhã estática, ainda esverdeada. Na porta espelhada do armário um fragmento de sol me atinge diretamente nos olhos. Isso atrapalha o cumprimento exato das horas de sono que a Tábua das Horas determina. O melhor era abrir a porta do armário, mas eu me sentia como se estivesse envolto em teias de aranha, teias que me envolviam completamente, até os olhos; não tinha forças para levantar...

De todo modo, consegui me levantar, abrir a porta do armário e, de repente, de trás dela, desemaranhando-se do vestido, toda rosada, surge I-330. Eu estava já tão habituado às coisas mais inverossímeis que, até onde me lembro, não cheguei a me surpreender, nem fiz qualquer pergunta. Sem perder tempo, entrei no armário, bati a porta espelhada atrás de mim e, ofegante, apressado, às cegas, me uni avidamente a ela. Vejo agora como tudo se passou: um raio fino de sol penetrou através duma fresta da porta e, no escuro, quebrou-se no chão como um relâmpago, depois foi parar numa das paredes do armário, daí subiu mais até que sua lâmina cruel e reluzente atingiu o pescoço nu de I, que tinha a cabeça voltada para trás; fiquei tão apavorado que não suportei, dei um grito e, outra vez, abri os olhos.

Em meu quarto — a manhã estática, ainda esverdeada. Na porta do armário, um fragmento de sol. Estou na cama e sonho, mas meu coração ainda bate furiosamente, sobressaltado, e doem-me as pontas dos dedos, os joelhos. Isso aconteceu... sem dúvida! Naquele momento não distinguia entre o sonho e a realidade; as grandezas irracionais brotam por entre tudo o que é estável, habitual, tridimensional, e no lugar das superfícies sólidas e lapidadas há algo torcido, nodoso...

Ainda falta muito tempo até que toquem a campainha. Estou deitado, pensando, e diante de mim se desenrola uma cadeia lógica muitíssimo estranha.

No mundo de superfície, cada equação, cada fórmula tem uma curva ou um corpo que lhe corresponde. Para fórmulas irracionais — para a minha raiz de menos um — não conhecemos os corpos que a elas correspondem, nunca os vimos... Mas é nisso que está o horror: esses corpos invisíveis existem. Eles devem necessariamente existir porque na matemática, como numa tela, passam diante de nós suas sombras estranhas, espinhosas — as fórmulas irracionais. E a matemática, assim como a morte, nunca erra. E se não vemos esses corpos na superfície de nosso mundo, deve inevitavelmente existir para eles todo um mundo além da superfície, igualmente enorme...

Sem esperar o toque da campainha, dei um salto e comecei a correr pelo quarto. Minha matemática, até agora a única ilha sólida e inabalável desta minha vida transtornada, também se desprendeu, começou a flutuar e dar voltas. Quer dizer então que essa "alma" absurda é tão real quanto meu unif, quanto as minhas botas? Aliás, agora não posso vê-los também (eles estavam atrás da porta espelhada do armário). Mas se as minhas botas são reais e não uma doença, por que minha "alma" o seria?

Eu buscava mas não encontrava a saída desse labirinto da lógica. Ele era como os desconhecidos e horripilantes labirintos da selva do outro lado do Muro Verde, que são ao mesmo tempo seres extraordinários e incompreensíveis, que falam sem palavras. Parecia-me estar vendo, através de um vidro grosso, a infinitamente grande e, ao mesmo tempo, infinitamente pequena raiz de menos um, que se mostrava com sua forma de escorpião com o ferrão escondido mas sempre perceptível... Mas talvez isso não seja senão a minha "alma" que, tal como o lendário escorpião dos antigos, espetava o ferrão em si próprio até que...

A campainha. O dia. Tudo isso, sem expirar, sem desaparecer, apenas fica encoberto pela luz do dia, assim como os objetos visíveis que, sem expirar, encobrem-se pela luz noturna com o anoitecer. Minha cabeça estava cheia de uma névoa leve e instável. Surgem da névoa compridas mesas de vidro; lentamente, silenciosas, movem-se as cabeças esféricas, mastigando de modo ritmado. De longe, através da neblina, chegava até mim o matraquear de um metrônomo. Sob o afago habitual desta música eu, juntamente com todos os outros, contei maquinalmente até cinquenta: os cinquenta movimentos de mastigação regulamentares para cada bocado. Depois, marcando maquinalmente o compasso, desci a escada e assinalei meu nome no registro dos que saíam, como todos os outros. Mas tenho a sensação de que vivo à parte, sozinho, separado de todos os outros, cercado por um muro que não é sólido mas que abafa todos os sons; e dentro desse muro se encontra o meu mundo...

Agora, se este mundo é só meu, por que falar dele nestas anotações? Para que estão aqui todas essas coisas absurdas: sonhos, armários, corredores sem fim? Vejo com profundo pesar que, em vez de um poema harmonioso e rigorosamente matemático em honra do Estado Único, o que me sai é um romance de aventuras fantásticas. Ah, se isto fosse realmente só um romance, e não a minha vida atual, cheia de incógnitas, raízes de menos um e quedas!

Aliás, talvez tudo seja em favor de algo melhor. O mais provável é que vocês, meus leitores desconhecidos, quando comparados a nós, sejam ainda crianças. Nós fomos criados pelo Estado Único; chegamos, portanto, ao ponto mais alto que o homem pode alcançar. E, como crianças, não podem tragar sem gritos todo este amargor que lhes ofereço, sem que ele seja cuidadosamente encoberto pelo espesso xarope da aventura...

À noite:

Vocês conhecem a sensação de quando se está num aero que sobe a toda velocidade por uma linha espiral azul, de janelas abertas, e o vento em torvelinho atinge o rosto, e a terra não existe, nos esquecemos dela, que então nos parece tão distante quanto Saturno, Júpiter ou Vênus? É assim que vivo agora, com o vento em torvelinho no rosto, me esqueci da terra, me esqueci da rosada e querida O. Mas nem por isso a terra deixa de existir, cedo ou tarde será preciso aterrissar; só que fecho os olhos para não ver que se aproxima o dia em que, na minha Tabela Sexual, está marcado o nome dela — O-90...

Esta noite a terra distante se fez recordar.

Para cumprir com a prescrição médica (eu desejo sinceramente, muito sinceramente me curar), vaguei por duas horas inteiras pelas desérticas e retilíneas avenidas de vidro. De acordo com a Tábua das Horas, estavam todos nos auditórios, eu era o único que... Era, na realidade, um espetáculo antinatural: imaginem um dedo amputado da mão, do todo, um único dedo humano, meio encurvado, que corre e pula pelas calçadas de vidro. Eu era aquele dedo. E o mais estranho, mais antinatural de tudo, era que o dedo não queria estar na mão, junto com os outros: ou sozinho ou com... — é

Nós

isso mesmo, não tenho mais o que esconder — se não sozinho, eu queria estar com ela... outra vez me transfundir inteiro nela através do ombro, do entrelaçamento dos dedos das mãos...

Só voltei para casa quando o sol já estava se pondo. As cinzas cor-de-rosa da noite pairavam sobre o vidro dos muros, sobre o pináculo dourado da Torre Acumuladora, sobre as vozes e sorrisos dos números com os quais me encontrava. Não é estranho que, ao se apagarem, os raios do sol formem um ângulo igual àquele formado pelos raios que se acendem de manhã, enquanto tudo mais é diferente? A coloração rosada, por exemplo, que é agora muito silenciosa, quase melancólica, de manhã será gritante, efervescente.

Quando entrei no vestíbulo, a inspetora U retirou um dos envelopes da parte de baixo de uma grande pilha de envelopes cobertos pela cinza rosada e me entregou. Repito: ela é uma mulher muito respeitável, além disso, tenho certeza de que, em relação a mim, deve nutrir os melhores sentimentos. No entanto, toda vez que olho para aquelas bochechas caídas, parecidas com as guelras de um peixe, tenho uma sensação desagradável.

Ao me estender o envelope com sua mão nodosa, U suspirou. Mas esse suspiro apenas moveu de leve aquela cortina que me separa do resto do mundo: eu estava inteiramente abstraído por aquele envelope em minhas mãos trêmulas, onde se encontrava — eu não tinha dúvidas — uma carta de I-330.

Ouvi, então, um segundo suspiro. Este foi tão ostensivo, tão fortemente realçado — como se tivesse sido sublinhado por uma linha dupla — que me desliguei do envelope e observei: entre as guelras, através das pudicas gelosias fechadas de seus olhos, um sorriso terno, que envolvia e deslumbrava. E logo:

— Pobrezinho — outro suspiro, agora sublinhado por uma linha tripla, e, ao mesmo tempo, apontando com um discreto aceno de cabeça para a carta cujo conteúdo, por dever, ela naturalmente conhecia.

— Não, palavra de honra, eu... Mas por quê?

— Não, não, meu caro, eu o conheço melhor do que você a si próprio. Afinal, há muito que o tenho observado com atenção e vejo que precisa de alguém para caminhar pela vida de mãos dadas, alguém que tenha estudado a vida por longos anos...

Senti-me envolto pelo sorriso dela, que se grudava em mim por todos os lados; era uma espécie de emplastro aplicado aos ferimentos que me tinham sido infligidos, naquele instante, pela carta que tremia em minhas mãos. E através das pudicas gelosias, calmamente, continuou:

— Vou pensar, meu caro, vou pensar. E fique tranquilo: se eu me sentir forte o bastante para... não, não, antes devo pensar um pouco...

Grande Benfeitor! Será que estou fadado a... Será que ela quer me dizer que...?

Meus olhos se turvaram, havia milhares de sinusoides, a carta saltava em minhas mãos. Aproximando-me da parede, fui para mais perto da luz. Ali, o sol se apagava; e caía sobre mim, pelo chão, sobre minhas mãos, sobre a carta, cada vez mais espessa, aquela triste cinza de um rosado escuro.

Abro o envelope, procuro logo a assinatura e sou golpeado — não era I, era... O. E outro golpe me feriu: um borrão no canto inferior direito do papel, uma gota de tinta havia caído... Eu não suporto borrões... de nenhum tipo: sejam eles de tinta ou... de qualquer outra coisa. Sei que, antes, eu sentiria um simples desagrado, um incômodo nos olhos por causa daquela mancha. Por que então aquela manchinha escura era como uma nuvem que tornava tudo cada vez mais acinzentado, mais cor de chumbo? Ou seria, outra vez, a manifestação de minha "alma"?

A carta:

Nós

"Você sabe... ou não, talvez não saiba — não sei bem escrever como se deve —, mas não importa: agora já sabe que não posso viver mais um só dia sem você, nem uma só manhã, uma só primavera. Porque para mim R é apenas... bem, isso não importa para você. De qualquer maneira, sou muito agradecida a ele: se eu estivesse sozinha, sem ele, nesses dias, não sei como teria sido... Durante esses dias e noites eu vivi dez, vinte anos, talvez. Era como se meu quarto não fosse quadrangular, mas circular, sem portas, e por ele eu circulasse eternamente, e, assim, era sempre a mesma coisa.

Eu não posso viver sem você porque o amo. Porque vejo e compreendo: agora você não precisa de ninguém, ninguém no mundo além daquela, da outra, e, entenda: é exatamente por amar você que eu devo...

Preciso ainda de mais dois ou três dias para, de alguma maneira, juntar meus pedaços e ficar pelo menos um pouco parecida com a antiga O-90. Depois disso irei eu mesma declarar que anulo meu registro com você, e assim você deve ficar melhor, deve ficar bem. Nunca mais vou procurá-lo. Desculpe-me. — O."

Nunca mais. Assim, sem dúvida, é melhor. Ela tem razão. Mas por que então... por quê...

19ª ANOTAÇÃO

Um infinitesimal de terceira ordem
Um olhar sob a fronte
Do parapeito

Lá, naquele estranho corredor com lâmpadas opacas formando um pontilhado tremeluzente... ou não, não... não foi lá. Foi mais tarde, quando eu já estava com ela em algum recanto abandonado no pátio da Casa dos Antigos, ela disse: "Depois de amanhã". Esse "depois de amanhã" é hoje, e todas as coisas têm asas — o dia voa. Nossa Integral também já está de asas: terminaram a instalação do propulsor do foguete e hoje o submeteram ao primeiro teste. Que descargas magníficas e potentes! Cada uma delas é, para mim, como uma salva de artilharia em honra dela, a única, e em honra a este dia.

Com a primeira manobra (= explosão), de uma dezena de números de nosso hangar que estavam boquiabertos embaixo da boca do motor, não sobrou nada, exceto fuligem e algumas migalhas. É com orgulho que escrevo que o ritmo de nosso trabalho não atrasou nem um segundo por causa disso. Ninguém se abalou: tanto nós quanto nossas máquinas seguimos com nossos movimentos, retos e circulares, com a mesma precisão, como se nada tivesse acontecido. Dez números — isso nem chega a representar a centésima milionésima parte da massa do Estado Único. De acordo com um cálculo prático, é um infinitesimal de terceira ordem. Somente os antigos conheciam aquela compaixão que, por ser aritmeticamente ignorante, nos parece ridícula.

E me parece cômico que ontem eu tenha refletido — e até escrito nestas páginas — sobre uma desprezível manchinha acinzentada, sobre um borrão... Isso era aquele mesmo "amolecimento da superfície", que deve ser dura como diamante, dura como as nossas paredes (diz um ditado dos antigos: "é como lançar ervilhas contra a parede").[15]

16h. Não fui ao passeio complementar: talvez ela resolva aparecer justo agora, quando tudo está tinindo ao calor do sol; como saber?

Estou praticamente sozinho no prédio. Pelas paredes atravessadas pelo sol, posso ver ao longe — à direita, à esquerda e abaixo de mim — as outras habitações, vazias, suspensas no ar, repetindo-se umas nas outras como num espelho. Apenas uma sombra tênue e cinzenta deslizava lentamente para cima, por uma escada azulada, mal delineada pelo nanquim do sol. Já escuto os passos e vejo — sinto — através da porta que um sorriso-emplastro se grudou em mim; depois passou e desceu por outra escada...

O intercomunicador tocou. Eu me lancei inteiro para olhar a pequena abertura branca do visor, mas... mas o que apareceu foi uma consoante (o que significa "masculino"). Era um número masculino que eu não conhecia. O elevador zumbiu, e a porta bateu. Surge diante de mim uma testa atarracada, meio de lado, desdenhosa, e os olhos... me causaram uma impressão muito estranha: era como se ele falasse pelos olhos, que me olhavam de soslaio de dentro da testa atarracada.

— Uma carta dela para vôcê... (do olhar de soslaio, por debaixo do toldo da fronte). Ela pede que faça sem falta tudo como está escrito aqui. — E, de soslaio, por debaixo do toldo, olhou ao redor. Se não havia mais ninguém, ninguém

---

[15] Tradução literal de *kak ob stienku gorokh*, metáfora para uma ação inútil. (N. do T.)

além de mim, por que não me entregava logo? Mas, antes, olhou outra vez ao redor, e só então me entregou o envelope e se foi. Fiquei sozinho.

Não, não fiquei sozinho: no envelope havia um bilhete cor-de-rosa e, quase imperceptível, o cheiro dela. Era ela, ela viria, viria me ver. Para ter certeza de que era mesmo verdade, peguei rapidamente a carta para ler com meus próprios olhos.

O quê? Não pode ser! Leio mais uma vez, passando aos saltos pelas linhas: "O bilhete... feche as cortinas sem falta, como se eu realmente estivesse com você... Para mim, é imprescindível que eles pensem que eu... sinto muito, sinto muito...".

E a carta... eu a fiz em pedaços. Por um segundo, olhei para o espelho — minhas sobrancelhas desgrenhadas, deformadas. A seguir, pego o bilhete para fazer com ele o mesmo que fiz com a carta...

"Ela pede que faça sem falta tudo como está escrito aqui."

Minhas mãos enfraqueceram e se abriram. O bilhete caiu sobre a mesa. Ela é mais forte do que eu e, ao que parece, farei exatamente o que ela quer. Pensando bem, talvez... não sei: veremos. Até a noite ainda falta... O bilhete ficou sobre a mesa.

No espelho — minhas sobrancelhas desgrenhadas, deformadas. Por que não tenho um atestado médico para hoje? Teria ido caminhar; caminhar sem parar ao redor de todo o Muro Verde, e depois cair na cama, nas profundezas... Mas devo ir ao 13º auditório; eu deveria era me atarraxar inteiro aqui e ficar quieto por duas horas, por apenas duas horas... quando o que eu queria mesmo era gritar, bater com os pés.

A palestra. É muito estranho que saia do aparato reluzente uma voz macia, aveludada, musgosa, e não metálica, como é de costume. Era uma voz feminina, uma voz que me

Nós

127

soou como a de uma velhinha que teria vivido não se sabe quando, pequena e encurvada como um gancho, parecida com aquela... a da Casa dos Antigos.

A Casa dos Antigos... ao pensar nela, me vem tudo de uma vez, como uma fonte, algo que vem de baixo, e preciso me atarraxar com todas as forças para não inundar o auditório inteiro com um grito. Suaves e aveludadas, as palavras me atravessavam, e de tudo o que disseram, só me ficou uma coisa: algo sobre crianças, sobre a humanocultura. Como se eu fosse uma chapa fotográfica, tudo se imprimia em mim com uma precisão que me era alheia, estranha e sem sentido: um crescente dourado, o reflexo da luz no alto-falante e, embaixo dele — uma ilustração viva — uma criança se arrasta, tentando alcançar o brilho; ela tinha enfiado na boca a barra de seu pequeníssimo unif; o punho cerrado com força apertava o polegar (que era bem pequeno) virado para dentro; a dobrinha rechonchuda e suave de seu pulso roliço. Como se eu fosse uma chapa fotográfica, tudo se imprimia em mim: a perna nua pende na beira do palco, o leque cor-de-rosa formado pelos dedos surge no ar, um pouco mais e ela cairia no chão...

Um grito de mulher, as asas transparentes do unif ondeiam no palco, ela agarra o bebê, seus lábios grudados às dobras rechonchudas do pulso dele, leva-o para o centro da mesa e depois desce do palco. Imprimem-se em mim: a boca cor-de-rosa em meia-lua com as pontas para baixo; os olhos eram dois pirezinhos azuis transbordando de tão cheios. Era O-90. Enquanto eu, como se lesse alguma fórmula corretamente elaborada, de repente percebo a necessidade, a naturalidade desse acontecimento insignificante.

Ela sentou-se um pouco atrás de mim, à esquerda. Olhei ao redor; ela docilmente desviou os olhos da mesa onde estava o bebê e os dirigiu a mim, penetrando-me, e de novo: a mesa no palco, ela e eu éramos três pontos, e as linhas traçadas entre esses pontos eram projeções de certos acontecimentos ainda não percebidos, mas inevitáveis.

Voltei para casa pela rua verde, crepuscular, já repleta de luzes que pareciam olhos. Eu me ouvia tiquetaquear inteiro, como um relógio. E os ponteiros dentro de mim ultrapassavam determinado algarismo: o que eu estava prestes a fazer era algo de que não se podia voltar atrás. Ela precisa que certas pessoas imaginem que ela está comigo. Já eu preciso dela; que me importa o que ela precisa? Eu não quero servir de cortina para os outros. Não quero e pronto!

Atrás de mim, os passos de alguém cujo modo de caminhar, como se pisasse em poças d'água, me era familiar. Já nem me preocupo em olhar: sabia que era S. Ele vai me seguir até a porta, depois, provavelmente, vai ficar parado lá embaixo, na calçada, com suas brocas atarraxando-se para cima, em direção ao meu quarto, até que se fechem as cortinas, escondendo o crime de alguém...

Ele, meu Anjo da Guarda, colocou nisto um ponto final. Decidi que não fecharia as cortinas. E estava resolvido.

Quando subi para meu quarto e apertei o interruptor, não pude acreditar no que meus olhos viam: O-90 estava em pé, ao lado de minha mesa. Ou, para ser mais preciso, estava pendurada, como um vestido vazio que se acabou de tirar; sob o vestido, era como se lhe faltassem todas as molas: tanto as pernas quanto os braços, e até sua voz estavam pendentes, sem molas.

— E quanto à minha carta, você a recebeu? Sim? Preciso saber a resposta... e preciso para hoje.

Dei de ombros. Como se ela fosse culpada de tudo, olhei com prazer para seus olhos azuis, cheios até a borda, e demorei a responder. E, com mais prazer ainda, espetando-a com cada uma de minhas palavras, disse-lhe:

— Resposta? Bem... Você está certa. Incondicionalmente. Em tudo.

Nós

— Então, isso quer dizer que... — o sorriso dela encobria um pequeno tremor, mas eu podia vê-lo. — Pois, muito bem! Vou embora agora mesmo.

Mas continuou lá, abandonada ao lado da mesa, de olhos caídos, com pernas e braços desarticulados. Como aquele bilhete cor-de-rosa amarrotado ainda estava na mesa, abri rapidamente este meu manuscrito, *Nós*, cobrindo o bilhete com suas páginas (talvez os escondesse muito mais de mim do que dela, propriamente).

— Veja aqui... estou escrevendo tudo. Já tenho mais de 100 páginas... Está saindo algo um tanto inesperado, mas...

Sou interrompido por uma voz... ou a sombra de uma voz:

— Você deve se lembrar daquela vez em que eu... lá pela página 18... derramei uma... e você...

E lágrimas correram apressadas de seus pirezinhos azuis, lágrimas que se precipitavam silenciosas pelas bochechas; e, apressadas, transbordavam as palavras:

— Não posso, agora vou embora... eu nunca mais... e que seja assim. Mas só uma coisa... quero ter um filho seu... Faça um filho comigo, que assim eu vou... Sim, vou embora!

Notei que ela estremecia inteira sob o unif, e logo eu também iria... mas... Coloquei as mãos para trás e sorri:

— O quê? Deseja ir até a Máquina do Benfeitor?

Com a força de uma torrente atravessando diques, estas palavras despejaram-se sobre mim:

— Que seja, não importa! O que importa é que vou sentir, ainda que só por uns dias, sim, ainda que por uns dias vou senti-lo dentro mim. Queria ver, ao menos uma vez, as dobrinhas nos pulsos dele; aqui, assim, exatamente como aquele que estava lá, na mesa do auditório. Nem que seja por um único dia!

Três pontos: ela, eu e, sobre a mesa, aquele punho cerrado com dobrinhas rechonchudas...

* * *

Lembro de certa vez em que, na infância, fomos levados à Torre Acumuladora. Ao final da escada, chegando ao topo, eu me inclinei sobre o parapeito de vidro e vi que as pessoas eram pontinhos lá em baixo, e meu coração batia leve, agradável: "E se eu...?". Mas no instante em que pensei, agarrei-me com ainda mais força ao corrimão; mas não desta vez, desta vez saltei mesmo no vazio.

— É assim que você quer? Com plena consciência de que...

De olhos fechados, como se o sol batesse diretamente em seu rosto, com um sorriso úmido, radiante, ela respondeu:

— Sim, sim! Eu quero!

Retirei o bilhete cor-de-rosa de debaixo do manuscrito e desci correndo para falar com o inspetor. O-90 me agarrou pelo braço e gritou algo que só fui compreender depois, quando voltei.

Ela estava sentada na beirada da cama e apertava com força as mãos sobre os joelhos.

— Esse bilhete... é dela?

— Que diferença isso faz? Bem, sim, é dela.

Algo estalou. O mais provável era que fosse O se mexendo, simplesmente. Mas ela estava sentada, em silêncio, com as mãos sobre os joelhos.

— Então, depressa... — Apertei com força o braço dela e manchas vermelhas (que amanhã seriam roxas) apareceram em seu pulso, ali, onde estão as dobrinhas rechonchudas de bebê.

Depois, tornando a apertar o interruptor, apagaram-se os pensamentos, veio a escuridão, o brilho de faíscas... Pulei do parapeito e fui caindo...

Nós

20ª ANOTAÇÃO

Descarga
O material das ideias
O Penhasco Zero

Descarga — é essa a definição mais apropriada. Agora vejo que aquilo foi exatamente como uma descarga elétrica. A pulsação de meus últimos dias se tornara cada vez mais árida, mais rápida, mais intensa; os polos se aproximam cada vez mais. Um ruído seco de crepitação, um milímetro a mais, e: uma explosão, depois o silêncio.

Dentro de mim agora tudo está quieto e vazio, como num prédio de onde todos saem e, ficando sozinho, deitado, doente, você escuta com toda clareza e nitidez as batidas metálicas do pensamento.

Talvez essa descarga tenha finalmente me curado de minha "alma" torturante, e eu tenha voltado a ser como todos nós. Agora, pelo menos, vejo mentalmente, e sem nenhuma dor, O-90 subindo pelos degraus do Cubo, na Campânula de Gás. E se ela mencionar meu nome no Departamento de Operações, não vou me importar: no último momento, grato e devoto eu beijarei a mão castigadora do Benfeitor. Em nossa relação com o Estado Único temos esse direito, o de sermos castigados, e, de minha parte, não abro mão dele. Nenhum de nós, os números, se atreve, e não deveria mesmo se atrever, a recusar esse que é seu único direito — e por ser único é de grande valor.

... De mansinho, os pensamentos martelavam com sua nitidez metálica; um aero ignorado me leva para as alturas azuis de minhas tão amadas abstrações. Então vejo como aqui, no puríssimo ar rarefeito, num estalar suave, rebenta-se como uma câmara pneumática meu raciocínio sobre "a eficácia do direito". E vejo claramente que isso é apenas um atavismo, algo que vem das superstições absurdas dos antigos, da ideia que tinham a respeito de "direito".

Algumas ideias são de barro, outras são esculpidas em ouro, para sempre, ou em nosso precioso vidro. E para determinar o material de uma ideia, basta pingar nela uma gota de um dos ácidos de alta eficácia. Os antigos também conheciam um desses ácidos: *reductio ad finem*. Parece que o chamavam assim. Mas eles temiam esse veneno e preferiam acreditar que viam o céu, ainda que fosse apenas um brinquedo — uma ideia de barro —, do que admitir que olhavam para um nada azul. Nós, graças ao Benfeitor, somos adultos e não precisamos de brinquedos.

Agora, se pingarmos uma gota de ácido na ideia de "direito"... Até os antigos, pelo menos os mais adultos dentre eles, já sabiam que a fonte do direito é o poder. O direito é uma função do poder. Aqui temos os dois pratos da balança! Num deles — um grama; no outro — uma tonelada. No primeiro — "eu"; no segundo — "nós", o Estado Único. Não parece evidente? Admitir que o "eu" possa ter "direitos" com respeito ao Estado é o mesmo que admitir que um grama possa se equiparar a uma tonelada. Esta é a distribuição: à tonelada — os direitos; ao grama — os deveres. Este é o caminho natural que conduz da nulidade à grandeza: esquecer que se é um grama e sentir-se a milionésima parte da tonelada...

Vocês, venusianos corados, voluptuosos, e vocês, uranianos cobertos de fuligem como ferreiros, ouço seu descontentamento em meu próprio silêncio azul. Mas vejam bem: tudo que é grandioso é ao mesmo tempo simples; compreendam: inabaláveis e eternas, somente as quatro regras da aritmética podem ser. E somente a moral fundada nessas quatro regras permanecerá eterna, grandiosa e inabalável. Essa é a

Nós   133

sabedoria suprema, esse é o vértice da pirâmide que as pessoas, vermelhas de suor, debatendo-se arquejantes, tentaram por séculos escalar. E desse vértice olhamos para o fundo, onde ainda fervilha, feito minúsculos vermes, algo da selvageria de nossos antepassados que se mantem intacto em nós. Olhando do alto da pirâmide, revelam-se iguais tanto uma mãe ilegítima, O-90, quanto um assassino ou um insensato como aquele que teve a audácia de atirar seus versos contra o Estado Único. E também igual é a sentença a eles destinada: a morte prematura. É essa a justiça divina com que sonharam os homens das cavernas ao serem iluminados pelos primeiros e inocentes raios cor-de-rosa do amanhecer da história: o antigo "Deus" castigava uma blasfêmia contra a Santa Igreja da mesma maneira que punia o assassinato.

Quanto a vocês, uranianos, severos e escuros como os antigos espanhóis, que eram mestres em executar na fogueira, já que estão calados, suponho que concordem comigo. Mas ouço o murmúrio dos venusianos rosados... estes que falam de torturas, execuções, falam sobre a volta aos tempos bárbaros. Lamento por vocês, meus caros, pois são incapazes de pensar filosófica e matematicamente.

A história da humanidade ascende em círculos concêntricos, como um aero. Os círculos diferem, são dourados ou cor de sangue, mas todos têm os mesmos 360 graus. Eles vão de $0°$ a $10°$, $20°$, $200°$, $360°$ — e retornam para $0°$. Sim, nós voltamos ao zero. Mas, para o meu raciocínio matemático, é claro que esse zero é novo e completamente diferente. Nós partimos do zero pela direita e retornamos a ele pela esquerda, e, portanto, em vez de um zero positivo, temos um zero negativo. Compreendem?

Esse zero me aparece como um penhasco gigantesco, taciturno, estreito e pontiagudo como uma faca. No meio da feroz escuridão hirsuta, prendendo a respiração, desatracamos do tenebroso lado noturno do Penhasco Zero. Nós, Colombos, navegamos e navegamos por séculos, circum-navegamos o globo e, finalmente: terra! Uma salva, e todos correm para os mastros. Diante de nós está o outro lado, o lado do Penhasco Zero que antes não conhecíamos, iluminado pela aurora boreal do Estado Único, uma massa azul faiscada pelas cores do arco-íris, as cores do sol... De milhares de sóis, de milhões de arco-íris...

Que importa se é a espessura de uma lâmina que nos separa do outro lado do Penhasco Zero? A lâmina é a mais substancial, a mais imortal das invenções, a mais genial de todas as coisas que o homem criou. A lâmina serviu de guilhotina, e é um modo universal de cortar todos os nós. É pelo fio da lâmina que segue a via dos paradoxos, o único caminho digno de um espírito destemido.

21ª ANOTAÇÃO

O dever do autor
O gelo incha
O amor mais difícil

Ontem era o dia dela, mas ela, mais uma vez, não apareceu. E mais uma vez me enviou uma carta mal articulada, que nada explicava. Mas eu estou calmo, perfeitamente calmo. E se procedo como está ditado na carta, se levo o bilhete dela ao inspetor e, baixando as cortinas, fico sozinho em meu quarto, não faço isso, evidentemente, por não ter forças para ir contra os desejos dela. Seria ridículo! Não é nada disso. É simplesmente porque, em primeiro lugar, separado pelas cortinas de todos os sorrisos emplasto-terapêuticos, consigo escrever estas páginas com tranquilidade. Em segundo lugar, tenho medo de perder com ela, com I-330, aquela que pode ser a única chave para desvendar todas as incógnitas (a história com o armário, minha morte temporária e assim por diante). Agora me sinto no dever de desvendá-las, pelo menos enquanto autor destas anotações; já não me refiro ao fato de que, de um modo geral, o desconhecido é organicamente hostil ao homem e que o *homo sapiens* só é homem, no sentido pleno da palavra, quando em sua gramática não há nenhum ponto de interrogação, mas apenas pontos de exclamação, vírgulas e pontos-finais.

Ao que me parece, foi guiado justamente por esse meu dever de autor que hoje, às 16h, peguei o aero e mais uma vez voei para a Casa dos Antigos. Estava muito forte o vento que vinha de encontro. Era com dificuldade que o aero

136   Ievguêni Zamiátin

avançava através da densa selva aérea, os ramos translúcidos zuniam e fustigavam. A cidade embaixo parecia toda feita de blocos azuis de gelo. De repente, uma nuvem e sua rápida sombra inclinada; o gelo se tornou cor de chumbo e inchado. Como acontece na primavera, quando se fica parado na margem, esperando que todo o gelo se movimente e rache, e a água jorre dele aos borbotões, mas os minutos se sucedem e o gelo continua firme, aí é você que começa a inchar, seu coração bate cada vez mais acelerado, inquieto (aliás, por que estou escrevendo sobre isso e de onde me vêm essas impressões estranhas? Porque, se não há quebra-gelo capaz de romper o translúcido e resistente cristal de nossa vida...).

Na entrada da Casa dos Antigos não havia ninguém. Dei a volta e vi, perto do Muro Verde, a velha que cuida do portão. Com a mão em pala sobre os olhos, ela olhava para cima. Acima do Muro, alguns pássaros formavam um triângulo negro e pontiagudo: lançavam-se grasnando ao ataque contra o Muro, chocando-se com o peito na sólida barreira de ondas elétricas, depois recuavam para regressarem logo a seguir.

No rosto escuro e enrugado da velha, através de rápidas sombras oblíquas, notei o olhar que me espiava.

— Não tem ninguém aqui... ninguém, ninguém! Não tem por que ficar vindo...

O que ela quer dizer com esse "não tem por quê"? E que jeito é esse de me considerar apenas a sombra de alguém, quando vocês todos é que talvez sejam as minhas sombras? Acaso não foi com vocês que povoei estas páginas, estas que há pouco eram apenas quadrados brancos, desertos? Acaso sem mim seriam vistos por todos aqueles a quem me dirijo pelas veredas estreitas destas linhas?

Naturalmente, eu não disse nada disso para ela. Sei por experiência própria que a coisa mais torturante que se pode infligir a uma pessoa é despertar qualquer dúvida sobre o fato de ela ser uma realidade — uma realidade tridimensional e não outra qualquer. Assim, o que a fiz recordar foi apenas, ainda que com certa secura, que sua tarefa era abrir o portão, o que ela fez, me deixando entrar no pátio.

Vazio. Silêncio. Do outro lado do Muro o vento soprava, distante como naquele dia em que nós, ombro contra ombro, os dois num só, subimos para a superfície, vindo daqueles corredores subterrâneos — se é que isso realmente aconteceu. Quando passei embaixo de uns arcos de pedra, o ruído de meus passos batia em suas abóbadas úmidas e caíam atrás de mim, e era como se tivesse alguém em meu encalço. Paredes amarelas com saliências de tijolos vermelhos me observavam através das lentes quadradas das janelas; observavam quando eu abria as portas ruidosas dos galpões, quando olhava para os cantos, para as vielas, para os becos sem saída. Uma portinhola numa cerca e um lugar abandonado — um monumento à Guerra dos Duzentos Anos: da terra emergiam arestas de rochas como costelas nuas, as mandíbulas dos muros com dentes amarelos arreganhados, um forno antigo com tubos verticais, um navio para sempre fossilizado entre os matizes amarelos das rochas e vermelhos dos tijolos.

Tive a impressão de já ter visto antes esses mesmos dentes amarelos... mas não posso assegurar, era como se eu estivesse nas profundezas e, antevendo-os através da densidade da água, começasse a procurar por eles. Então caía num buraco, tropeçava em pedras, garras enferrujadas me seguravam pelo unif, gotas ressalgadas de suor escorriam pela minha testa até caírem nos olhos...

Em lugar nenhum! Aquela saída que vinha de baixo, dos corredores, não havia mais, não pude encontrá-la em lugar nenhum. Por outro lado, talvez tenha sido melhor assim: é bem provável que isso tudo tenha sido mais um de meus "sonhos" absurdos.

Cansado, todo coberto de pó e teias de aranha, abri a portinhola para voltar ao pátio principal, quando, de repente... veio de trás um ruído de passos chapinhando, um sussurro, e, diante de mim — as orelhas rosadas estendidas como asas, o sorriso duplamente curvado de S.

Depois de apertar os olhos, ele atarraxou suas brocas em mim e perguntou:

— Está passeando?

Fiquei calado. Meus braços me incomodavam.

— E então, sente-se melhor agora?

— Ah, sim. Obrigado! Parece que estou voltando ao normal.

Ao me deixar ir, ele levantou os olhos e atirou a cabeça para trás, então notei, pela primeira vez, seu pomo de Adão.

Os aeros estavam zumbindo a uns 50 metros de altura. Por seu voo baixo e vagaroso, pelas trombas negras dos tubos de observação voltadas para baixo, reconheci os aparatos dos Guardiões. Mas não eram nem dois nem três, como de costume, desta vez eram de dez a doze (infelizmente, não posso dar mais que uma cifra aproximada).

— Por que tantos deles hoje? — tive a coragem de perguntar.

— Por quê? Hum... Um médico de verdade começa a tratar uma pessoa quando ela ainda está saudável. Antes que, amanhã ou depois, venha a adoecer. É profilaxia!

Ele acenou com a cabeça e saiu chapinhando pelas lajes de pedra do pátio. Depois se virou e, por cima do ombro, me disse:

— Tenha cuidado!

Fiquei sozinho. Silêncio. Vazio. Ao longe, sobre o Muro Verde, os pássaros se agitavam, o vento soprava... O que ele quis dizer com isso?

Meu aero deslizava rápido pela corrente. Sombras leves, sombras pesadas de nuvens. E, abaixo, as cúpulas azuis, os cubos de gelo vítreo que iam ficando cor de chumbo, inchando...

À *noite*:

Voltei ao manuscrito para acrescentar algumas reflexões que, segundo me parece, terão proveito para vocês, meus leitores; eram sobre o grande Dia da Unanimidade, que já está próximo. Mas logo percebi: não consigo escrever agora. Não paro de escutar o vento açoitar as paredes de vidro com suas asas negras; olho em volta a cada instante, então espero. O quê? Não sei. Mas quando surgiram em meu quarto as familiares guelras castanho-rosadas, fiquei muito contente, falo com toda sinceridade. Ela sentou-se, recatadamente ajeitou a dobra do unif que estava entre os joelhos e logo me cobriu inteiro, grudando em mim seus sorrisos, um pedacinho em cada uma de minhas fissuras; e assim, firmemente atado, eu me senti bem.

— Sabe que hoje, quando entro na sala de aula (ela trabalha na Usina de Educação Infantil), dou de cara com uma caricatura na parede. É sério, garanto a você! Eles me desenharam com um aspecto de peixe. Talvez eu realmente seja mesmo...

— Não, não, imagine... — protestei de imediato (e é verdade que, de perto, ficava claro que ela não tinha nada que se parecesse com guelras; e falar de guelras aqui foi um completo despropósito de minha parte).

— Sim, afinal de contas, não é isso que importa. É o ato em si... compreende? É claro que chamei logo os Guardiões. Tenho grande amor pelas crianças e considero que o amor mais difícil e elevado é a crueldade. Você me compreende, é claro.

Sim, e como! Era tão perfeito o cruzamento entre as minhas reflexões e o que ela dizia, que não me contive e li para ela um fragmento de minha 20ª anotação, que começava as-

140 Ievguêni Zamiátin

sim: "De mansinho, os pensamentos martelavam com sua nitidez metálica...".

Sem olhar, eu via as bochechas castanho-rosadas estremecerem e, deslocando-se em minha direção, elas se aproximavam cada vez mais. De repente, sinto nas mãos seus dedos duros e secos, tanto que até espetavam um pouco.

— Dê para mim, por favor, dê! Irei fonografar e obrigar as crianças a aprender tudo de cor. Isso não é tão necessário aos seus venusianos quanto é para nós; nós de agora, e de amanhã ou depois.

Ela lançou um olhar em volta e, bem baixinho, começou a me dizer:

— Você ouviu falar: dizem que no Dia da Unanimidade...

— O quê? Dizem o quê? O que tem o Dia da Unanimidade? — perguntei sobressaltado.

As paredes acolhedoras não existiam mais. Por um instante me senti como se tivessem me atirado para fora, onde o vento soprava forte sobre os telhados e as nuvens inclinadas do crepúsculo pareciam cada vez mais baixas...

U me envolveu pelos ombros, decidida, com firmeza (embora eu tenha notado que os ossinhos de seus dedos tremiam, ressoando minha inquietação).

— Sente-se, meu querido, e não se preocupe. Falam tanta coisa... Depois, se chegar a necessitar, estarei ao seu lado nesse dia; eu deixo as crianças da escola sob a responsabilidade de outra pessoa e fico ao seu lado, pois você, meu querido, você também é uma criança e precisa...

— Não, não — dizia eu, agitando as mãos —, de jeito nenhum! Então você pensa mesmo que sou um bebê, que sozinho não posso... Não, por nada no mundo! (Confesso que eu tinha outros planos para esse dia.)

Ela deu um sorriso — evidentemente, o texto não escrito desse sorriso era: "Ah, que menino teimoso!" — e depois sentou-se. Os olhos estavam abaixados. As mãos outra vez ajustavam recatadamente a dobra do unif que caíra entre os joelhos. Então, mudou de assunto:

— Acho que devo me decidir... por você... Não, imploro a você que não me apresse, ainda preciso pensar um pouco...

Eu não a apressei, embora tenha compreendido que devia estar feliz e que não havia honra maior do que coroar alguém de glória nos anos de seu crepúsculo.

... Durante toda a noite, ouvi um bater de asas. Eu andava cobrindo a cabeça com as mãos para me proteger delas. Depois foi uma cadeira... Mas não uma cadeira como as nossas de agora, era uma de modelo antigo, feita de madeira. Movendo as pernas como um cavalo — a dianteira direita com a traseira esquerda e a dianteira esquerda com a traseira direita — a cadeira corre para minha cama e se enfia nela, e eu amei essa cadeira de madeira: o desconforto, a dor...

É surpreendente: será que não é possível encontrar um meio de curar esta doença dos sonhos, transformando-a em algo racional, ou, quem sabe, até em algo útil?

22ª ANOTAÇÃO

As ondas entorpecidas
Tudo em aperfeiçoamento
Sou um micróbio

Imagine que está na praia, quando, de súbito, as ondas se erguem gradualmente, atingindo a altura máxima, e assim permanecem, congeladas, entorpecidas. Tão espantoso e antinatural quanto isso foi a confusão repentina, a desordem que houve quando nosso passeio, prescrito pela Tábua das Horas, foi interrompido. A última vez que ocorreu algo parecido foi há cento e dezenove anos, quando, segundo nossas crônicas, um meteorito caiu do céu, sibilando e fumegando, bem no meio da multidão que marchava.

Nós caminhávamos como sempre, isto é, como os guerreiros representados nos monumentos assírios: mil cabeças, duas pernas perfeitamente sincronizadas e dois braços balançando em sincronia. Do final da avenida, onde a Torre Acumuladora soltava seu zumbido ameaçador, vinha em nossa direção uma formação em quadrado cercada de guardas por todos os lados; no centro havia três pessoas que já não traziam mais as insígnias douradas com os números em seus unifs, e tudo ficou terrivelmente claro.

O enorme mostrador do relógio no topo da Torre era como um rosto que, esperando com indiferença, se inclinava da altura das nuvens e cuspia os segundos para baixo. Quando ele mostrava exatamente 13 horas e 6 minutos, começou uma confusão dentro do quadrado. Como tudo aconteceu muito perto de onde eu estava, pude acompanhar os mínimos detalhes; assim, lembro muito claramente de um pescoço longo, delgado, e na têmpora, um emaranhado de veias azuis que lembrava o desenho de rios no mapa de um pequeno mundo desconhecido. Esse mundo desconhecido era, pelo visto, um jovem rapaz. Ele provavelmente tinha reparado em alguém de nossas fileiras: ergueu-se na ponta dos pés, esticou o pescoço e se deteve. Um dos guardas acertou-o com a faísca azulada do chicote elétrico; ele soltou um ganido agudo, como o de um cachorrinho. Depois, ouviu-se nitidamente o estalo de outro golpe, e a cada dois segundos, aproximadamente — um estalo, um ganido, um estalo, um ganido...

Nossa formação continuava sua marcha cadenciada, à maneira assíria, enquanto eu, olhando o gracioso zigue-zague das faíscas, pensava: "Na sociedade humana está tudo em constante aperfeiçoamento, e assim deve ser. Que instrumento horrendo era o antigo chicote, e quanta beleza há nesse de agora..."

Nesse instante, como uma porca de parafuso que se desprende e salta em pleno funcionamento, destacou-se de nossas fileiras uma figura feminina esguia, ágil e flexível; e com um clamor — "Basta! Não se atrevam!" — atirou-se diretamente contra a formação quadrangular. Isso foi como o meteoro de cento e dezenove anos atrás: todos os passantes se petrificaram, e nossas fileiras eram como a crista das ondas paralisadas pelo frio repentino.

Por um segundo olhei para ela como a uma estranha, tal como fizeram todos os outros: ela já não era mais um número, era apenas uma pessoa, alguém que existia apenas como substância metafísica de um ultraje dirigido ao Estado Único. Mas certo movimento — ao se virar, ela inclinou os quadris para a esquerda — de súbito, me fez recordar: eu conheço, esse corpo flexível como uma chibata não me é estranho, eu o conheço; naquele momento eu estava absolutamente certo de que meus olhos, meus lábios e minhas mãos o conheciam.

Dois guardas correram para lhe cortar o caminho. Daí a pouco, num ponto espelhado e ainda claro do pavimento, as trajetórias se cruzariam e eles iriam agarrá-la... Meu coração veio à boca e parou. E, sem me questionar se seria possível, impossível, absurdo ou sensato, eu me lancei em direção àquele ponto...

Senti que milhares de olhos arregalados de pavor olhavam para mim, mas isso acabou dando ainda mais força, uma força alegre e desesperada, para aquele selvagem de mãos peludas que se arrancou de dentro de mim e que corria cada vez mais rápido. Quando eu estava a dois passos, ela se virou...

O rosto que apareceu diante de mim estava trêmulo, era salpicado de sardas e tinha sobrancelhas avermelhadas... Não era ela! Não era I-330.

Fustigado por uma alegria furiosa, eu queria gritar algo como: "Aqui está ela!", "Peguem-na"; mas escutei apenas meu próprio sussurro. Uma mão pesada já tinha pousado em meu ombro; me detiveram e me levaram; eu tentei explicar-lhes:

— Escutem, vocês precisam compreender, eu pensei que fosse...

Mas como explicar todo o meu ser, tudo sobre a doença que descrevo nestas páginas? Então, perdi o ânimo e segui submisso... Uma folha arrancada de uma árvore por um golpe inesperado do vento parece vir caindo docilmente, mas durante a queda rodopia, procura se agarrar a cada galho conhecido, a cada ramo bifurcado; assim também eu me agarrava a cada uma das silenciosas cabeças esféricas, ao gelo transparente das paredes, ao pináculo azul da Torre Acumuladora espetado nas nuvens.

Nesse momento, quando uma cortina espessa estava a ponto de me separar de todo esse admirável mundo, pude ver, não muito longe, abanando as orelhas rosadas estendidas como asas, uma imensa cabeça a deslizar sobre o pavimento espelhado. Então, uma voz achatada que me era familiar:

— Considero meu dever testemunhar que o número D-503 está doente, ele não está em condições de regular seus sentimentos. Além disso, estou certo de que foi movido por uma indignação natural...

— Sim, sim! — disse eu. — Até mesmo gritei: peguem-na!

Ouvi então, vindo de trás, por sobre meu ombro:

— Você não gritou nada.

— Sim, mas eu queria, juro pelo Benfeitor que queria ter gritado.

Por um segundo fui penetrado pelas brocas cinzentas e frias daqueles olhos. Não sei se ele viu dentro de mim que eu dizia uma (quase) verdade ou se, poupando-me por mais um tempo, tinha algum objetivo secreto, mas assim que ele escreveu e entregou uma nota a um dos guardas que me seguravam, eu estava novamente livre, quer dizer, novamente integrado às harmoniosas e intermináveis fileiras assírias.

A formação em quadrado e, com ela, o rosto sardento e a têmpora com o mapa geográfico de veias azuis desapareceram para sempre ao dobrar a esquina. Caminhávamos como um corpo de milhões de cabeças, e cada um de nós experimentava a mesma alegria resignada em que, provavelmente, vivem as moléculas, os átomos e os fagócitos. No mundo antigo, os cristãos — nossos únicos, ainda que muito imperfeitos, predecessores diretos — compreendiam isso e entendiam que a resignação é uma virtude, enquanto o orgulho é um vício, e que "Nós" provém de Deus, enquanto "Eu" provém do diabo.

Aqui estou, marco o passo junto com os outros e, no entanto, estou separado de todos eles. Como uma ponte pela qual acaba de passar um antigo e retumbante trem de ferro, eu tremia inteiro por causa das emoções recém-vividas. Mas eu estava consciente de mim. De fato, somente um olho com um cisco, um dedo machucado ou um dente doendo é que se apercebem de si e reconhecem sua individualidade: olhos, dedos e dentes saudáveis não se sentem, é como se não existissem. Por acaso não está claro que a consciência individual não passa de uma doença?

Talvez eu já não seja mais um fagócito que zelosa e tranquilamente devora micróbios (micróbios sardentos e com têmporas azuis): pode ser que eu próprio seja um micróbio, e talvez já existam mil deles entre nós que, como eu, ainda finjam ser fagócitos...

E se o incidente de hoje, ainda que por si só de pouca importância, for apenas o início, apenas o primeiro meteorito de toda uma série de pedras incandescentes e retumbantes que o infinito irá lançar sobre o nosso paraíso de vidro?

23ª ANOTAÇÃO

Flores
A dissolução de um cristal
Se ao menos

Dizem que há flores que só desabrocham uma vez a cada cem anos. Então, por que não existiriam outras que florescem uma vez a cada mil ou dez mil anos? Talvez não soubéssemos antes de sua existência apenas porque essa vez a cada mil anos é justamente hoje.

Feliz e contente, desço abobalhado as escadas para ver a inspetora, quando, de súbito, por toda parte ao meu redor, brotos milenários rebentam silenciosamente, e florescem poltronas, sapatos, insígnias douradas, lâmpadas elétricas, os olhos escuros e hirsutos de alguém, as colunas entalhadas de um parapeito, um lenço caído nos degraus, a mesa da inspetora e, por cima dela, salpicadas de manchinhas, as bochechas ternas e castanhas de U. Tudo era extraordinário, novo, suave, rosado e úmido.

U pegou meu bilhete cor-de-rosa; sobre sua cabeça, através da parede de vidro, pendia de um galho invisível uma lua azul, aromática. Com ar grave, aponto e digo:

— A lua, vê?

U lançou um olhar para mim, depois para o número do bilhete, então vi aquele seu movimento encantador e recatado, já conhecido, de quando arruma a dobra do unif entre os joelhos.

— Você, meu querido, está com um aspecto anormal, doentio... sim, porque anormalidade e doença são a mesma coisa. Você está se arruinando, mas ninguém lhe dirá isso, ninguém.

Esse "ninguém" certamente se referia ao número do bilhete: I-330. Querida, maravilhosa U! Você está certa, é claro, sou desarrazoado, estou doente, tenho uma alma, sou um micróbio. Mas acaso o desabrochar não é uma doença? Acaso não é doloroso o rompimento de um broto? Você não acha que o espermatozoide é o mais terrível dos micróbios?

Quando subo de volta para meu quarto, encontro I-330 na taça amplamente aberta da poltrona. No chão, abracei suas pernas, apoiei a cabeça em seus joelhos, e ficamos calados. O silêncio, a pulsação... E então eu era um cristal e me dissolvia nela. Percebi claramente que as facetas lapidadas que me limitam no espaço se dissolviam sem parar — desapareço, dissolvo-me em seus joelhos, nela me torno cada vez menor e, ao mesmo tempo, cada vez mais amplo, maior, impossível de abarcar. Porque ela não era ela, mas o universo. Então, por um segundo, eu e aquela poltrona trespassada de alegria, junto à cama, nos tornamos uma coisa só — e também a velha que sorri largamente à porta da Casa dos Antigos, as brenhas selvagens além do Muro Verde, as ruínas prateadas sobre o fundo negro — elas cochilavam como a velha — e uma porta que tinha acabado de bater em algum lugar bem longe... Tudo isso estava em mim, comigo, ouvindo as batidas de minha pulsação e atravessando aquele segundo de felicidade...

Com palavras absurdas, confusas e transbordantes, tentei contar a ela que sou um cristal e que há uma porta dentro de mim, por isso sentia quão feliz era a poltrona. Mas foi um disparate sem tamanho o que me saiu, tanto que me interrompi de tão envergonhado... Mas, depois, disse-lhe, de repente:

— Querida I, me perdoe! Eu absolutamente não compreendo: eu falo cada tolice...

— Por que razão você pensa que a tolice não seja uma coisa boa? Se a tolice humana fosse cuidada e instruída por séculos, da mesma maneira que se fez com a razão, talvez resultasse dela alguma coisa extraordinariamente preciosa.

— Sim... (Me parecia que ela estava certa; e como poderia não estar?)

— E foi por uma tolice sua, pelo que você fez ontem no passeio, que o amo ainda mais... ainda mais...

— Então por que é que me tortura? Por que não tem comparecido? Por que enviou seus bilhetes, me obrigando a...?

— Talvez eu quisesse colocá-lo à prova. Talvez precise saber que você fará tudo o que eu quiser... que você é completamente meu.

— Sim, completamente!

Com as palmas das mãos ela pegou meu rosto — pegou-me por inteiro — e levantou minha cabeça:

— Bem, e como é que ficam seus "deveres de todo número honesto"? Hein?

Dentes brancos, doces e pontiagudos — um sorriso. Na taça aberta da poltrona ela era como uma abelha: ferrão e mel.

Sim, os deveres... Folheei mentalmente minhas últimas anotações: na verdade, não havia sequer um pensamento sobre o que, na realidade, eu deveria...

Fiquei em silêncio. Depois, sorri com entusiasmo (e, provavelmente, como um tolo), olhei para as pupilas dela e, passando de uma para a outra, em cada uma delas eu via a mim mesmo: minúsculo, milimétrico, preso naquelas pequeninas masmorras irisadas. E logo, outra vez, as abelhas, os lábios, a dor melíflua do florescer...

Em cada número há um metrônomo invisível que tiquetaqueia baixinho; assim, sem olhar para o relógio, sabemos as horas com uma precisão de até cinco minutos, para mais ou para menos. Mas, naquele momento, o metrônomo dentro de mim tinha parado, deixando-me sem saber quanto tempo havia passado. Sobressaltado de pavor, apanhei de baixo do travesseiro minha insígnia com o relógio...

Graças ao Benfeitor! Ainda tenho vinte minutos! Mas os minutos correm sem parar, são ridiculamente curtos, escassos, e tenho tanta coisa para dizer a ela, tudo sobre o meu ser, sobre a carta de O, sobre aquela terrível noite em que dei a ela o bebê e, por alguma razão, também sobre meus anos de infância: o matemático Pliapa, a raiz quadrada de menos um, a primeira vez que estive nos festejos do Dia da Unanimidade e como, nesse dia, chorei amargamente porque havia uma mancha de tinta no meu unif.

I-330 levantou a cabeça e apoiou-se no cotovelo. Duas linhas fundas e compridas saíam dos cantos de sua boca, as sobrancelhas levantadas formavam um ângulo escuro — uma cruz!

— Talvez, naquele dia... — quando se interrompeu, seu cenho ficou ainda mais escuro; ela pegou minha mão e apertou-a com força. — Me diga, você não vai me esquecer? Vai lembrar de mim para sempre?

— Por que fala assim? O que quer dizer com isso, I, querida...?

Ela ficou em silêncio. Seus olhos já não me olhavam, eles passaram por mim, atravessando-me, e foram para longe. E, de repente, ouvi o vento açoitar o vidro com suas asas imensas (isso certamente aconteceu durante todo o tempo, mas só agora é que passei a ouvir), e por alguma razão me recordei dos pássaros estridentes sobrevoando o Muro Verde.

I-330 sacudiu a cabeça como se quisesse livrar-se de algo. Mais uma vez, por um segundo, tocou-me de leve com todo o corpo, como um aero que, por um segundo, repele o solo com suas molas antes de pousar.

— Bem, me passe as meias! Rápido!

As meias estavam jogadas na minha escrivaninha, sobre a página aberta (147) do manuscrito destas minhas anotações. Na pressa, esbarrei no manuscrito e as folhas se espalharam sem que houvesse como reordená-las, mas o que importava saber era que, mesmo que as pusesse novamente em ordem, ainda assim não seria uma ordem plena porque, de qualquer maneira, restariam alguns hiatos, algumas lacunas e incógnitas.

— Assim não consigo — eu dizia —, você está aqui agora, ao meu lado, mas é como se estivesse atrás de uma daquelas paredes opacas da antiguidade: ouço sussurros e vozes através delas, mas não posso compreender as palavras nem saber o que há do outro lado. Desse jeito não consigo. Você está o tempo todo deixando as coisas por dizer, você nunca me disse aonde é que fui parar daquela vez na Casa dos Antigos, que corredores eram aqueles, e por que o médico... Ou será que nada disso aconteceu?

I-330 colocou as mãos nos meus ombros e lentamente penetrou fundo em meus olhos:

— Você quer mesmo saber tudo?

— Sim, quero. Preciso saber.

— E não vai ter medo de me acompanhar, até o fim, aonde quer que eu o leve?

— Não! Vou até o fim!

— Pois muito bem! Prometo a você, quando terminar o feriado, se ao menos... Ah, sim, e como vai sua Integral? Sempre esqueço de perguntar. Estará pronta em breve?

— Não! Mas por que "se ao menos"? Outra vez? *Se ao menos* o quê?

Quase alcançando a porta, ela disse por último:

— Você verá por si próprio...

Fiquei sozinho outra vez. E dela não restou nada além desse cheiro suavemente perceptível, semelhante ao pólen amarelo, seco e doce de algumas flores do outro lado do Muro Verde. E de algumas perguntas que se cravaram em mim, e cravaram-se tão firmemente que pareciam os ganchos que os antigos usavam para pescar (Museu Pré-Histórico).

... Por que ela de repente quis saber da Integral?

24ª ANOTAÇÃO

O limite da função
Páscoa
Cobrir tudo de rabiscos

Sou como uma máquina girando a uma velocidade de muitas rotações por minuto; os rolamentos se põem em brasa, um minuto a mais e o metal quente começará a derreter e a gotejar, e tudo se converterá em nada. Depressa, recorro à água fria, à lógica. E despejo baldes dessa água fria, mas a lógica sibila nos rolamentos em brasa e se dissipa pelo ar como o vapor — branco e inapreensível.

Sim, é claro: para determinar o valor real de uma função é preciso estabelecer o seu limite. Também é claro que, levada ao extremo, a absurda "dissolução do universo", de que tratei ontem, é a morte. Porque a morte é precisamente a mais completa dissolução do ser no universo. Então, se designarmos *amor* com A, e *morte* com M, teremos A=f(M), isto é, o amor como função da morte.

É isso mesmo, sim! E é por isso que tenho medo de I-330, é por isso que luto com ela, porque não quero... Mas por que é que, em mim, "eu não quero" está ao lado de "eu quero"? Aí é que está: é terrível que eu queira de novo aquela boa morte de ontem. É terrível que, mesmo agora, quando a função lógica está integrada, quando é evidente que a morte está incluída nela, mesmo assim eu a queira com meus lábios, minhas mãos, meu peito, com cada milímetro...

Amanhã é o Dia da Unanimidade. Certamente ela estará lá, e eu irei vê-la, mas apenas de longe. De longe... isso será doloroso porque eu a desejo irresistivelmente, necessito estar ao lado dela, de suas mãos, seus ombros, seus cabelos... Mas quero também essa dor da distância. Que ela venha!

Grande Benfeitor! Que desejo absurdo é este de querer a dor! Ainda há alguém que não saiba que as sensações dolorosas são negativas? Elas são componentes da parcela que diminui a soma daquilo que chamamos de felicidade, portanto...

Não, não há nenhum "portanto". É explícito. E puro.

À noite:

Através das paredes de vidro do prédio, um pôr do sol inquieto, ventoso e de um rosado febril. Virei minha poltrona de maneira que esse rosado não se mostrasse diante de mim, então folheei minhas anotações e me dei conta: esqueci mais uma vez de que não é para mim que as escrevo, mas para vocês, meus leitores desconhecidos, a quem amo e de quem me apiedo, vocês que ainda se arrastam em algum lugar dos séculos distantes, lá embaixo.

Pois bem, sobre o Dia da Unanimidade, sobre esse grandioso dia... Eu sempre gostei dele, desde a infância. Para nós é algo que talvez se assemelhe ao que para os antigos era a sua "Páscoa". Lembro que, na véspera, era costume fazer uma espécie de pequeno calendário de horas e, com ar de importância, ir riscando hora por hora: cada hora riscada era uma hora a menos para esperar... Se eu tivesse certeza de que ninguém me veria, palavra de honra, eu agora levaria comigo a toda parte um desses calendários e acompanharia por ele quantas horas ainda restam até amanhã, quando verei, mesmo que de longe...

(Interromperam-me: vieram me entregar um unif novo, um dos que acabavam de sair da oficina de costura. Normalmente, no dia anterior às celebrações, todos recebem unifs novos. No corredor ouvem-se passos, exclamações de alegria, um burburinho...)

Continuando. Amanhã assistirei ao mesmo espetáculo que se repete ano após ano, mas que emociona a cada vez como se fosse sempre a primeira: o grandioso Cálice da Concórdia, todas as mãos erguidas em reverência. Amanhã será o dia da eleição anual do Benfeitor. Será o dia em que, mais uma vez, vamos conferir ao Benfeitor as chaves do inabalável baluarte de nossa felicidade.

É evidente que nossa eleição não se parece com as confusas e desordenadas eleições dos antigos, quando — chega a ser engraçado dizer — não se conhecia de antemão o seu resultado. Construir um Estado baseado em casualidades, algo impossível de se calcular, completamente às cegas... O que poderia ser mais absurdo que isso? E, no entanto, vê-se que foram necessários muitos séculos para que isso fosse compreendido.

Não seria preciso dizer que entre nós, tanto nisso como em tudo o mais, não há lugar para casualidades, nada de inesperado pode ter vez. O significado das eleições é muito mais simbólico que qualquer outra coisa: recordamos que somos um grandioso e único organismo de milhões de células, que nós — para empregar as palavras do "Evangelho" dos antigos — somos uma Igreja Unida. Porque a história do Estado Único não conhece nenhum caso em que, nesse dia, alguma voz tenha ousado se erguer contra o majestoso uníssono.

Dizem que os antigos faziam eleições de maneira secreta, escondendo-se como ladrões; alguns de nossos historiadores inclusive afirmam que eles apareciam nas festividades eleitorais cuidadosamente disfarçados (imagino que espetáculo fantasticamente soturno não devia ser esse: noite, uma praça, figuras de capa escura caminhando furtivamente ao longo dos muros; as chamas rubras das tochas inclinadas pelo vento...). Para que tanto mistério? Até agora não se esclareceu de modo definitivo; o mais provável é que as eleições estivessem ligadas a certos rituais supersticiosos, algo de natureza mística e, talvez, até criminosa. De nossa parte, não temos nada que esconder nem de que nos envergonhar, pois festejamos as eleições honesta e abertamente, à luz do dia. Eu vejo que todos votam no Benfeitor; todos veem que eu voto no Benfeitor — e não poderia ser diferente, uma vez que "todos" e "eu" somos um único "Nós". Quão mais nobre, elevada e sincera é a nossa maneira de proceder se comparada ao "mistério" covarde e furtivo dos antigos. Além disso, é muito mais racional. E, ainda que se suponha o impossível, isto é, que venha a existir alguma dissonância na monofonia habitual, os Guardiões invisíveis que estão bem ao lado, integrando nossas fileiras, são capazes de identificar imediatamente os números que caíram em erro e, por um lado, salvá-los de futuros maus passos, por outro, proteger contra eles o Estado Único. E, finalmente, mais uma coisa...

Através da parede do lado esquerdo, vejo uma mulher desabotoando às pressas seu unif diante da porta espelhada do armário. E vagamente, por um segundo: os olhos, os lábios, dois frutos rosados e pontiagudos. Em seguida as cortinas se fecharam, e nesse instante despertou em mim tudo o que se passara no dia anterior, e já não sei o que seria esse "finalmente, mais uma coisa...", e não quero mais saber. Não quero! Quero apenas uma coisa: I-330. Quero que ela esteja comigo a todo e qualquer minuto, sempre, apenas comigo. E o que acabo de escrever sobre a Unanimidade, nada disso é necessário, não é o que quero dizer; quero agora cobrir tudo de rabiscos, rasgar, jogar fora. Porque sei (ainda que isso seja um sacrilégio, não deixa de ser verdade): é só com ela que há celebração, apenas quando ela está ao meu lado, com o ombro colado ao meu. Sem ela, o sol de amanhã será apenas um pequeno círculo de lata, o céu será uma folha-de-flandres pintada de azul, e eu próprio... Agarrei o tubo do telefone:

— I, é você?

— Sim, sou eu. Por que tão tarde?

Nós

— Talvez não seja tão tarde assim. Eu quero pedir a você que... Quero que esteja comigo amanhã. Querida...

Eu disse "querida" numa voz muito baixa. E por alguma razão me passou pela cabeça algo que ocorreu no hangar hoje de manhã: de brincadeira, puseram um relógio sob um martelo de cem toneladas, que se ergueu fazendo o vento soprar nos rostos, então desceu em silêncio sobre o frágil relógio.

Pausa. Pareceu-me ter ouvido, vindo de lá, do quarto de I-330, o sussurro de alguém. Depois, a voz dela:

— Não, não posso. Você mesmo sabe que por mim, eu... Não, não posso. Por quê? Amanhã verá.

NOITE. 25ª ANOTAÇÃO

Descida do céu
A maior catástrofe da história
O conhecido chega ao fim

Quando, antes do início das celebrações, todos se levantaram e o hino começou a nos cobrir como um dossel — centenas de trompas da Oficina Musical e milhões de vozes humanas — flutuando lenta e solenemente sobre nossas cabeças, por um segundo me esqueci de tudo: esqueci de algo inquietante que I-330 dissera sobre as celebrações de hoje; e, ao que parece, até mesmo dela eu havia esquecido. Eu era então aquele menino que, neste dia, tempos atrás, chorava por causa de uma manchinha no unif que só ele mesmo percebia. Não importava que ninguém ao redor percebesse minhas indeléveis manchas negras, pois eu mesmo sabia que para mim, um delinquente, não havia lugar entre aqueles rostos inteiramente abertos e limpos. Ah, se eu pudesse me levantar agora mesmo e, sufocando, dizer aos gritos tudo sobre mim. Ainda que depois fosse o fim — não me importaria! —, pelo menos iria me sentir limpo por um segundo, com o espírito desanuviado, inocente como esse céu azul.

Todos os olhos se dirigiam para cima: no azul imaculado da manhã, ainda úmido das lágrimas noturnas, apareceu uma mancha que mal se notava, ora escura, ora banhada pelos raios do sol. Era que descia do céu, num aero, Ele, o novo Jeová, tão sábio, amoroso e cruel quanto o Jeová dos antigos. A cada minuto Ele chegava mais perto, e milhões de corações se alçavam cada vez mais alto ao seu encontro, en-

Nós

tão Ele já nos via. Em pensamento, eu observava tudo junto a Ele, lá do alto: os círculos concêntricos, como os de uma teia de aranha, traçados com uma linha pontilhada bem azul, cobertos de sóis microscópicos (o brilho das insígnias); logo, no centro da teia, iria sentar-se a sábia e cândida Aranha — o Benfeitor com Suas vestimentas brancas, Aquele que nos uniu, atando-nos pelos pés e mãos numa benéfica rede de felicidade.

E eis que termina Sua majestosa descida dos céus; o clangor do Hino silencia, todos se sentam e, nesse exato momento, compreendo: era tudo realmente uma delicadíssima teia esticada, tremulante. A qualquer momento ela se romperia e algo sem precedentes iria acontecer...

Erguendo-me um pouco, olhei em volta e meu olhar encontrou olhares amavelmente inquietos, passando de um rosto a outro. Nesse instante, um número levantou a mão e, movendo muito discretamente os dedos, fez um sinal para outro que, em resposta, também fez um sinal com os dedos. E ainda um terceiro... Então, compreendi: eram todos Guardiões. Compreendi também que estavam alarmados com alguma coisa — a teia estava tensa, tremendo. E, dentro de mim, como um receptor de rádio sintonizado na mesma frequência, uma vibração respondia.

No palco, um poeta recitava uma ode pré-eleitoral, mas eu não ouvia uma única palavra; ouvia apenas o balançar cadenciado do pêndulo hexamétrico que, com cada um de seus movimentos, fazia aproximar-se mais e mais a hora designada. Eu continuava a percorrer febrilmente os rostos nas fileiras, como se fossem páginas que eu folheasse, passava de um a outro; mas não encontrava aquele único que eu procurava, e era preciso encontrá-lo o mais depressa possível, porque em breve o pêndulo iria soar e...

Era ele, sem dúvida era ele. Lá embaixo, ao lado do palco, deslizando pelo vidro reluzente, passaram suas orelhas rosadas, e o corpo que se refletiu no vidro como uma sombra duplamente curvada tinha a forma da letra S. Ele se dirigia para algum lugar das passagens labirínticas entre as tribunas.

Entre S e I havia algum vínculo (na verdade, acho que sempre houve; ainda não sei de que tipo, mas algum dia descubro). Cravei os olhos nele, que rolava para longe e, como um novelo, deixava um fio atrás de si. Então parou, e...

Fui trespassado por uma espécie de relâmpago, e a descarga de alta voltagem torceu-me e deu-me um nó. Na nossa fileira, a apenas 40 graus de onde eu estava, S parou e se inclinou. Então vi I-330 e, ao seu lado, o detestável R-13, com um risinho nos lábios negroides.

Minha primeira ideia foi correr até lá e gritar com ela: "Por que está hoje com ele? Por que não quis que fosse eu?". Mas uma teia benéfica e invisível prendia com força minhas mãos e pés. Cerrando os dentes, fiquei sentado, pesado como se fosse de ferro, sem deixar de olhar para eles. Senti, como sinto agora, uma dor aguda no coração; lembro-me que pensei: "Se as dores físicas podem ser provocadas por causas não físicas, então está claro que...".

Infelizmente, não cheguei a uma conclusão. Recordo apenas que me veio à mente algo sobre a "alma"; era um dos absurdos provérbios antigos: "O que salva a alma é o que a boca cala". E fiquei petrificado: o hexâmetro havia silenciado. Logo começaria... O quê?

Seguiu-se o intervalo pré-eleitoral de cinco minutos, há muito estabelecido pelo hábito. Igualmente estabelecido pelo hábito era o silêncio pré-eleitoral. Mas dessa vez a pausa não foi realmente um momento de reverência, um instante dedicado à oração como sempre fora; foi como nos tempos antigos, quando ainda não se tinha notícia de nossas Torres Acumuladoras, quando o céu indômito, de tempos em tempos, desencadeava "tempestades elétricas". Bem conhecido

Nós

pelos antigos, aquele era o momento da calmaria que precede a tempestade.

O ar era de ferro transparente. Dava vontade de respirar com a boca bem aberta. Meus ouvidos, doloridos de tão tensos, registraram um sussurro alarmado, agitado como o rumor de roedores. Sem levantar os olhos, observava o tempo todo aqueles dois, I-330 e R-13, juntos, com os ombros colados um no outro, e, sobre meus joelhos, tremiam aquelas mãos estranhas — as minhas abomináveis mãos peludas.

Todos seguravam na mão as insígnias com os relógios. Um, dois, três... Cinco minutos... Do palco, uma voz pesada e lenta:

— Os que são *a favor*, peço que levantem a mão.

Se eu pudesse olhar para Ele como antes, diretamente nos olhos, com devoção: "Eis-me aqui por inteiro. Por inteiro! Leve-me!". Mas não me atrevi. Com esforço, como se todas as articulações estivessem enferrujadas, não fiz mais que levantar a mão.

Ouviu-se o farfalhar de milhões de mãos se levantando. E, emitido por alguém, um "ah!" abafado. Então percebi que algo já tinha se iniciado — alguma coisa caía a toda velocidade, mas não compreendi o que era, nem tive forças para isso... nem sequer me atrevi a olhar...

— Os que são *contra*?

Este era sempre o momento mais solene da celebração: todos se mantinham sentados, imóveis, inclinando alegremente a cabeça ao jugo benéfico do Número dos Números. Mas naquele instante, tomado de pavor, ouvi novamente aquele sussurro, um sussurro débil, leve como um suspiro, mas mais ruidoso que as trombetas de cobre que pouco antes haviam tocado o Hino. É assim que suspira o homem no último instante de sua vida, de maneira que mal se pode ouvir, enquanto ao redor dele todos os rostos empalidecem e, nas suas frontes, brotam gotas de suor frio...

Levantei os olhos, e...

Foi tudo num centésimo de segundo, com a espessura dum fio de cabelo; mas pude ver que milhares de mãos se levantaram, sinalizando "contra", depois abaixaram. Vi o pálido rosto de I-330, cortado em cruz, e sua mão levantada. E minha visão escureceu.

Mais um átimo; uma pausa; silêncio; pulsação. Em seguida, como se determinado pelo sinal de um maestro enlouquecido, de todas as tribunas, ao mesmo tempo, soou um estrondo, gritos; um turbilhão de unifs correndo, as figuras dos Guardiões em intenso desvario, o salto de algum sapato no ar, bem diante de meus olhos, e, ao lado dele, uma boca escancarada de alguém esganiçado de berrar um grito que não se ouvia. Isto, por alguma razão, gravou-se em minha memória da maneira mais aguda possível — milhares de bocas berrando surdamente —, como uma imagem monstruosa projetada numa enorme tela.

E, como numa tela, em algum lugar distante, lá embaixo, surgiram por um segundo diante de mim os lábios pálidos de O-90; espremida contra uma parede da passagem, ela protegia o ventre cruzando os braços sobre ele. E logo desapareceu... Certamente fora levada, ou fui eu que acabei esquecendo dela, porque...

Isso já não acontecia mais na tela, porém dentro de mim, em meu coração, que se apertara, em minhas têmporas que latejavam depressa. De repente, passando por cima de minha cabeça, R-13 saltou num banco à esquerda — estava avermelhado, espumando, furioso. Nos braços dele estava I, pálida, com o unif rasgado do ombro ao peito e, sobre o branco exposto, havia sangue. Ela se agarrava firme ao pescoço dele, que, dando saltos enormes, asqueroso e ágil como um gorila, carregou-a para cima.

Como um incêndio dos tempos antigos, tudo enrubesceu, e só me restava uma coisa a fazer: saltar e alcançá-los.

Nós

Não sou capaz de explicar a mim mesmo de onde tirei tanta força, mas atravessei a multidão, por sobre ombros e bancos, até me aproximar e agarrar R-13 pelo colarinho:

— Não se atreva! Não se atreva! — eu lhe disse — Agora mesmo vou...

Felizmente, minha voz não podia ser ouvida. Todos gritavam alguma coisa, todos corriam.

— Quem é? O que foi? O quê? — perguntou ele ao se virar, com os lábios trêmulos, salpicando; certamente pensava que tinha sido agarrado por um dos Guardiões.

— O que é? É que não quero! Não vou permitir! Tire as mãos dela agora mesmo!

Mas, irritado, ele apenas fez um barulho com os lábios, meneou a cabeça e ameaçou seguir em frente. Então eu... — eu me sinto tremendamente envergonhado de registrar estas coisas, mas parece-me que devo mesmo assim, devo anotar até isto, para que vocês, meus leitores desconhecidos, possam conhecer até o fim a história de minha doença — ... dei-lhe um golpe com toda a força na cabeça. Compreendem? Eu o golpeei! Lembro-me claramente desse momento. E também de certa sensação de leveza em todo o corpo, certa liberdade que este golpe proporcionou.

I-330 deslizou rapidamente dos braços dele.

— Vá embora! — ela gritou para R-13. — Você não vê que ele... Vá, R, vá embora!

Arreganhando seus dentes muito brancos de negro, R-13 salpicou meu rosto com alguma palavra e, num mergulho, se lançou para baixo e despareceu. Então peguei I-330 nos braços, apertei-a fortemente contra mim e a levei dali.

Dentro de mim batia um coração gigantesco, e a cada batida irrompia uma violenta e ardente onda de alegria. E pouco importava que algo se tivesse feito em mil pedaços — era-me indiferente. Desde que eu pudesse carregá-la assim, e apenas carregá-la, carregá-la...

À *noite* — *22h*:

É com dificuldade que mantenho a pena na mão. Depois de todos os acontecimentos vertiginosos desta manhã, o cansaço é imenso. É possível que tenham desmoronado as muralhas seculares do Estado Único? Será que estamos sem nossos muros protetores, desabrigados outra vez, de volta ao primitivo estado de liberdade de nossos distantes antepassados? Será que não há Benfeitor? *Contra*... no Dia da Unanimidade? *Contra*? Eu me sinto mal por eles, sinto-me envergonhado e assustado. Aliás, quem seriam "eles"? E eu próprio, quem sou: "eles" ou "nós"? Acaso sei?

Lá estava ela, sentada no banco de vidro aquecido pelo sol, na tribuna mais alta, para onde eu a trouxera. O ombro direito e, logo abaixo, o início de uma curvatura maravilhosa e incalculável estavam descobertos; uma serpente delgadíssima, vermelha, de sangue. Ela parecia não se dar conta do sangue nem do seio descoberto... Não, vou dizer mais: ela percebeu tudo, mas era exatamente disso que ela precisava naquele momento, e se o unif estivesse abotoado, ela mesma o rasgaria, ela...

— E amanhã... — ela respirava com sofreguidão, cerrando os dentes brilhantes e pontiagudos. — ... amanhã, não se sabe o que acontecerá. Você compreende? Nem eu, nem ninguém sabe... É desconhecido! Você compreende que tudo o que se conhecia chegou ao fim? É algo novo, incrível, nunca antes visto!

Lá embaixo espumavam, corriam, gritavam. Mas tudo isso estava longe e ia se distanciando mais e mais porque, ao olhar para mim, ela me puxava lentamente para si por entre as janelas estreitas e douradas de suas pupilas. Assim ficamos, demoradamente, em silêncio. E, por alguma razão, lembrei de certa vez em que, da mesma maneira, eu olhava através do Muro Verde para as enigmáticas pupilas amareladas de alguém, enquanto os pássaros pairavam sobre o Muro (ou isso teria sido em outra ocasião?).

— Escute, se nada de extraordinário acontecer amanhã, levarei você até lá, está compreendendo?

Não, eu não compreendia. Mas, sem dizer nada, assenti com a cabeça. Eu me dissolvi, reduzindo-me infinitamente, tornei-me um ponto...

No fim das contas, existe uma lógica própria — uma lógica peculiar de nossos dias — nessa condição de ponto em que me encontrava. Em um ponto há, acima de tudo, incertezas. Se ele começar a se mover, deslocando-se, pode se converter em milhares de curvas diferentes, em centenas de corpos.

Tenho medo de me mover: em que iria me transformar? E me parece que todos, assim como eu, temem até o mais leve movimento. Agora mesmo, enquanto escrevo, todos estão sentados, detidos em suas jaulas de vidro, à espera de alguma coisa. Não se ouve o zumbido do elevador, que é habitual a esta hora; nem risos, nem passos... De vez em quando vejo números, aos pares, espreitando ao passar pelo corredor, na ponta dos pés, sussurrando...

E amanhã, o que irá acontecer? Em que me transformarei?

26ª ANOTAÇÃO

O mundo ainda existe
Erupção
41º

Manhã. Através do teto se vislumbra o céu — firme, redondo, com as faces coradas, como ele costuma ser. Imagino que teria ficado menos surpreso se tivesse visto acima de minha cabeça um excepcional sol quadrado, ou pessoas vestidas com peles coloridas de animal, ou paredes opacas, de pedra. Então, quer dizer que o mundo — nosso mundo — ainda existe? Ou é apenas a inércia: as rodas da engrenagem continuam dando voltas, mas o gerador já foi há muito desligado; mais duas, três voltas e, na quarta, irão parar...?

Vocês conhecem a estranha sensação de acordar no meio da noite, abrir os olhos na escuridão e, de repente, sentindo-se perdido, começar logo a tatear ao redor, procurando às pressas alguma coisa familiar e sólida: uma parede, uma lâmpada, uma cadeira... Foi exatamente assim que tateei, às pressas, em busca do *Jornal do Estado Único*, lá estava:

"Ansiosamente aguardada por todos, realizou-se ontem a cerimônia do Dia da Unanimidade. Pela quadragésima oitava vez foi eleito por unanimidade aquele que reiteradamente nos demonstrou sua inabalável sabedoria, o Benfeitor. A solenidade foi perturbada por uma pequena confusão provocada por inimigos da felicidade. Estes, naturalmente, privaram-se do direito, ontem renovado, de se integrar como tijolos aos alicerces do Estado Único. É evidente, para qualquer um, que levar o voto deles em conta seria tão absurdo quanto tomar o ruído da tosse de alguns doentes, que por acaso se encontrassem numa sala de concertos, como parte de uma magnífica e heroica sinfonia."

Oh, grande Sábio! Será possível que, apesar de tudo, ainda estejamos salvos? Será mesmo possível pôr objeções ao mais cristalino dos silogismos?

Mais adiante, estas poucas linhas:

"Às 12h de hoje se realizará uma sessão conjunta entre os Departamentos Administrativo, Médico e da Guarda. Está prevista para os próximos dias a emissão de um importante Decreto Estatal."

Não, as paredes ainda estão de pé. Aqui estão elas — posso tocá-las. E tanto passou aquela estranha sensação de estar perdido, de não saber onde estou, quanto o espanto de ver o céu azul, o sol redondo; e todos — como de costume — se dirigem ao trabalho.

Eu caminhava pela avenida com passos especialmente firmes e sonoros, e me parecia que todos caminhavam da mesma maneira. Mas, chegando ao cruzamento, ao virar a esquina, vi que todos contornavam o edifício de um jeito estranho, como se algum cano rompido dentro da parede salpicasse água fria na calçada, impedindo que se passasse por ela.

Mais cinco, dez passos, e eu também levei um banho de água fria, cambaleei e fui lançado para fora da calçada... Na parede, a uma altura de aproximadamente dois metros, havia uma folha quadrada de papel com letras verde-veneno; a mensagem era ininteligível:

MEFI

E, embaixo do papel — as costas duplamente curvadas como um S, e as orelhas estendidas como asas, transparentes, abanando de raiva ou excitação. Com o braço direito levantado e o esquerdo abandonado como uma asa ferida, caído para trás, ele saltava para arrancar o papel, mas não podia; faltava muito para alcançá-lo.

Provavelmente, todos os que passavam por ali pensavam a mesma coisa: "Se eu me aproximar, logo eu entre tantos, ele irá pensar que sou culpado de alguma coisa e que por isso mesmo quero...".

Confesso que isso também me passou pela cabeça. Mas lembrei que muitas vezes ele tinha sido para mim um verdadeiro anjo da guarda, que tantas vezes tinha me salvado, então me armei de coragem e me aproximei, levantei o braço e arranquei a folha de papel.

S virou-se e, cravando rapidamente suas brocas em mim, perfurou-me até o fundo, de onde extraiu alguma coisa. Depois, ergueu a sobrancelha esquerda e sinalizou, indicando-me a parede onde, um minuto antes, pendia — "Mefi". Pareceu-me ter visto uma pontinha do sorriso dele, que, pelo visto, e para minha surpresa, se mostrava alegre. Aliás, por que a surpresa? Um médico prefere sempre uma erupção na pele e uma febre de 40° a uma temperatura que sobe lentamente num período de incubação — assim, pelo menos, fica logo bem clara a natureza da doença. Este "Mefi" que brotou hoje nas paredes é uma dessas erupções. Eu entendi o sorriso dele...[16]

Ao descer para a via subterrânea, apareceu sob meus pés, no vidro impecável de um degrau, outra folha branca: "Mefi". E também numa parede lá em baixo, num banco de rua, no espelho de um vagão (colado às pressas, pelo visto: estava torto e mal preso), por toda parte, enfim, se via aquela terrível erupção branca.

---

[16] Devo confessar que, somente depois de muitos dias repletos dos mais estranhos e inesperados acontecimentos, é que pude encontrar a explicação exata para este sorriso. (N. do narrador)

No silêncio, o zumbido das rodas soava nítido, como o ruído do fluxo de sangue infectado. Alguém que foi tocado no ombro estremeceu e deixou cair um pacote de papéis. À minha esquerda, um outro lia e relia, lia e relia sem cessar a mesma linha num jornal que tremia levemente em suas mãos. E eu sentia que em toda parte — nas rodas, nas mãos, nos jornais, nos cílios — a pulsação acelerava cada vez mais, e imaginei que hoje, quando for me encontrar com I-330, a linha negra do termômetro estará marcando 39, 40 ou 41 graus...

No hangar, o mesmo silêncio e o zumbido distante de uma hélice invisível. Paradas, as máquinas estavam carrancudas, em silêncio. Somente os guindastes se moviam, deslizavam, inclinavam-se, quase sem ruídos, como se estivessem na ponta dos pés; agarravam com suas pinças os blocos azulados de ar congelado e os embarcavam nas cisternas de bordo da Integral. Estamos concluindo o preparo da Integral para o teste de voo.

— E então? Finalizamos o carregamento em uma semana?

Foi o que perguntei ao Segundo Construtor. Seu rosto era de porcelana com pequenas flores pintadas de um azul suave e um rosado delicado (os olhos e os lábios), mas hoje eles pareciam esmaecidos, desbotados. Nós contávamos em voz alta, mas, de repente, eu me interrompi na metade da palavra e fiquei ali parado, boquiaberto: no alto, sob a cúpula, num bloco azulado erguido pelo guindaste, um pequeno quadrado branco que mal se notava — uma folha de papel colada. Eu me sacudi inteiro, talvez por causa do riso, sim, eu ouvia meu próprio riso (vocês conhecem a sensação de ouvir o próprio riso?).

— Não, escute... — eu disse. — Imagine que está num antigo aeroplano, o altímetro marca 5 mil metros, então uma asa se rompe e você, caindo como uma ave ferida, no meio da queda calcula: "Amanhã, do meio-dia e às 14h, será isto... das 14h às 18h, aquilo... às 18h é a refeição...". Não é ridículo? Pois é exatamente o que estamos fazendo agora!

As florezinhas azuis agitavam-se, esbugalhavam-se. E imaginem se eu fosse de vidro e ele pudesse ver o que se passava dentro de mim naquele momento? Se ele soubesse que dentro de três ou quatro horas...

27ª ANOTAÇÃO

Não há resumo. É impossível.

Estou sozinho nos corredores sem fim; os mesmos de antes. O céu é mudo, de concreto. Ouve-se o gotejar da água sobre uma pedra. E, logo, aquela porta familiar, opaca e pesada; atrás dela — um ruído surdo.

Ela disse que sairia ao meu encontro às 16h em ponto. Mas desde as 16h já se passaram cinco, dez, quinze minutos, e nada.

Por um segundo volto a ser aquele *eu* de antes, aterrorizado com a possibilidade de a porta se abrir. Os próximos cinco minutos serão os últimos, se ela não sair...

E apenas o gotejar da água sobre a pedra; ninguém aparece. Com uma alegria melancólica, sinto que estou salvo. Então volto caminhando lentamente pelo corredor. A bruxuleante linha pontilhada de luzinhas no teto vai ficando pálida, cada vez mais pálida...

De súbito, atrás de mim, um forte estalo da porta, o ruído de passos apressados ecoa no teto e nas paredes do corredor, e eis que ela aparece — leve como um pássaro, ofegando um pouco por ter corrido, respirando pela boca.

— Eu sabia que estava aqui, sabia que viria! Eu sabia que você... você...

As lanças de seus cílios se afastam, me abrindo passagem para dentro, e... Como explicar o efeito que esse antigo, absurdo e maravilhoso ritual — quando os lábios dela tocam os meus — tem sobre mim? Que fórmula pode expressar esse turbilhão que varre tudo de minha alma, exceto ela? Sim, sim, da *alma*! Riam, se quiserem.

Ela levanta as pálpebras com esforço, bem devagar, e diz lentamente, arrastando as palavras:

— Não, basta... depois... Agora, vamos.

A porta se abre. Os degraus — velhos, desgastados. E a insuportável variedade de ruídos, silvos, luzes...

* * *

Desde então já se passaram quase vinte e quatro horas; e embora tudo isso já tenha se assentado um pouco em minha mente, para mim ainda é extremamente difícil dar uma descrição sequer aproximada. É como se uma bomba tivesse explodido em minha cabeça, e as bocas abertas, asas, gritos, folhas, palavras, pedras — tudo tivesse se misturado num amontoado, umas coisas sobre as outras...

Recordo bem o que primeiro me veio à mente: "Rápido, voltar a toda pressa!". Porque para mim estava claro: enquanto eu estava lá, esperando nos corredores, eles imploditam ou demoliram o Muro Verde, e tudo o que havia lá se precipitou e invadiu nossa cidade, até então purificada desse mundo inferior.

Devo ter dito a I-330 qualquer coisa do gênero. Ela caiu na risada, e disse:

— Nada disso! Nós simplesmente saímos do outro lado do Muro Verde...

Abri então os olhos e, inteiramente desperto, fiquei cara a cara com algo que nenhum vivente tinha visto antes, a não ser reduzido de tamanho milhares de vezes, atenuado e disfarçado pelo vidro turvo do Muro.

O sol... aquele não era o nosso. Não era o sol distribuído por igual pela superfície espelhada do pavimento. Era uma acumulação de fragmentos vivos e manchas que saltavam incessantemente, que cegavam e faziam girar a cabeça. E as ár-

Nós

vores! Algumas eram como tochas que se projetavam para o céu, outras como aranhas agachadas na terra sobre patas nodosas ou como fontes verdes e mudas.... E tudo isso se movia, rastejava, farfalhava. Saía de baixo de meus pés um novelo rugoso; fiquei paralisado, sem poder dar um passo porque a superfície sob meus pés não era plana — podem imaginar? Não era plana! — mas repulsivamente mole, maleável, elástica; era algo verde e movediço, como uma coisa viva.

Fiquei aturdido com tudo aquilo; sufocado — sim, talvez seja esta a palavra mais apropriada. Fiquei parado com as duas mãos agarradas a um galho que balançava.

— Não é nada, está tudo bem! No começo é assim, mas logo passa. Coragem!

Ao lado de I-330, saltando vertiginosamente sobre a rede verde, o perfil delgadíssimo de alguém recortado em papel... não, não era de um *alguém* qualquer, eu o conhecia... sim, era o médico. Aí, tudo ficou muito claro: percebi que os dois, rindo, me pegaram pelos braços e me arrastaram; minhas pernas se entrelaçavam ao deslizar. E ao redor — chilreios, musgo, montes, crocitos, galhos, troncos, asas, folhas, silvos...

De súbito, as árvores se dispersaram, abriu-se uma clareira. Na clareira... havia pessoas... ou... não sei bem como dizer... *seres*, talvez, seja o mais correto.

Agora, por ultrapassar todos os limites do verossímil, vem a parte mais difícil. Ficou claro então para mim por que I-330 sempre foi tão obstinada em se esquivar de responder: de qualquer maneira, ainda que ela tivesse dito, eu não teria acreditado. É possível que amanhã nem eu mesmo acredite nestas minhas anotações.

Na clareira, ao redor de uma rocha nua parecida com um crânio, fazia algazarra uma multidão de trezentas, quatrocentas... pessoas — sim, suponhamos que sejam "pessoas"; é difícil chamá-las de outra coisa. Assim como nas tribunas, quando, num primeiro momento, em meio à massa geral de rostos você percebe apenas aqueles que são familiares, também aqui identifiquei primeiro os nossos unifs azuis-acinzentados. Depois de um segundo, entre os unifs, distingui com nitidez e precisão pessoas de cores diversas: negras, avermelhadas, douradas, pardas, ruças, brancas...[17] — pelo visto eram pessoas. Estavam todos sem roupas, mas cobertos por uma pelagem curta e reluzente, como a do cavalo empalhado que pode ser visto no Museu Pré-Histórico. Mas as fêmeas tinham rostos exatamente — sim, exatamente — iguais aos das nossas mulheres: delicadamente rosados e sem pelos; e os seios, firmes e volumosos, igualmente livres de pelos, eram de uma belíssima forma geométrica. Os machos só não tinham pelos em parte do rosto, assim como nossos antepassados.

Aquilo era a tal ponto inacreditável, a tal ponto inesperado, que fiquei tranquilamente parado; posso afirmar com segurança que me detive e fiquei olhando, placidamente. Como uma balança: depois de sobrecarregar um prato, não importa o quanto mais se coloque, o ponteiro não irá se mover...

De repente, fiquei só. I-330 não estava mais comigo. Eu não sabia como nem onde ela tinha desaparecido. Ao meu redor ficaram apenas aqueles seres de pelo acetinado brilhando ao sol. Então me agarrei ao ombro escuro, forte e quente de alguém:

— Escute, me diga, em nome do Benfeitor, você não viu para onde ela foi? Um minuto atrás ela estava aqui, agorinha mesmo, e...

Umas sobrancelhas peludas e severas se voltaram para mim:

---

[17] No original, a maioria destes adjetivos designa exclusivamente cores de pelo de cavalos. Assim, *voronói* é a cor negra do pelo do murzelo, *ryji*, a cor avermelhada do alazão, etc. (N. do T.)

Nós

— Sh-sh-sh... Silêncio! — E apontaram para o centro da clareira, onde estava a rocha amarela em forma de crânio.

No alto, acima das cabeças de todos eles, estava ela. Como o sol me iluminava diretamente no rosto, vindo da mesma direção onde ela estava, toda ela aparecia na tela azul do céu como uma silhueta angulosa, negra como carvão. Um pouco acima flutuavam as nuvens, que já não eram como nuvens, mas como rochas, numa das quais estava ela própria, e, atrás dela, uma multidão, a clareira... deslizavam sem ruído, como um navio, e a terra se afastava flutuando sob os pés...

— Irmãos... — disse ela. — Irmãos! Todos vocês sabem que lá, do outro lado do Muro, na cidade, estão construindo a Integral. E também sabem que é chegado o dia em que destruiremos o Muro — todos os muros — para que os ventos verdes soprem por toda a terra, de uma ponta à outra. Mas a Integral levará esses muros lá para cima, rumo ao espaço, para milhares de outros mundos, que hoje à noite lhes sussurrarão com suas luzes através das folhas negras da noite...

Ondas, espuma e vento se lançaram contra a rocha:

— Abaixo a Integral! Abaixo!

— Não, irmãos, abaixo não! A Integral deve ser nossa. No dia em que ela desatracar pela primeira vez para se lançar ao céu, seremos nós que estaremos dentro dela. Porque está aqui conosco o Construtor da Integral. Ele abandonou os muros e veio comigo para cá, para estar entre vocês. Viva o Construtor!

Num piscar de olhos, eu estava em algum lugar no alto. E de lá eu via cabeças e mais cabeças, bocas arreganhadas gritando e braços que se erguiam e depois caíam. Era algo especialmente estranho e inebriante: eu me sentia acima de todos, eu era eu, separado de todo o resto, como um mundo — deixara de ser o que sempre fui, um componente, e me tornara uma unidade.

E então, com o corpo amassado, feliz e amarrotado como se fica depois de abraços amorosos, eu estava outra vez embaixo, bem ao lado da rocha. O sol, vozes que vinham de cima... e o sorriso de I-330. Uma mulher com cabelos de ouro, exalando aroma de ervas, toda de um cetim dourado, levava nas mãos uma xícara que aparentava ser feita de madeira. Com seus lábios vermelhos ela sorveu um pouco e passou para mim. Ávido, fechei os olhos e bebi para apagar o fogo — bebi faíscas doces, picantes e frias.

Em seguida, meu sangue e o mundo todo corriam mil vezes mais rápido, e a terra flutuava leve como uma pluma. E tudo me pareceu leve, simples e claro.

Então vi na rocha, enormes, aquelas letras já conhecidas: MEFI; e, por alguma razão que eu desconhecia, isso era como deveria ser — um fio simples e firme que ligava todas as coisas. Vi uma representação grosseira, talvez nessa mesma rocha: um jovem alado de corpo transparente, e onde deveria estar o coração, encontrava-se um pedaço de carvão avermelhado, em brasa. E outra vez: compreendi esse pedaço de carvão... Ou não era isso: eu o sentia da mesma maneira que, sem ouvir, sentia cada palavra (ela falava do alto da rocha), sentia ainda que todos respiravam juntos e que juntos voavam para algum lugar, como os pássaros que daquela vez sobrevoavam o Muro...

Lá de trás, do meio daquela massa de corpos que respiravam em uníssono, ergueu-se então uma voz retumbante:

— Mas isso é loucura!

E pelo visto fui eu — sim, acho que era eu e não outro — que de um salto subi na rocha; lá do alto pude ver o sol, as cabeças e, recortada no azul, uma linha verde denteada como lâmina de serra, e gritei:

— Sim, exatamente! É preciso enlouquecer, é imprescindível que todos enlouqueçam, o mais rápido possível! É imprescindível... Eu sei que é.

Nós

I-330 estava ao meu lado. O sorriso dela — duas linhas escuras que partiam dos cantos da boca para cima, formando um ângulo; e dentro de mim o carvão em brasa — algo instantâneo, leve, belo, quase doloroso... Depois, restaram apenas fragmentos dispersos pelo atoleiro da memória.

Um pássaro voava lento e bem baixinho. Percebi que estava vivo, como eu, e, como uma pessoa, virava a cabeça, ora para a direita, ora para a esquerda, até que atarraxou em mim seus olhos redondos e negros...

... E ainda: um dorso humano coberto de um pelo luminoso, da cor de marfim velho. Um inseto de cor escura e minúsculas asas transparentes movia-se devagar pelo dorso, que tremelicou para espantá-lo... e tremelicou mais uma vez...

... E mais: alguns deitados à sombra das folhas — que desenhavam na terra uma treliça — mastigavam algo semelhante a um lendário alimento dos antigos: um fruto comprido e amarelo com partes escuras. Uma mulher meteu um desses em minha mão; me pareceu grotesco: eu não sabia se podia ou não comer aquilo.

... E outra vez: a multidão, cabeças, pernas, braços, bocas. Os rostos apareciam por um segundo e depois desapareciam, como bolhas que se formam e se arrebentam. E, por um segundo — ou talvez tenha sido apenas impressão — surgiram abanando as orelhas transparentes estendidas como asas.

Apertei a mão de I-330 com toda a força. E ela, lançando-me um olhar:

— O que há com você?

— Ele está aqui... Tenho a impressão de ter...

— Ele, quem?

— ... Agora mesmo... no meio da multidão...

As sobrancelhas finas, negras como carvão, levantadas até as têmporas: um triângulo pontiagudo, um sorriso. Para mim não era claro por que ela sorria... Como ela podia sorrir?

— Você não entende, I, você não sabe as consequências disso: se ele ou algum deles estiver aqui...

— Que ridículo! Por acaso passaria pela cabeça de alguém de lá, do outro lado do Muro, que estamos aqui? Vamos tomar você mesmo como exemplo: porventura alguma vez imaginou que isso fosse possível? Eles estão nos caçando agora por lá? Pois que continuem a caçar! Você está apenas delirando.

Ela sorriu suave e alegremente, e eu também sorri. A terra — leve, alegre e inebriante — flutuava...

28ª ANOTAÇÃO

Ambas
Entropia e energia
A parte opaca do corpo

Vejam bem: se o mundo de vocês é semelhante ao mundo de nossos remotos antepassados, imaginem então que um dia, navegando pelos mares, venham a encontrar um sexto ou sétimo continente — uma espécie de Atlântida — e que por lá existam extraordinárias cidades-labirinto, pessoas que pairam no ar sem o auxílio de asas ou aeros, pedras que levitam por força de um olhar, em suma, coisas que vocês jamais imaginariam, ainda que padecessem do mal dos sonhos. Foi exatamente assim meu dia de ontem. Porque, procurem compreender, nenhum de nós tinha passado para o lado de lá do Muro Verde desde a Guerra dos Duzentos Anos, como eu já lhes tinha dito.

Sei que é meu dever para com vocês, amigos desconhecidos, contar em detalhes sobre esse estranho e inesperado mundo que ontem se revelou a mim. Mas por enquanto não me sinto em condições de voltar a isso. Afinal, são tantas novidades, tantas coisas nunca antes vistas, que não dou conta de reuni-las todas aqui: estendo as mãos em concha sob a torrente de acontecimentos, mas eles se precipitam nos baldes fora de meu alcance, e apenas algumas gotas vêm parar nestas páginas...

De início, ouvindo bem alto vozes que vinham de fora, do outro lado das paredes do meu quarto, reconheci uma delas, a flexível e metálica voz de I-330, depois uma outra, quase tão inflexível quanto uma régua de madeira, a voz de U. Em seguida, a porta se abriu com um estalido e entraram ambas disparadas em meu quarto. Exatamente assim: disparadas.

I-330 pousou a mão no espaldar de minha cadeira e sobre o ombro direito sorriu para a outra com todos os dentes. Eu não queria estar na direção daquele sorriso.

— Escute — disse-me I —, essa mulher parece ter como objetivo protegê-lo de mim, como se você fosse uma criancinha. Tem sua permissão para isso?

E, com as guelras trêmulas, disse a outra:

— Mas ele é uma criança, sim. Uma criança! E é só por isso que ele não percebe que tudo o que você faz com ele é somente para... que tudo é uma grande farsa. Sim! E é meu dever...

De relance, vi no espelho a linha quebrada e trêmula de minhas sobrancelhas. Levantei de um salto e, refreando com dificuldades aquele meu outro eu, o de punhos peludos e trêmulos, medindo bem cada palavra que, sibilando, abria passagem por entre meus dentes cerrados, gritei-lhe na cara — diretamente nas guelras:

— Fora daqui... Já! Agora mesmo!

As guelras se inflaram, ficaram vermelhas como tijolos, depois murcharam, acinzentando-se. Ela abriu a boca para dizer alguma coisa, mas acabou por sair sem dizer nada, batendo a porta.

Lancei-me na direção de I:

— Nunca irei me perdoar por isso... Nunca! Ela se atreveu... com você? Mas você não pode pensar que eu penso que... que ela... Tudo isso porque ela quer se registrar em meu nome, mas eu...

— Felizmente, ela não terá tempo de se registrar. Ainda que existissem mil como ela, não me importaria. Eu sei que você confia não em mil como eu, mas somente em mim. Por-

Nós

que, depois do que aconteceu ontem, sou toda sua, até o fim, como você queria. Estou em suas mãos; sempre que quiser, você pode...

— Posso o quê, sempre que quiser? (Imediatamente depois de perguntar, compreendi *o quê*. E o sangue subiu-me às orelhas e às faces, fazendo-me gritar.) — Não deve falar disso. Nunca mais fale disso comigo! Pois deve saber que aquele era meu outro eu, mas agora...

— Como posso saber? O homem é como um romance: não se sabe como termina antes da última página. Do contrário, não valeria a pena ler...

I-330 acariciava minha cabeça. Eu não via seu rosto, mas, pela voz, podia perceber que olhava para algum lugar distante; os olhos dela estavam fixos numa nuvem que deslizava, silenciosa e lentamente, não se sabe em que direção...

De súbito, afastando-me com a mão firme mas delicada, ela disse:

— Escute: vim aqui para lhe dizer que estes talvez sejam nossos últimos dias... Bem, você sabe que, a partir desta noite, todas as palestras estão canceladas e os auditórios, indisponíveis.

— Canceladas?

— Sim. Passando por lá, vi que preparavam alguma coisa nos edifícios dos auditórios: umas mesas diferentes, médicos de branco...

— Mas o que isso significa?

— Não sei. Por enquanto ninguém sabe. E o pior de tudo é isso. Apenas pressinto que a corrente foi acionada, que a faísca agora corre pelos fios e que, se não for hoje, vai ser amanhã... Mas, talvez não dê tempo de eles...

Quem são eles? Quem somos nós? — Eu há muito tinha deixado de entender. Também já não sabia se queria ou não que conseguissem. Somente uma coisa era clara para mim:

I-330 tinha chegado ao limite extremo, não faltava muito para que, a qualquer momento...

— Mas isso é uma loucura — retruquei. — Você contra o Estado Único! É a mesma coisa que tapar a boca do cano de uma arma com a mão, julgando que é possível deter o disparo. É a mais completa loucura!

Com um sorriso:

— "É preciso que todos enlouqueçam, o mais rápido possível!". Isso foi o que alguém disse ontem à noite. Está lembrado? Foi lá...

Sim, ela estava certa; tenho aqui anotado, portanto, havia realmente acontecido. Em silêncio, fiquei olhando para o rosto dela, onde então se via, de um modo particularmente nítido, uma cruz escura.

— Querida I, antes que seja tarde... Se quiser, abandono tudo, esqueço tudo e vou com você para lá, para o outro lado do Muro, juntar-se àqueles... não sei quem eles são.

Ela abanou a cabeça. Através das janelas escuras de seus olhos, lá, dentro dela, vi que estava acesa uma lareira — faíscas, línguas de fogo se erguiam para lamber um amontoado de lenha seca e resinosa. E ficou claro: já era tarde, minhas palavras já não podiam mais nada...

Preparando-se para ir embora, ela se levantou. Talvez fossem realmente os últimos dias, ou mesmo os últimos minutos... Agarrei a mão dela:

— Não! Fique mais um pouco, em nome do... em nome do...

Ela levantou minha mão bem devagar — minha mão peluda que eu tanto odiava — em direção à luz; eu queria recolhê-la, mas ela segurava firme.

— A sua mão... Você não deve saber, e são poucos os que sabem, mas acontecia de algumas mulheres daqui, da cidade, se apaixonarem pelos de lá. E é bem provável que haja em você umas gotas do sangue quente da floresta. Talvez seja por isso que, justo por você, eu...

Uma pausa, e... Que estranho: por causa dessa pausa, do vazio, do nada, meu coração acelerou de tal maneira que gritei:

— Não! Você não vai agora! E não vai enquanto não me contar sobre eles; eu sei que os... ama, e eu... eu nem sequer sei quem são, de onde vieram... Afinal, quem são eles? A metade que perdemos? Nós temos H_2 e O, mas para obter H_2O — rios, mares, cachoeiras, ondas, tempestades — é necessário unir as metades...

Lembro-me claramente de cada um de seus movimentos — ela pegou o triângulo de vidro de cima da minha mesa e, enquanto eu falava, ela apertava uma das arestas contra a bochecha, fazendo aparecer uma mancha branca, que, em seguida, quando ela afastava a aresta, tornava ao rosado e desaparecia. É estranho que eu não consiga lembrar bem de suas palavras, especialmente as primeiras, mas somente de algumas imagens, algumas cores. Sei que ela começou falando da Guerra dos Duzentos anos, e daí — vermelho sobre o verde da relva, sobre o barro escuro, sobre o azul da neve; eram poças de vermelho que nunca secavam. Depois, os campos amarelados, ressecados de sol, e, em meio a cadáveres inchados de cães ou, talvez, de humanos, pessoas estropiadas, amareladas, nuas, com seus cães também estropiados... Isso, evidentemente, além dos Muros, porque a cidade já tinha triunfado, nela já existia nossa alimentação de hoje, à base de petróleo. E, em quase todo o espaço entre o céu e a terra, tufos pesados de fumaça ondulavam lentamente sobre as florestas, sobre os povoados. Gemidos abafados: intermináveis fileiras escuras de pessoas eram enxotadas para a cidade, onde seriam salvas à força — aprenderiam a felicidade.

— Você sabia dessas coisas?

— Sim, de muitas delas.

— Mas não sabia, e somente alguns chegaram a saber, que uma pequena parte deles escapou e permaneceu vivendo lá, do outro lado, fora dos Muros. Eles partiram nus para a floresta. E, lá, aprenderam com as árvores, as feras, os pássaros, as flores, o sol. Cobrindo-se de pelos, preservaram o calor, o sangue vermelho. Com vocês, que se cobriram de cifras, aconteceu o pior — os algarismos rastejam por vocês como piolhos. É preciso que os livrem de tudo, que os mandem nus para a floresta. E que se deixem aprender a tremer de medo, a vibrar de alegria, de ódio frenético; que aprendam a padecer o frio; que rezem pelo fogo... E nós, Mefi, nós queremos...

— Não, espere, você disse Mefi? O que significa Mefi, afinal?

— Mefi? É um nome antigo. Mefi é aquele que... Lembra que, lá na rocha, tem uma imagem de um jovem... Não, é melhor que eu fale na sua língua, assim poderá compreender mais rápido. Veja bem, há neste mundo duas forças — entropia e energia. Uma delas conduz à quietude beatífica, ao equilíbrio venturoso; a outra, à quebra do equilíbrio, ao movimento incessante e doloroso. A entropia era adorada pelos nossos, melhor dizendo, os seus antepassados, os cristãos, da mesma maneira que se adorava a Deus. Enquanto nós, anticristãos, nós...

E, naquele momento, um murmúrio que mal se ouvia, depois uma pancada na porta, e saltou para dentro do quarto aquele homem com a testa achatada sobre os olhos, que mais de uma vez me entregara as mensagens de I-330. Ele se lançou em nossa direção, mas estacou; resfolegando como uma bomba de ar, ele não conseguiu dizer uma única palavra; certamente a corrida tinha-lhe consumido todas as forças.

— E então? O que aconteceu? — perguntou I, pegando-o pelo braço.

— Estão vindo para cá... — disse ele, depois de, finalmente, recuperar o fôlego. — A patrulha de Guardiões... acompanhada daquele... aquele número... um corcunda...

— S?

— Sim, esse mesmo! Estão perto... já devem estar no prédio. Daqui a pouco estarão aqui. Vamos logo! Depressa!

— Bobagem! Ainda temos tempo... — disse ela, sorrindo, com os olhos cheios de faíscas e línguas de fogo.

Isso, ou era uma absurda e irrefletida coragem, ou era algo que eu ainda não tinha compreendido.

— I, em nome do Benfeitor, você deve compreender! Porque isso é...

— Em nome do Benfeitor! — o triângulo pontiagudo, o sorriso.

— Bem... então, por mim... Eu lhe peço!

— Ah, tem mais uma coisa que preciso lhe dizer... Mas agora não importa, porque amanhã, de todo modo...

Ela acenou para mim muito contente (contente, sim); o outro também acenou, revelando por um segundo os olhos, antes encobertos pelo toldo de sua fronte. Em seguida, fiquei só.

Corri para a mesa. Peguei minhas anotações, espalhei algumas folhas pela mesa e empunhei a caneta para que eles me encontrassem trabalhando em proveito do Estado Único. De repente, ganhando vida, todos os fios de cabelo da minha cabeça se eriçaram: "E se apanharem e lerem estas páginas... uma delas, que seja; uma das mais recentes?".

Fiquei sentado à mesa, imóvel; então percebi que as paredes trepidavam, a caneta vibrava em minha mão, as letras se contorciam e se misturavam...

Esconder tudo? Mas, se tudo à minha volta é de vidro, onde eu iria esconder? Queimar? Mas iriam ver tudo dos corredores, das habitações vizinhas. E depois, eu não conseguiria, não seria capaz de destruir este pungente pedaço de mim — e pelo qual, talvez, eu mais tenha apreço.

Eu já ouvia vozes e passos vindos de longe, do corredor. Tive tempo apenas de pegar o maço de folhas e metê-lo embaixo de mim. E ali fiquei, preso à cadeira, que se agitava com cada um de seus átomos, ao mesmo tempo em que o chão sob meus pés oscilava como um convés de navio — para cima, para baixo...

Todo encolhido, fechado sob o toldo de minha própria testa, olhei de soslaio, quase sorrateiro, e vi que eles iam de quarto em quarto; começando pelo final do corredor, do lado direito, chegavam cada vez mais perto. Alguns dos ocupantes das habitações permaneciam sentados, mortalmente petrificados, tal como eu estava; outros — os mais felizes! —, levantando-se de um salto, partiam ao encontro deles, escancarando a porta. Quem me dera poder também...

"O Benfeitor é a indispensável e mais aperfeiçoada forma de desinfecção para a humanidade. Em consequência disso, no organismo do Estado Único não existe nenhum movimento peristáltico..." Com a caneta aos saltos eu produzia este completo disparate, inclinando-me cada vez mais sobre a mesa, enquanto uma forja estrondeava em minha cabeça. Então ouvi, atrás de mim, a maçaneta girar; uma lufada de ar penetrou em meu quarto, fazendo bailar a cadeira embaixo de mim...

Só então, e com dificuldade, é que me desprendi da folha de papel e me voltei para os que haviam entrado (como é difícil representar uma farsa... mas quem foi que hoje mesmo me falou em farsa?). À frente estava S, soturno, calado, com os olhos perfurantes espetados em mim, na minha cadeira, nas folhas de papel que tremiam sob a minha mão. Em seguida, por um momento, apareceram na soleira da porta alguns rostos familiares, que eu via cotidianamente, e, dentre eles, um se destacava — guelras castanho-rosadas, infladas...

Rememorei tudo o que tinha acontecido meia hora antes neste quarto e ficou claro que em breve ela iria... Todo meu ser convergia e pulsava naquela parte (felizmente opaca) do meu corpo, com a qual eu podia esconder meu manuscrito.

U aproximou-se dele, de S, por trás, tocou-lhe cuidadosamente na manga e disse-lhe baixinho:

— Este é D-503, o Construtor da Integral. Você certamente já ouviu falar dele. Ele está sempre assim, sentado à mesa... Não se dá nenhum descanso!

... Mas... eu?... Que mulher admirável! Que surpreendente ela é!

S começou a deslizar em minha direção e, acercando-se, debruçou-se sobre meu ombro, observando a mesa. Ao notar que eu encobria o que tinha escrito pouco antes, ele gritou com voz severa:

— Ordeno que me mostre imediatamente o que tem aí!

Corado de vergonha, entreguei a ele o papel. Então vi que, ao terminar de ler, um sorriso que parecia lhe ter saltado dos olhos esgueirava-se pelo rosto e, como se abanasse a pequena cauda, se aninhou no canto direito de sua boca.

— Um tanto ambíguo, mas, mesmo assim... Bem, pode continuar, não vamos mais incomodá-lo.

Ele pôs-se a patinhar em direção à porta — como se os pés fossem remos que estapeassem a água — e, a cada um de seus passos, eu sentia minhas pernas, braços e dedos voltarem a mim; a alma ia se distribuindo proporcionadamente por todo meu corpo; eu respirava novamente...

Por fim, U, que havia permanecido em meu quarto, aproximou-se de mim e, inclinando-se, sussurrou no meu ouvido:

— A sua sorte foi que eu...

Não foi possível compreender. O que ela quis dizer com aquilo?

Mais tarde, à noite, eu soube que três números tinham sido levados. Aliás, sobre isso, assim como tudo mais que acontecia, ninguém falava em voz alta (por onde se prova a influência educativa dos Guardiões, invisivelmente presentes entre nós). As conversas giravam sobretudo em torno da mudança do tempo e da queda brusca de pressão, indicada no barômetro.

29ª ANOTAÇÃO

Fios no rosto
Brotos
Uma compreensão antinatural

Estranho: a pressão continua a baixar, mas não há vento, apenas silêncio. Ainda não podemos ouvir, mas lá em cima a tempestade já começou. As nuvens deslizam a toda velocidade. Por enquanto, não são muitas, apenas fragmentos isolados. É como se lá em cima toda a cidade estivesse sendo arrasada, e suas muralhas e torres caíssem aos pedaços com uma rapidez vertiginosa, crescendo diante dos olhos à medida que se aproximavam, mas tivessem que atravessar o azul infinito por mais alguns dias antes de desabarem aqui embaixo, sobre nós.

Aqui embaixo — o silêncio. Uns fios pairam no ar... fios inexplicáveis, tão finos que são quase invisíveis; a cada outono eram trazidos para cá, vindos do outro lado do Muro. Flutuam lentamente... e, de súbito, você percebe que em seu rosto há alguma coisa estranha e invisível, da qual não há meio de se livrar; você tenta tirar, e nada...

Encontra-se uma quantidade especialmente grande desses fios quando se caminha nas proximidades do Muro Verde, e era o que eu fazia hoje de manhã: I-330 me pediu que a encontrasse na Casa dos Antigos, naquele nosso "apartamento".

Eu já me aproximava do gigantesco edifício opaco da Casa dos Antigos quando ouvi, atrás de mim, passos curtos, apressados, e a respiração acelerada de alguém. Olhando para trás, vi que era O-90, que se esforçava para me alcançar.

Toda ela me pareceu uma figura bem arrematada, de um arredondamento firme. Os braços, as conchas dos seios, todo o seu corpo, aquele corpo que me era tão familiar, tudo parecia especialmente arredondado, esticando o tecido do unif que estava para rebentar, expondo tudo ali, ao sol, à luz. Então imaginei que lá, na mata verde, os brotos se abrem na primavera, ansiosos por romper a terra para que cresçam os ramos e as folhas, para que tudo floresça.

Ela se manteve em silêncio por alguns segundos... Todo aquele azul irradiava-se pelo meu rosto.

— Eu o vi lá... no Dia da Unanimidade.

— Também a vi... — E imediatamente lembrei dela parada lá embaixo, na passagem estreita, contra a parede, cobrindo o ventre com os braços. E sem querer olhei para seu ventre arredondado sob o unif.

Tendo evidentemente percebido, ficou inteiramente enrubescida, com um sorriso rosado.

— Estou tão feliz, mas tão feliz... Estou plena, compreende? Estou transbordando! Caminho e não ouço nada do que está em volta, ouço apenas a mim mesma, o meu interior...

Fiquei calado. No meu rosto havia algo estranho, que me incomodava, mas de que eu não podia me livrar de modo algum. E, de súbito, inesperadamente, o brilho do azul se intensificou, ela pegou minha mão e, puxando-a para si, tocou-a com os lábios... Essa era a primeira vez na vida que isso me acontecia. Era um carinho dos antigos até então desconhecido para mim. Fiquei tão aflito e envergonhado que retirei bruscamente a mão.

— Escute: você perdeu o juízo! E não é tanto por isso que o digo, é que em geral você... Por que está tão contente? Será que esqueceu do que a espera? Se não agora, daqui a um mês ou dois...

Então ela apagou-se, suas curvas desincharam; ficou completamente murcha. E meu coração se comprimiu. Essa sensação desagradável, para não dizer dolorosa, era ligada a um sentimento de piedade (o coração não é outra coisa senão a bomba ideal; a compressão, o aperto, ou seja, a sucção de um líquido ao bombear é algo tecnicamente absurdo. Por aí fica claro quão absurdos, antinaturais e doentios são todos esses "amores" e "piedades" e todas as outras coisas que provocam tal compressão).

Calamos. À minha esquerda estava o vidro turvo esverdeado do Muro; à frente, a gigantesca massa vermelho-escura. E, como uma resultante, essas duas cores somadas me deram uma ideia, uma ideia que me pareceu brilhante.

— Espere! Eu sei como salvá-la. Vou poupá-la disso, de ver o próprio filho e morrer logo a seguir. Você vai poder alimentá-lo, compreende? Vai poder ver que em seus braços ele irá crescer, se arredondar, amadurecer como um fruto...

Ela se pôs a estremecer e agarrou-se a mim.

— Você se lembra daquela mulher? — continuei. — Aquela que... bem, já faz tempo, no passeio... Enfim, ela está aqui agora; aqui, na Casa dos Antigos. Garanto que resolvo tudo sem demora: vamos até ela!

Eu já podia nos ver, a nós dois, I-330 e eu conduzindo-a pelos corredores, já podia vê-la entre flores, ervas e folhas... Mas O-90 recuou, ficando para trás, e as pontas de sua meia-lua rosada tremeram, arqueando-se em seguida.

— Essa é a tal mulher? — ela perguntou.

— Bem, é que... — fiquei perturbado por alguma razão. — Sim, é ela mesma.

— E você quer que eu vá até lá e peça a ela que... Não se atreva a falar disso comigo outra vez! Nunca mais!

Ela deu meia-volta e se foi, afastando-se rapidamente. E, como se tivesse esquecido alguma coisa, se deteve. Depois virou e gritou:

— Pois que eu morra! Você não tem nada com isso... Afinal, para você não daria no mesmo?

Silêncio. Pedaços de torres e paredes azuis caíam lá de cima, crescendo diante dos meus olhos com uma rapidez assustadora. Mas ainda faltavam algumas horas, ou dias, talvez, para percorrerem todo o infinito. Os fios invisíveis pairavam com toda lentidão, assentando-se em meu rosto; não tinha jeito de espaná-los, de livrar-se deles.

Caminhando lentamente, dirigi-me à Casa dos Antigos. No coração — um aperto, uma compressão tecnicamente absurda...

30ª ANOTAÇÃO

O último número
O erro de Galileu
Não seria melhor?

Segue aqui a minha conversa de ontem com I-330, na Casa dos Antigos, em meio ao ruído das cores, que de tão variado — vermelho, verde, branco, laranja, amarelo-brônzeo... — abafava o curso lógico dos pensamentos. Estivemos o tempo todo sob o sorriso fixado em mármore daquele poeta dos antigos, o de nariz arrebitado.

Reproduzo tudo ao pé da letra porque, ao que me parece, essa conversa será de enorme e decisiva importância para o destino do Estado Único. E digo mais: para o destino do universo! E também aqui, meus leitores desconhecidos, talvez possam encontrar algo que me absolva...

I-330 começou a falar sem preâmbulos e despejou tudo em mim, abruptamente:

— Eu sei que depois de manhã será o dia do primeiro teste de voo da Integral. Esse também será o dia em que vamos nos apoderar dela.

— Como? Depois de amanhã?

— Sim. Mas sente-se, não se preocupe. Não podemos perder nem um minuto. Entre as centenas de números detidos ontem, ao acaso, pelos Guardiões, havia doze Mefis. E se deixarmos passar mais dois ou três dias, estarão perdidos.

Eu não dizia nada.

— Devem enviar eletricistas, mecânicos, físicos, meteorologistas para observarem o teste. Ao meio-dia em ponto, não vá esquecer, quando tocar a campainha para o almoço e todos estiverem no refeitório, nós ficamos no corredor, trancamos as portas com todos lá dentro e... a Integral é nossa. Você deve compreender que isso precisa ser feito, custe o que custar. Em nossas mãos a Integral será uma arma que ajudará a acabar com tudo de uma vez, rapidamente, sem dor. Quanto aos aeros... Ah! Eles não serão mais que uma insignificante nuvem de mosquitos atacando um falcão. E depois, se não tiver outro jeito, apontamos escapamento dos motores para baixo, e isso será o suficiente para...

Me ergui de um salto:

— Isso é inconcebível! É um absurdo! Será que não está ciente do que tenciona fazer? É uma revolução!

— Sim. Uma revolução! Por que é um absurdo?

— É um absurdo porque outra revolução não é possível. Porque a nossa... — eu falo por mim, sem incluir você — a nossa revolução foi a última, não é possível mais nenhuma outra. Isso é do conhecimento de todos...

Com as sobrancelhas formando aquele triângulo pontiagudo, malicioso e zombeteiro:

— Meu querido, você é matemático. E até mais do que isso: você é um filósofo da matemática. Sendo assim, me diga o último número.

— Como assim? O último? Eu... eu não compreendo... Que último número?

— Bem... o último, o mais elevado, o maior deles.

— Mas isso, minha cara I, é um completo absurdo. A quantidade de números é infinita, que último número seria esse?

— E que revolução é essa que você defende como última? Não existe a última, as revoluções são infinitas. A ideia de último é para crianças: como o infinito as assusta e, ao mesmo tempo, é necessário que à noite elas durmam tranquilas...

— Mas qual é o sentido? Em nome do Benfeitor, me diga, qual é o sentido de tudo isso, uma vez que já somos todos felizes?

— Suponhamos... Muito bem, suponhamos que seja verdade. Mas, e depois?

— Que engraçado! É uma pergunta completamente infantil. Conte uma história a uma criança e me diga se ela não vai lhe perguntar, quando chegar ao final: E depois? E por quê?

— As crianças são os únicos filósofos ousados. E os filósofos ousados são todos necessariamente crianças. E é exatamente assim, como as crianças, que devemos perguntar: mas, e depois?

— Depois não há mais nada! Ponto-final. Por todo o universo, por todo lado, há um fluxo que avança uniformemente...

— Ah! Avança uniformemente por todo lado! Aí está ela, a entropia! A entropia psicológica. Por acaso não é claro para você, como matemático, que é apenas na diferença — na diferença de temperaturas, nos contrastes térmicos — que a vida é possível? Se, em toda parte, por todo o universo, os corpos fossem igualmente quentes ou igualmente frios... Eles precisam colidir para que se produza o fogo, a explosão, a *Geena*.[18] E nós os faremos colidir.

— Mas isso, I, entenda de uma vez, foi exatamente o que fizeram nossos antepassados durante a Guerra dos Duzentos Anos...

— Oh, sim, e eles estavam certos, estavam cobertos de razão. Mas cometeram um erro: acreditaram que eram o último número, o que absolutamente não existe na natureza.

---

[18] Palavra de origem hebraica, literalmente: "vale do filho de Enom"; vale situado nas proximidades de Jerusalém, onde os hebreus sacrificavam crianças no fogo ao deus fenício Moloque. Posteriormente a palavra passa a ser empregada como sinônimo de "inferno". (N. do T.)

O erro deles foi o mesmo de Galileu: ele estava certo ao afirmar que a terra gira em torno do sol, mas ele não sabia que todo o sistema solar gira em torno de algum outro centro, não sabia que a verdadeira órbita da terra — não a relativa mas a real — não é de modo nenhum um círculo ingênuo...

— E quanto a vocês?

— Nós... por enquanto sabemos que não existe um último número. Talvez venhamos a esquecer. É até bem provável que, quando ficarmos velhos, esqueçamos, e como todos fatalmente envelhecem... E aí nós fatalmente cairemos, como as folhas das árvores no outono e, depois de amanhã, você... Não, não, meu querido, você não. Pois você está do nosso lado, está conosco!

E, afogueada, radiante, em torvelinho — eu nunca a tinha visto assim — ela me abraçou inteira, com todo o corpo. Eu desapareci...

Por fim, olhando-me firme nos olhos, alertou:

— Ao meio-dia! Não vá esquecer!

Ao que respondi:

— Não, não vou esquecer.

Ela se foi. Fiquei sozinho no meio do ruído dissonante e violento de azuis, vermelhos, verdes, amarelos-brônzeos, alaranjados...

Sim, ao meio-dia... E, de repente, a absurda sensação de que algo estranho se agarrava ao meu rosto, algo que de maneira alguma eu conseguia retirar. E, também de repente, me vieram os acontecimentos de ontem de manhã, lembrei de U e de tudo o que ela gritou na cara de I-330... Por quê? Que absurdo foi aquele?

Apressei-me em sair dali e correr; corri para casa o mais depressa que pude.

Eu ouvia os pios agudos dos pássaros que ficaram para trás, sobrevoando o Muro Verde. E adiante, no sol poente, como se fossem feitos de fogo cristalizado, erguiam-se os globos das cúpulas cor de framboesa, os enormes edifícios cúbicos, o pináculo da Torre Acumuladora, autêntico relâmpago congelado no céu. E era tudo isso, toda essa impecável beleza geométrica, que eu devia, com as minhas mãos... Será que não havia outra saída, outro caminho?

Passei por um auditório, cujo número não me lembro; observei que, lá dentro, os bancos amontoavam-se formando uma pilha; as mesas, no centro, estavam cobertas por lençóis de um vidro branco como a neve, e, maculando o branco do lençol, uma mancha rosada de sangue radiante. E em tudo isso se ocultava um desconhecido — e por isso terrível — amanhã. É antinatural que um ser pensante, capaz de ver, viva em desconhecimento, entre irregularidades e incógnitas. É como se vendassem seus olhos e o obrigassem a andar assim, tateando e tropeçando, e você soubesse que em algum lugar por perto há uma beirada, tão perto que mais um passo e não restaria de você nada além de um pedaço de carne achatado e disforme. Não seria esta a mesma situação em que eu me encontrava?

... E se, sem mais esperar, eu me jogasse lá embaixo de cabeça? Não seria o meio correto, talvez o único, de desenredar tudo de uma vez?

31ª ANOTAÇÃO

A Grande Operação
Perdoei tudo
Uma colisão de trens

Salvos! No último momento, quando parecia que já não havia nada a que se agarrar, que estava tudo acabado...

Era como se alguém, tendo subido os degraus que levam à ameaçadora Máquina do Benfeitor, já tivesse sido encoberto — com um tinido lancinante — pela Campânula de Vidro e, num átimo, pela última vez na vida, devorasse com os olhos o céu azul... Mas, de repente, se desse conta de que tudo não passou de um "sonho". O sol ainda era alegremente rosado, as paredes ainda estavam lá — que prazer é tocar a parede fria com a mão! — e também os travesseiros — é um deleite sem fim ver a marca deixada pela cabeça no travesseiro branco...

Passei por algo mais ou menos assim hoje de manhã, quando li o Jornal do Estado Único — tinha sido um pesadelo pavoroso... mas tinha acabado. E eu, um pusilânime, um incrédulo, já pensava em suicídio. Sinto vergonha ao ler agora as últimas linhas que escrevi ontem. Mas não importa: que fiquem assim, como uma recordação das coisas incríveis que poderiam ter acontecido, mas que agora jamais acontecerão... Sim, jamais acontecerão!...

Em letras brilhantes, lia-se na primeira página do Jornal do Estado Único:

Nós

"ALEGREM-SE,

pois, a partir de hoje, vocês serão perfeitos! Até este dia, suas criações e mecanismos eram mais perfeitos que vocês.

DE QUE MODO?

Cada faísca de um dínamo é uma faísca de puríssima razão; cada movimento de um pistão é um silogismo imaculado. Porém, acaso essa mesma razão infalível não existe também em vocês?

A filosofia dos guindastes, prensas e bombas é perfeita e clara como o círculo de um compasso. Mas será que a filosofia de vocês *é menos circular*?

A beleza do mecanismo está no ritmo que, como num pêndulo, é constante e preciso. Mas vocês, criados desde a infância no sistema Taylor, não teriam se tornado pendularmente constantes?

Sim, mas há uma diferença:

MECANISMOS
NÃO TÊM IMAGINAÇÃO.

Viram alguma vez abrir-se aquele sorriso distante e sem propósito de um sonhador na fisionomia do cilindro de uma bomba enquanto ela trabalha? Alguma vez já ouviram os suspiros dos guindastes durante a noite, nas horas destinadas ao repouso, enquanto giram irrequietos?

NÃO!

Em seus rostos — ruborizem de vergonha! — os Guardiões veem esses sorrisos e suspiros com uma frequência cada vez maior. E ainda — podem esconder os olhos de constrangimento — os historiadores do Estado Único solicitam afastamento das atividades para não se verem obrigados a registrar acontecimentos tão vergonhosos.

Mas vocês não são culpados disso — vocês estão doentes. E o nome da doença é:

IMAGINAÇÃO.

Trata-se de um verme que escava rugas escuras na testa. Uma febre que os impulsiona a ir cada vez mais longe, embora este "longe" comece onde termina a felicidade. É a última barricada no caminho que leva à felicidade.

Mas alegrem-se! Ela já foi dinamitada...

O caminho está livre!

A ÚLTIMA DESCOBERTA
DA CIÊNCIA DO ESTADO:

O centro da imaginação encontra-se num mísero nódulo cerebral na região da Ponte de Varólio. Uma cauterização tripla desse nódulo com raios-X, e estarão curados da imaginação...

Para sempre!

Agora serão perfeitos, alcançarão as máquinas — o caminho para a absoluta felicidade está livre! Apressem-se todos, velhos e jovens, submetam-se logo à Grande Operação. Dirijam-se sem demora aos auditórios onde a Grande Operação está sendo executada. Viva a Grande Operação! Viva o Estado Único! Viva o Benfeitor!"

... Se tivessem lido tudo isto, não nestas minhas anotações, que mais parecem um dos extravagantes romances antigos, mas, como eu, na folha de jornal ainda cheirando a tinta em minhas mãos trêmulas... Se, como eu, soubessem que tudo isso é a mais pura realidade — se não a realidade de hoje, pelo menos a de amanhã — acaso não sentiriam a mesma coisa que sinto agora? Acaso não ficariam, tal como estou agora, com a cabeça rodando? Acaso não lhes teriam corrido, pela espinha e pelas mãos, estas horripilantes e doces agulhas de gelo? Acaso não lhes teria parecido que são gigantes, um Atlas, que, aprumando-se, bate necessariamente com a cabeça no teto de vidro?

Peguei o telefone:

— I-330... Sim, sim, 330. — Em seguida, sufocando-me, gritei: — Você está em casa, sim? Você leu? Está lendo? Mas isso não é, não é... maravilhoso?!

— Sim... — um silêncio longo e sombrio; o fone zumbia tão baixinho que mal se ouvia... — Preciso vê-lo hoje, sem falta. Sim, na minha casa após as 16h. Sem falta!

Querida! Minha tão querida...! "Sem falta"... E me dei conta de que sorria sem poder parar. Eu carregaria aquele sorriso pela rua, como um lampião, no alto, acima da cabeça...

Lá fora, o vento chocava-se contra mim — fazia redemoinhos, assobiava e fustigava. Mas isso me deixou ainda mais alegre. Que berrasse, uivasse, não importava: ele já não podia derrubar as paredes. O nevoeiro de ferro desabava sobre minha cabeça... Que desabasse! Ele não podia ocultar o sol. Nós o acorrentamos ao zênite para sempre... Somos muitos Josués, filhos de Num.[19]

Na esquina, havia uma densa aglomeração de Josués, filhos de Num, com as testas pregadas ao vidro da parede. Lá dentro, alguém estava deitado sobre uma mesa que era de um branco ofuscante. Entrevia-se, sobre este branco, a planta dos pés descalços formando um ângulo amarelo; os médicos brancos inclinavam-se sobre a cabeceira da cama; uma mão branca estendeu para outra uma seringa cheia de um líquido.

— E você, o que está esperando para entrar? — perguntei, não a alguém em particular, mas a todos.

---

[19] Referência à passagem do Livro de Josué 10, 12-14, em que Deus, atendendo à oração de Josué, detém o sol e a lua para que os hebreus se vinguem de seus inimigos. (N. do T.)

— E você? — inquiriu-me alguém, voltando a cabeça esférica para mim.

— Eu... depois. Primeiro preciso...

Afastei-me, um pouco desconcertado. Eu realmente precisava ver I-330 primeiro. Mas por que "primeiro", não pude me responder...

O hangar. A Integral lança faíscas, cintilando um azul-glacial. Na maquinaria, o dínamo zumbia docemente, repetindo sem parar uma palavra familiar. Eu me inclinei e acariciei o cano longo e frio do motor. Querida! Minha tão querida...! Amanhã você ganhará vida; amanhã, pela primeira vez em sua existência, estremecerá com os borrifos do fogo abrasador em seu ventre...

Com que olhos eu teria olhado para esse poderoso monstro de vidro, se tudo tivesse permanecido como ontem? Se eu soubesse que amanhã ao meio-dia eu iria traí-lo...? Sim, iria trair...

Tocaram-me o cotovelo cuidadosamente. Virando-me, dei de cara com o rosto achatado, tal como um prato, do Segundo Construtor.

— Você já está sabendo? — perguntou ele.

— De quê? Da Operação? Sim. Como é que foi acontecer tudo isso, tudo assim... de uma só vez... não é verdade?

— Não, não é isso. O teste de voo foi suspenso até depois de amanhã. Tudo por causa dessa Operação... Foi à toa que nos apressamos, que nos esforçamos...

"Tudo por causa da Operação"... É ridículo, que tipo limitado. Não é capaz de ver nada além de seu próprio entorno. Se ele soubesse que, não fosse a Operação, amanhã ao meio-dia ele estaria preso numa caixa de vidro, agitando-se e subindo pelas paredes...

Cheguei à minha habitação às 15h30. Quando entrei, vi U sentada à minha mesa — ossuda, firme e aprumada — apoiando na mão a bochecha direita. Ela devia estar esperando há bastante tempo porque, quando se levantou e veio ao meu encontro, vi que a marca dos cinco dedos ficou em sua bochecha.

Por um segundo, me veio a lembrança daquela manhã infeliz, em que ela estava nesse mesmo lugar, junto à mesa, ao lado de I-330, enfurecida... Mas foi apenas por um segundo, depois tudo foi lavado pela luz do sol de hoje. Isso acontece quando o dia está claro e você, ao entrar num quarto, por distração, aperta o interruptor: a lâmpada se acende, mas é como se não estivesse lá de tão ridícula, precária, desnecessária...

Estendi a mão para ela sem titubear, perdoando-lhe tudo. Ela agarrou uma mão, depois a outra e deu-lhes um aperto forte, pungente; e, com as bochechas pendendo como adornos antigos, ela disse:

— Eu estava esperando... só preciso de um minuto... só queria dizer que estou muito feliz; você não sabe o quanto estou contente por você! Amanhã ou depois você estará completamente curado, compreende? Você nascerá de novo...

Vi uma folha de papel na mesa — as duas últimas páginas das minhas anotações de ontem: estavam exatamente como eu as tinha deixado à noite. Se ela tivesse visto o que eu escrevi ali... Aliás, não importa: tudo isso agora não passa de história, está tudo incrivelmente distante, como se olhássemos por um binóculo invertido...

— Sim — eu disse. — E, sabe, eu vinha agora há pouco pela avenida e, à minha frente, caminhava uma pessoa, e reparei na sombra dela que se projetava no pavimento. Imagine você que a sombra brilhava. E me parece — estou certo, na verdade — que amanhã não haverá mais sombras de nenhum tipo, nem de pessoas nem de nada, porque o sol atravessará tudo...

Ela, com ternura e severidade:

— Você é um fantasista! Eu não permitiria que as crianças na escola falassem assim...

... E seguiu falando das crianças, de como levara todos de uma só vez para submeterem-se à Operação, de como foi preciso amarrá-las e que "é necessário amar sem piedade, sim, sem nenhuma piedade", e que ela acreditava que finalmente se decidiria...

Calada, ajustando o tecido cinza-azulado entre os joelhos, num instante cobriu-me dos pés à cabeça com seu sorriso viscoso e foi embora.

Felizmente, hoje o sol ainda não tinha parado, continuava correndo, e já eram 16h quando, ao bater na porta, senti meu coração acelerar...

— Entre!

No chão, ao lado da poltrona em que ela estava, eu abraçava suas pernas e, com a cabeça atirada para trás, olhava para os olhos dela, alternando entre um e outro, vendo-me em cada um deles, num cativeiro maravilhoso...

E lá, além das paredes, uma tempestade — as nuvens de ferro se adensavam mais e mais: que se adensem! Eu sentia um aperto na cabeça, as palavras transbordavam com ímpeto, eu falava em voz alta e voava com o sol para algum lugar desconhecido... não, naquele momento já sabíamos perfeitamente para onde íamos... e eu era seguido por planetas, planetas que lançavam chamas e eram habitados por flores ardentes e cantantes; por planetas mudos, azuis, onde pedras racionais estão reunidas numa sociedade organizada; e planetas que alcançaram, como nossa terra, o ápice da felicidade absoluta...

De repente, vindo de cima:

— Mas você não acha que o ápice é justamente a reunião das pedras numa sociedade organizada?

E o triângulo, escurecendo, ficou ainda mais pontiagudo:

— Mas a felicidade... Ora! Os desejos são torturantes, não são? Então fica evidente que a felicidade existe onde não há nenhum desejo, nem um sequer. Que erro! Que precon-

Nós

ceito ridículo esse que até hoje nos faz pôr um sinal de mais diante da felicidade. Não! Diante da felicidade absoluta devemos pôr um sinal de menos — o divino menos!

Recordo que, desconcertado, murmurei:

— Zero absoluto, menos 273°C...

— Menos 273°, exatamente. É um tanto frio, mas não é justamente isso que demonstra que estamos no ápice?

Como ocorreu certa vez, há muito tempo, ela falava como se fosse eu, falava por mim, desenvolvendo meus pensamentos até o fim. Mas havia algo que eu não suportava e, de tão terrível que era, me esforcei por arrancar de dentro de mim um "não".

— Não! — eu disse. — Você... você está zombando...

Ela começou a rir, gargalhou bem alto, e foi até não poder mais, tanto que se desequilibrou e caiu... Pausa.

Levantou-se. Colocou a mão no meu ombro. Dirigiu-me lentamente o olhar e ficou me encarando por um bom tempo. Depois, me puxou para si e... tudo desapareceu, não havia mais nada, apenas seus lábios quentes e afiados.

— Adeus!

Estas palavras vieram de longe, de cima, e demoraram — talvez um minuto ou dois — para me atingir.

— Como assim, "adeus"?

— Você está doente, cometeu crimes por mim, será que não andou se torturando por causa disso? Mas agora, com a Operação, vai poder se curar de mim. E isto é um "adeus".

— Não! — gritei.

O ângulo tornou-se implacavelmente pontiagudo, um triângulo negro sobre o branco:

— Mas, como? Então rejeita a felicidade?

Minha cabeça se partia; dois trens da lógica colidiram, subiram um no outro, trepidando, destroçando-se...

— Bem, estou esperando, decida: a Operação e a consequente felicidade absoluta, ou...

"Sem você eu não posso, não devo..." — eu disse ou apenas pensei ter dito, não estou certo, mas sei que I-330 ouviu.

— Sim, eu sei — respondeu-me. Depois, ainda com as mãos sobre meus ombros e sem abandonar meus olhos, ela continuou: — Bem, até amanhã. Amanhã ao meio-dia; está lembrado?

— Não. Foi adiado por um dia... Depois de amanhã...

— Para nós é ainda melhor. Depois de amanhã, ao meio-dia...

Eu caminhava sozinho pela rua, sob a luz turva do crepúsculo. O vento me torcia, me arrastava, me enxotava, como faz com um pedaço de papel. Estilhaços do céu de ferro voavam e voavam — ainda precisavam voar um dia ou dois para percorrerem todo o infinito... Os unifs que vinham de encontro roçavam em mim, mas eu caminhava sozinho. Era evidente que todos eles estavam salvos, mas para mim já não havia salvação: eu não queria ser salvo...

32ª ANOTAÇÃO

Não acredito
Tratores
Um destroço humano

Vocês de fato acreditam que irão morrer? Claro: *o homem é mortal, eu sou um homem, logo...* Não, não é isso. Sei que já sabiam disso tudo. Mas pergunto: já tiveram ocasião de realmente acreditar nisso, de acreditar de forma definitiva, de acreditar não com a mente mas com o corpo, de sentir que os dedos que seguram esta página ficarão um dia amarelos, gelados...

Não, certamente não acreditam. E é por isso que ainda não pularam de um décimo andar, é também por isso que até agora têm continuado a comer, a virar estas páginas, a fazer a barba, a sorrir, a escrever...

A mesma coisa, sim, exatamente a mesma coisa se passa comigo hoje. Sei que este pequeno ponteiro negro do meu relógio escorrega para baixo, em direção à meia-noite, e que lentamente voltará a subir, passará pelo último traço e dará início ao improvável amanhã. Eu sei disso, mas é como se não acreditasse, ou talvez seja assim porque estas vinte e quatro horas parecem passar como vinte e quatro anos. E é por isso que ainda consigo fazer alguma coisa, sair apressado para algum lugar, responder perguntas, subir pela escada do portaló até a Integral... Consigo sentir seu balanceio sobre a água e percebo que preciso me agarrar ao corrimão, então sinto nas mãos o frio do vidro. Observo os guindastes vivos, translúcidos, curvando seus compridos pescoços de grou, estendendo os bicos para terna e cuidadosamente alimentar a Integral com a comida assustadoramente explosiva que os motores exigem. E lá embaixo, no rio, vejo claramente as veias e os nódulos azuis hidráulicos inflarem-se de vento. Mas tudo isso era completamente afastado, alheio a mim, plano como um esboço numa folha de papel. E, estranhamente, o rosto do Segundo Construtor, plano como este esboço, de repente falou:

— Então, quanto combustível levaremos para o motor? Considerando que são três... bem, três horas e meia...?

Diante de mim, sobre o esboço do projeto, o mostrador de logaritmos em minha mão exibe a cifra 15.

— Quinze toneladas. Mas é melhor colocar... sim, coloquemos cem...

Eu disse isso porque, afinal, sabia que amanhã...

Olhei de soslaio e vi que, de modo quase imperceptível, minha mão, a que segurava o mostrador, tinha começado a tremer.

— Cem? Mas para que uma quantidade tão grande? Isso é suficiente para uma semana inteira. Que uma semana?! Para muito mais!

— Bem, não se sabe... Tudo pode acontecer...

— Eu sei..

O vento assobiava, todo o ar estava carregado de alguma coisa invisível. Era difícil respirar, difícil caminhar, e no relógio da Torre Acumuladora, no final da avenida, o ponteiro deslizava devagar, arrastando-se, sem parar nem por um segundo. O pináculo da Torre que, atravessando as nuvens, aparecia azulado e turvo, soltava um uivo abafado ao sorver a eletricidade. Também uivavam as trombetas da Oficina Musical.

Como sempre, as fileiras em quatro. Mas desta vez não estavam compactas, talvez por causa do vento, que as fazia curvarem-se para um lado e outro, desconjuntando-se. E ca-

Nós 209

da vez mais. Na esquina, chocaram-se contra alguma coisa que os fez recuar, parando logo a seguir, como uma massa densa, petrificada, estreitada e ofegante; imediatamente, todos esticaram seus longos pescoços de ganso.

— Olhem! Olhem ali, rápido!

— Eles! São eles!

— ... Mas eu... de jeito nenhum! De jeito nenhum! Melhor seria meter logo a cabeça na Máquina...

— Silêncio! Está louco...?

As portas do auditório da esquina estavam escancaradas e de lá saía lentamente uma pesada coluna de umas cinquenta pessoas. Aliás, não eram bem "pessoas" — não se apoiavam sobre pernas, mas sobre rodas forjadas, acionadas por um mecanismo invisível; eram uma espécie de tratores antropomórficos. Sobre as cabeças flamejava ao vento uma bandeira branca com um sol dourado bordado e, nos raios deste sol, a inscrição: "Somos os primeiros! Já estamos operados! Sigam-nos todos!".

Eles se deslocavam lentamente, atravessando a multidão, mas eram tão impetuosos que, se pelo caminho encontrassem, em vez de nós, paredes, árvores e prédios, não se teriam detido, atravessariam estas paredes, árvores, prédios ou o que fosse. Então logo chegaram ao meio da avenida. Unidos pelas mãos, esticavam-se numa corrente, vindo ao nosso encontro. E nós, tensos, um pequeno grupo de cabeças eriçadas, esperávamos. Os pescoços de ganso esticados... As nuvens... O vento assobiando...

De súbito, as pontas da corrente, à direita e à esquerda, começaram a se curvar e, vindo em nossa direção, curvando-se e avançando cada vez mais rápido, como uma máquina pesada descendo uma colina, fecharam-nos num anel e nos empurraram rumo às portas abertas, em direção ao interior...

Alguém soltou um grito estridente:

— Estão nos empurrando para dentro! Corram!

E a agitação foi geral. Quando já estávamos bem ao lado da parede vimos que restara uma pequena abertura naquela corrente viva e, apontando com as cabeças, precipitamo-nos todos na direção daquela fresta; num instante, as cabeças afiaram-se, tornando-se como cunhas, e também os cotovelos, as costelas, os ombros, os quadris — tudo se afiou. Como um jato de água que, ao sair de uma mangueira de incêndio, espalha-se em forma de leque, todos se espalharam ao redor, agitando os braços e sacudindo os unifs, pisoteando tudo que havia pela frente. Então me surgiu de relance, de algum lugar por ali, a figura duplamente curvada, em forma de S, com as orelhas transparentes estendidas como asas; e logo desapareceu, como que tragado pela terra. Sozinho entre pernas e braços fugazes, comecei a correr...

Para descansar um pouco, parei na entrada de um prédio e me encostei nas portas. Logo em seguida, apertou-se contra mim um pequeno destroço humano, como que trazido pelo vento.

— O tempo todo eu... eu estive seguindo você... Eu não quero, compreende? Não quero! Eu concordo em...

Umas mãozinhas rechonchudas pegam as mangas de meu unif; uns olhos azuis, arredondados: era ela, O-90. Ela deslizou de algum jeito pela parede e, descendo para o chão, encolheu-se nos degraus frios da entrada, tornando-se uma bolinha. E eu fiquei sobre ela, acariciando sua cabeça, seu rosto... Minhas mãos estavam úmidas. Assim, como nós estávamos, era como se eu fosse muito grande enquanto ela parecia extraordinariamente pequena — uma pequena parte de mim próprio. Era inteiramente diferente quando eu estava com I-330. Naquele instante imaginei que os antigos deviam sentir algo semelhante em relação aos seus filhos particulares.

Dali de baixo, através das mãos que cobriam seu rosto, de modo quase inaudível:

— Toda noite eu... Eu não suportaria, se eles me curarem... Toda noite, sozinha, na escuridão do quarto, penso nele, em como ele vai ser, como é que vou criá-lo... Com a operação, não terei pelo que viver, compreende? E você deve... você deve...

Era um sentimento absurdo, mas eu de fato estava convencido de que sim, de que eu devia. Era absurdo porque esse meu dever seria mais um crime. Era absurdo porque o branco não pode ao mesmo tempo ser preto — dever e crime não podem coincidir. A não ser que na vida não haja nem preto nem branco, e a cor, nesse caso, só dependa de uma premissa lógica que a fundamente. E se a premissa for que eu lhe fiz um filho ilegalmente...

— Pois, muito bem! Só não precisa, só não precisa... — comecei eu. — Você compreende que devo levá-la até I, como eu tinha proposto, para que ela...

— Sim... — ela disse baixinho, sem tirar as mãos do rosto.

Eu a ajudei a levantar-se. E, calados, cada um com seus pensamentos — ou, talvez, pensássemos a mesma coisa —, prosseguimos pela rua que escurecia, entre os prédios mudos, cor de chumbo, atravessando os açoites pesados do vento...

Em algum ponto diáfano e tenso, em meio ao assobio do vento, ouvi atrás de nós os passos de alguém que chapinhava em poças de água, passos que me pareceram familiares. Na curva da esquina, me voltei para olhar e, entre as nuvens que deslizavam refletidas no vidro pálido do pavimento, avistei S. Nesse mesmo instante, meus braços balançavam, alheios a mim, fora de ritmo, enquanto eu falava alto para O-90 que amanhã... sim, *amanhã* seria o dia do primeiro voo da Integral, que isso seria algo sem precedentes, miraculoso e amedrontador... Ela olhou para mim com assombro; seus olhos azuis, redondos, se fixaram no movimento disparatado dos meus braços. Mas não a deixei falar uma palavra se-

212   Ievguêni Zamiátin

quer, eu falava sem parar. Enquanto em meu interior, sem nenhuma relação com o que eu dizia — algo que apenas eu podia ouvir —, martelava e zunia febrilmente um pensamento: "Não posso... de alguma maneira é preciso despistá-lo... Não posso permitir que ele nos acompanhe até I...".

Em vez de virar à esquerda, virei à direita. A ponte nos oferecia suas costas encurvadas, submissa como um escravo diante de nós três: de mim, de O-90, e de S, que vinha logo atrás. As luzes dos prédios iluminados do outro lado da margem derramavam-se na água, rompendo-se em milhares de faíscas que saltitavam febrilmente, salpicadas de uma espuma branca, hidrófoba. O vento uivava, como se por ali, não muito acima de nós, houvesse uma corda de contrabaixo esticada. E, atravessando o som do contrabaixo, atrás de nós, o tempo todo...

O prédio onde moro, finalmente. O-90 se deteve junto à porta e começou a dizer alguma coisa:

— Não! Você me prometeu...

Mas não a deixei continuar, empurrei a porta depressa e entramos no vestíbulo. Sobre a mesinha do inspetor, as conhecidas bochechas caídas estremeciam de agitação; ao redor havia um grupo compacto de números — uma discussão estava em curso. Algumas cabeças inclinavam-se sobre a balaustrada do segundo andar e de lá, uma a uma, desciam correndo para baixo. Mas a isso voltarei depois... Naquele momento, apressei-me em conduzir O-90 para o canto oposto, onde me sentei de costas para a parede (lá, do outro lado da parede, vi a sombra de uma cabeçorra deslizar pela calçada, para a frente e para trás) e saquei meu bloco de notas.

O-90 instalou-se bem devagar numa cadeira. Parecia que seu corpo se evaporava, que se derretia sob o unif, que logo não iria restar mais que a roupa vazia e aqueles olhos que tragavam para o vácuo azul. Cansada, ela disse:

— Por que me trouxe para cá? Você me enganou?

— Não... Silêncio! Olhe para lá, do outro lado da parede... Está vendo?

— Sim. Uma sombra.

— Ele esteve o tempo todo atrás de mim... Eu não posso... Compreende? Não devo. Vou escrever duas palavras, você pega e vai sozinha. Eu sei que ele ficará aqui.

Sob o unif, o corpo dela, que recobrava sua forma, pôs-se em movimento; o ventre arredondou-se um pouco e, nas bochechas — um amanhecer, uma aurora esmaecida.

Enfiei o bilhete que escrevi em seus dedos frios, apertei com força sua mão e, pela última vez, meus olhos sorveram o azul dos olhos dela.

— Adeus! Algum dia, talvez...

Ela retirou a mão da minha e, curvando-se, pôs-se a caminhar vagarosamente. Deu dois passos, virou-se rapidamente e logo estava outra vez ao meu lado. Os lábios se moviam... e com os olhos, com os lábios, tudo nela me dizia certa palavra, a mesma, várias e várias vezes; e que sorriso insuportável, que dor...

Depois, aquele destroço humano curvado foi até a porta; uma sombra minúscula do outro lado da parede; sem olhar para trás, ela seguia rapidamente, cada vez mais rápido...

Eu me aproximei da mesinha de U. Agitada, com as guelras infladas de indignação, ela me disse:

— Você compreende, é como se todos estivessem loucos! Este aqui garante que ele próprio viu, nos arredores da Casa dos Antigos, uma pessoa nua, toda coberta de pelos...

Uma voz veio do grupo de cabeças vazias e eriçadas:

— Sim! E torno a dizer: sim, eu vi.

— Bem, o que você acha disso, hein? Que delírio!

A palavra "delírio" ela pronunciou com tal segurança, de um modo tão inflexível, que me perguntei: "Não seria realmente um delírio tudo isso que vem se passando comigo e à minha volta nos últimos tempos?".

Então, olhei para minhas mãos peludas e recordei: "É bem provável que haja em você algumas gotas do sangue quente da floresta... Talvez seja por isso que eu, justo por você...".

Não, felizmente não era delírio. Ou, aliás: *infelizmente* não era delírio.

33ª ANOTAÇÃO

(Sem resumo, feito às pressas, esta é a última...)

É chegado o dia.

Rápido, o jornal, talvez lá... Eu lia o jornal com aqueles olhos (sim, porque, naquele momento, meus olhos eram como uma caneta, uma régua, qualquer coisa que se possa agarrar, sentir na mão, um objeto, enfim, algo alheio, estranho a mim, eram como um instrumento).

Então, em letras garrafais, em toda a primeira página:

"OS INIMIGOS DA FELICIDADE NÃO DORMEM. AGARREMOS A FELICIDADE COM AS MÃOS! ESTÃO SUSPENSAS TODAS AS ATIVIDADES DE AMANHÃ. TODOS OS NÚMEROS DEVEM SER SUBMETIDOS À OPERAÇÃO. OS QUE NÃO COMPARECEREM ESTARÃO SUJEITOS À MÁQUINA DO BENFEITOR."

Amanhã! Será que é possível... Será que ainda haverá um amanhã?

Por inércia, estendi a mão (um instrumento) até a prateleira da estante de livros para colocar o jornal de hoje junto com os demais, dentro de uma pasta com capa dourada. E, enquanto fazia este gesto: "Mas para quê? Que diferença faz? Se, para cá, para este quarto, eu nunca mais...".

E o jornal caiu no chão. Fiquei de pé e olhei para tudo em volta, para todo o quarto; reuni às pressas todas as coisas que lamentava deixar para trás e, em agitação febril, enfiei tudo numa mala invisível. A mesa. Os livros. A poltrona.

A poltrona em que I-330 se sentara daquela vez, enquanto eu estava no chão, aos pés dela... A cama...

E durante um ou dois minutos esperei não sei que milagre: talvez tocasse o telefone, talvez ela me dissesse que...

Não. Nenhum milagre...

Vou partir... Rumo ao desconhecido. Estas são minhas últimas linhas, meu adeus, amados desconhecidos, a vocês, com quem vivi durante tantas páginas, a quem eu, tendo contraído a doença da alma, revelei-me inteiramente, tudo, até o último parafuso torto, até a mola mais escangalhada...

Vou partir...

34ª ANOTAÇÃO

Os libertos
Noite ensolarada
Rádio Valquíria

Ah, se ao menos eu tivesse me destroçado com todos os outros, se ao menos tivesse me encontrado com ela em algum lugar do lado de lá do Muro, entre as feras de presas amarelas arreganhadas, se eu realmente não tivesse voltado nunca mais para cá! Tudo teria sido mais fácil, milhares, milhões de vezes mais. Mas agora, o que será? Correr e estrangular aquela... Mas de que adiantaria?

Não, não, não! Controle-se, D-503! Firme-se bem no sólido eixo da lógica; ainda que não seja por muito tempo, empurre com toda a força a alavanca e, tal como um escravo da antiguidade, faça girar as mós dos silogismos até que possa escrever para compreender tudo o que se passou...

Quando cheguei a bordo da Integral, estavam todos em seus respectivos postos, todos os favos daquela gigantesca colmeia de vidro estavam tomados. Pelo vidro do convés, viam-se as pessoas, pequenas como formigas, diante dos aparelhos telegráficos, dos dínamos, transformadores, altímetros, válvulas, ponteiros, motores, bombas e tubos. Na cabine de refeições viam-se alguns números — provavelmente designados pelo Departamento Científico — debruçados sobre tabelas e instrumentos de medição. Ao lado deles, o Segundo Construtor e dois de seus assistentes.

Tinham todos três as cabeças enterradas nos ombros, como tartarugas; mostravam semblantes cinzentos, outonais, já sem brilho.

— Bem, e então? — perguntei.

— Bem... É um pouco assustador — disse um dos três, com um sorriso amarelo, sem brilho. — Talvez tenhamos que aterrissar sabe-se lá onde. De modo geral, tudo é desconhecido...

Era insuportável ficar olhando para aqueles três, pois que, dali a uma hora, com minhas próprias mãos, eu iria privá-los para sempre das confortáveis cifras da Tábua das Horas, e arrancá-los para sempre do seio maternal do Estado Único. Eles me faziam lembrar da trágica figura de "Os Três Libertos", uma história conhecida por toda criança em idade escolar. A história fala de três números que foram dispensados do trabalho, a título experimental; foi dito a cada um deles que fizesse o que bem entendesse, que fosse para onde quisesse.[20] Os infelizes perambulavam por perto do local de trabalho habitual, olhando para dentro com olhos ávidos; paravam nas praças e, durante horas e horas, faziam em público aquela série de gestos que, num determinado período do dia, tinham se transformado para eles numa necessidade do organismo: serravam e aplainavam o ar, brandiam martelos invisíveis, batendo contra lingotes igualmente invisíveis. Por fim, no décimo dia de liberdade, deram as mãos e, ao som da Marcha, entraram na água, mergulhando cada vez mais fundo até que ela pôs fim aos seus tormentos.

Repito: era difícil olhar para aqueles três. Eu estava ansioso para partir.

— Vou apenas verificar a sala das máquinas — disse eu — e depois decolamos.

Perguntavam-me qual a voltagem necessária para a explosão de arranque; quanto de água, para servir de lastro, era

---

[20] Isso foi há muito tempo, ainda no século III depois da inauguração da Tábua das Horas. (N. do narrador)

preciso despejar no tanque da popa. Dentro de mim, havia uma espécie de gramofone que respondia de maneira rápida e precisa a todas as perguntas; mas isso não chegava a interromper o que se passava em meu interior.

E, de súbito, num corredorzinho bem estreito, algo me atingiu, penetrando em mim... E foi desse momento em diante que tudo realmente começou.

Nesse corredorzinho estreito, como que cintilando, apareciam-me unifs cinzentos, rostos também cinzentos e, entre eles, houve um que, por segundos, se sobrepôs a todos os outros: o cabelo lhe cobria a testa, os olhos enterrados sob a fronte... Era aquele mesmo homem. Concluí que eram os companheiros dele que estavam ali e que não havia para onde fugir, quando faltavam apenas alguns minutos — algumas dezenas de minutos. Todo o meu corpo foi atravessado por um tremor infinitesimal, molecular (tremor que não me abandonou até o fim), como se tivessem metido dentro de meu corpo um motor enorme e, sendo a constituição do meu corpo muito delicada, as paredes, as divisórias, os cabos, as vigas, as luzes — tudo trepidava.

Eu ainda não sabia se ela estava a bordo. Mas já não havia tempo de verificar. Vieram me dizer que eu me apressasse, que subisse para a cabine de comando: era hora de decolar... Para onde?

Os rostos cinzentos e sem brilho. Cabos azuis tensionados riscavam a água lá embaixo. O céu em pesadas camadas de ferro. E, como se tudo tivesse virado ferro, levantei pesadamente a mão para pegar o telefone de comando:

— Para cima, 45 graus!

Uma explosão surda. Um solavanco. Uma montanha de água verde-esbranquiçada na popa. O convés da parte de baixo começou a se mover sob nossos pés — maleável como borracha — e, assim também, tudo o mais que estava embaixo, toda a minha vida, para sempre... Afastando-se rapidamente, como se estivesse sendo tragado pelo buraco de um funil, tudo ao redor se reduzia — a linha azul-glacial do relevo da cidade, os bulbos arredondados das cúpulas, o solitário dedo de chumbo da Torre Acumuladora. Depois, uma massa repentina de nuvens de algodão, que nós atravessamos, e então o sol, o céu azul... Segundos, minutos, milhas; o azul logo se adensou, enchendo-se de escuridão, as estrelas emergiram como gotas de suor frio, prateado...

Depois foi a noite, horripilante, de um brilho insuportável, negra, estrelada, era uma noite ensolarada. Era como ficar surdo de repente: você continua a ver que os tubos roncam, mas apenas vê — eles estão mudos, em silêncio. E ao sol aconteceu a mesma coisa: emudeceu.

Tudo isso era natural, era exatamente o que esperávamos. Afinal, tínhamos deixado a atmosfera terrestre. Mas tudo o que acontecia era tão rápido que não pôde deixar de pasmar todos à minha volta, intimidando-os, calando-os. Quanto a mim, tudo me parecia até mais fácil sob aquele fantástico sol emudecido: como se, vencido o derradeiro espasmo, eu tivesse ultrapassado o limiar inevitável e, enquanto meu corpo repousava em algum lugar lá embaixo, eu viajasse por um mundo novo onde tudo havia de ser diferente, de pernas para o ar...

— Mantenham a rota! — ordenei pelo microfone... ou talvez não fosse bem eu, mas sim aquele gramofone que havia dentro de mim; e foi esta mesma máquina que, com sua articulada mão mecânica, entregou o microfone de comando ao Segundo Construtor, enquanto, inteiramente envolto por um arrepio fino, molecular, que só eu percebia, corri para baixo, à procura de...

A porta da sala de refeições — aquela mesma que, dentro de uma hora, iria ressoar pesadamente e se fechar... Perto dela estava um número que eu não conhecia, um baixinho com uma cara igual a centenas ou milhares dessas caras que se perdem na multidão, mas com uns braços excepcionalmente compridos e mãos que iam até os joelhos, dando a impressão de terem sido tirados às pressas, por engano, de um outro conjunto humano.

Um dos braços ergueu-se e obstruiu-me a passagem:

— Aonde vai?

Ficou claro que ele não sabia que eu sabia de tudo. E talvez fosse preferível assim. Olhando-o com superioridade, disse-lhe num tom intencionalmente rude:

— Sou o Construtor da Integral. Sou o responsável pelo teste de voo. Entendeu?

E ele baixou os braços.

Na cabine, debruçadas sobre os instrumentos e os mapas, umas cabeças cobertas de cabelo branco bem ralo, outras amareladas, calvas, carregadas de maturidade. Dei uma rápida olhada para todas elas e saí, voltei pelo corredor estreito e, descendo a escada do alçapão, me dirigi à sala de máquinas. Lá dentro, os tubos incandescentes devido às constantes explosões estrepitavam, liberando um calor insuportável; as manivelas reluziam numa inebriante e desesperada *prisiádka*;[21] nos mostradores, os ponteiros oscilavam com um tremor quase imperceptível, mas que não parava um segundo sequer...

E foi então que, ao pé do tacômetro, vi o homem da testa baixa, curvado sobre um bloquinho de notas:

— Escute, me diga uma coisa — no meio dos estrondos, era preciso gritar-lhe bem no ouvido. — Ela está aqui? Onde ela está?

---

[21] Passo da *pliáska*, dança popular russa, em que o dançarino, agachado com as mãos na cintura ou com os braços cruzados na altura do peito, movimenta alternadamente as pernas para a frente ou para os lados. (N. do T.)

Na sombra, sob a fronte, um sorriso:

— Ela? — perguntou ele — Está ali. Na sala de radio-telefonia...

Eu me dirigi para lá. Três deles estavam lá reunidos, todos com uns elmos acústicos e alados. E ela, que parecia ter a cabeça mais elevada do que nunca, também alada, reluzente, esvoaçante como as antigas valquírias; tive a impressão de que saíam enormes faíscas azuis da antena de rádio acima dela, bem como um leve e repentino odor de ozônio.

— Alguém que... bem, pode ser você... — disse, apontando para ela, quase sem fôlego (por ter corrido). — Preciso transmitir uma mensagem para a terra, para o hangar... Vamos, vou ditar...

Ao lado da sala de instrumentos havia uma cabine do tamanho de uma caixa de fósforos. Sentamos à mesa, lado a lado. Peguei a mão dela e apertei-a com força:

— E então? O que vai acontecer?

— Não sei. Não acha que é maravilhoso isto de... voar sem destino... sem importar para onde... Daqui a pouco será meio-dia e ninguém sabe o que está por vir. E quando cair a noite... onde é que nós dois estaremos à noite? Na relva, talvez, rolando sobre folhas secas...

Faíscas azuladas e um odor de relâmpago emanavam dela, enquanto meu tremor ficava cada vez mais intenso.

— Tome nota — solicitei em voz alta, ainda meio ofegante (tinha corrido muito). — Horário: 11h30. Velocidade: 6.800...

Por baixo do elmo alado, sem levantar os olhos do papel, ela disse baixinho:

— ... Ontem à noite ela veio falar comigo, trazia um bilhete escrito por você... Sei de tudo, tudo, não diga mais nada. O bebê é seu, não é? Eu a mandei para lá; a esta hora já deve estar do outro lado do Muro. Ela irá viver...

Voltei para a cabine de comando. Novamente, a noite

Nós

223

delirante, o céu negro estrelado, o sol ofuscante, de novo o ponteiro do relógio, saltando lentamente de um minuto a outro; tudo parecia coberto de neblina e tudo estava envolto num tremor que, exceto para mim, era quase imperceptível.

Não sei por que razão me passou pela cabeça que seria melhor se tudo acontecesse não aqui, mas em algum lugar mais em baixo, mais perto da terra.

— Pare! — gritei ao microfone.

Por pura inércia, seguimos avançando, mas cada vez mais devagar. A certa altura, como que esbarrando numa teia de fios, a Integral estacou, pairando por segundos; depois os fios se romperam e ela desceu como uma pedra, a uma velocidade cada vez maior. E no silêncio de minutos, de dezenas de minutos, ouvindo minha pulsação, eu via a agulha do ponteiro, bem diante dos meus olhos, se aproximar mais e mais das 12h. Ficou claro: eu era a pedra, I-330 — a terra. Eu era uma pedra que alguém tinha lançado para baixo, que iria se chocar fortemente contra a terra para se fazer em mil pedaços... Mas e se...? — abaixo já se via a fumaça densa e azulada das nuvens... — Mas e se...?

Mas o gramofone que havia dentro de mim pegou o fone, com um gesto articulado, preciso, e comandou "curso lento" — a pedra parou de cair. Ficaram só quatro turbinas inferiores arfando, exaustas, duas na popa e duas na proa, apenas para sustentar o peso da Integral paralisada. Balançando suavemente, como se estivesse ancorada, a nave pairava no ar a alguns quilômetros da terra.

Saímos todos para o convés (eram quase 12h, logo soaria o toque para o almoço) e, debruçados sobre o vidro da amurada, devoramos com os olhos, sofregamente, o mundo desconhecido do outro lado do Muro, que então se estendia abaixo de nós. O âmbar, o verde, o azul: a floresta outonal, as planícies, um lago. Na beirada de uma pequena taça azul erguiam-se umas ruínas, ossadas amarelecidas, e um dedo ressecado, ameaçador... — restos, provavelmente, da torre de uma antiga igreja que por milagre restou intacta.

— Olhem, olhem! Para lá, um pouco mais à direita!

Lá, no deserto verde, algo como uma sombra parda — ou uma mancha — voava rapidamente. Levei maquinalmente aos olhos os binóculos que eu tinha nas mãos: era uma manada de cavalos castanhos que galopava com a vegetação na altura do peito, de caudas levantadas, levando em seus dorsos seres escuros, brancos, negros...

E, atrás de mim:

— Estou lhe dizendo: vi um rosto.

— Vá! Conte essa para outro!

— Bem, pegue, tome aqui os binóculos...

Mas todos já haviam desaparecido. Via-se apenas o infinito deserto verde. E, no meio dele, invadindo tudo, envolvendo a mim e a todos os outros, o som estrepitoso da campainha que convocava para o almoço: faltava um minuto para o meio-dia.

Todo um mundo desfeito momentaneamente em fragmentos desconexos. A insígnia dourada de alguém tilintou nos degraus, mas isso não me importou nem um pouco: logo a seguir, ela estalou sob o tacão de meu sapato. E aquela voz: "Mas eu lhe asseguro, era um rosto!". Então um retângulo negro: a porta aberta da cabine de refeições. Dentes brancos, pontiagudos e cerrados sorriam abertamente...

E, nesse instante, quando o relógio começou com infinita lentidão a bater as horas, segurando a respiração entre uma batida e outra, e as primeiras filas começaram a andar, o retângulo da porta foi subitamente atravessado por dois braços anormalmente longos, que não me eram desconhecidos:

— Parem!

Senti os dedos de alguém se cravarem na palma de minha mão — era I-330, era ela que estava ao meu lado:

— Quem é ele? Você o conhece?

— Ora, não é... por acaso não é...?

Ele já estava sobre os ombros de alguém. Acima de centenas de rostos, o dele, um entre cem, entre mil, e contudo único entre todos os rostos:

— Em nome dos Guardiões...! Vocês, a quem falo... — eles podem me ouvir, cada um dos guardiões está me ouvindo agora — digo a vocês o seguinte: nós sabemos. Ainda não sabemos os números de vocês, mas, apesar disso, sabemos tudo. A Integral não será de vocês. O teste de voo irá até o fim e vocês, não se atrevam a se mover, vocês mesmos, com suas próprias mãos, é que irão concluir o teste. E depois... Bem, eu já disse tudo...

Silêncio. As lajotas de vidro sob os meus pés eram moles, macias como algodão, e as minhas pernas eram também moles como algodão. Ela, ao meu lado, sorria com um sorriso alvíssimo; faíscas azuis e frenéticas se desprendiam dela. Entre os dentes cerrados, ela me sussurrou ao ouvido:

— Ah, foi você? Você "cumpriu o seu dever"? É, está bem...

A mão dela arrancou-se da minha; o elmo da valquíria, com suas asas coléricas, já estava distante, em algum lugar à frente. Só, calado, gelado, segui para a cabine de refeições, juntamente com os outros...

"Mas não fui eu, não fui eu! Além destas páginas brancas, mudas, não há ninguém a quem eu tenha dito qualquer coisa" — ia dizia interiormente, desesperado, num grito mudo que se dirigia a ela. Sentada à mesa, diante de mim, ela não virou os olhos em minha direção uma única vez. Ao lado dela, a cabeça careca, madura e amarelada de alguém. Então ouvi (era I-330 quem falava):

— "Nobreza"? Mas, meu caro mestre, uma simples análise filológica dessa palavra é o bastante para se concluir que é mero preconceito, um resquício das antigas eras feudais. Ao passo que nós...

Senti-me empalidecer e logo me dei conta de que todos notaram... Mas o gramofone que tinha dentro de mim executava os quinze movimentos de mastigação prescritos para cada porção de comida. Fechei-me dentro de mim, como numa das antigas casas opacas; bloqueei com pedras a porta exterior, fechei as cortinas das janelas...

Depois, segurando o fone de comando em minhas mãos, seguimos o voo rumo à fria e suprema melancolia, varando as nuvens, a noite gélida, estrelada, ensolarada. Minutos, horas. E, era evidente, o motor silencioso da lógica continuava a trabalhar dentro de mim, a plena força, numa velocidade febril. Porque, de repente, em certo ponto do espaço azul, eu vi minha escrivaninha e sobre ela as bochechas de peixe de U, e, por baixo delas, uma folha esquecida destas minhas notas. Então ficou claro que só ela podia ter... Tudo ficou muito claro para mim...

Ah, se eu ao menos... se ao menos pudesse chegar à sala de rádio... Elmos alados, o cheiro dos relâmpagos azuis... Lembro-me de ter dito a ela alguma coisa em voz alta; recordo-me também de ela dizer, olhando através de mim como se eu fosse de vidro, com uma voz que vinha de longe:

— Estou ocupada: recebo uma mensagem lá de baixo. Pode ditar a ela...

Na minúscula cabine adjacente, depois de ter refletido por um minuto, ditei com firmeza:

— Hora: 14h40. Descida! Desligar motores. É o fim de tudo.

Sala de comando. O coração mecânico da Integral tinha parado; estávamos em queda, mas meu coração não acompanhava o ritmo da queda, ficava para trás, subia para a garganta. Nuvens, e depois uma mancha verde ao longe, um verde cada vez mais vivo, mais distinto, vindo ao nosso encontro, como um turbilhão. O fim estava perto...

A cara branca de porcelana do Segundo Construtor, com

Nós

uma expressão contrariada. Provavelmente foi ele que me empurrou com toda força; bati a cabeça contra alguma coisa e, quando tudo escurecia, caindo, pude ouvir vagamente:

— Motores de popa — a toda força!

Um solavanco para cima... Não me lembro de mais nada.

35ª ANOTAÇÃO

Num aro
Uma cenoura
Assassinato

Passei toda a noite acordado. Fiquei pensando numa única coisa...

Depois do que aconteceu ontem, minha cabeça foi envolvida com ataduras. E tenho a sensação de que não são bem ataduras, mas um aro; um impiedoso aro de aço vítreo, forjado à volta da minha cabeça, que me prendia num único e invariável pensamento: matar U. Matar U e depois ir até ela, I-330, e perguntar-lhe: "Agora você acredita?". O pior é que matar é uma coisa repugnante, indecente e atávica. A ideia de partir a cabeça de alguém me trazia à boca uma estranha sensação de algo repulsivamente doce; assim, eu não era capaz de engolir a saliva, tinha de cuspi-la o tempo todo num lenço; minha boca estava seca.

No armário, eu tinha um feixe robusto de cilindros que se haviam trincado logo depois de forjados (eu precisava examinar ao microscópio a estrutura dessas fraturas). Fiz um rolo com todas as folhas deste meu manuscrito (para que ela me leia todo, até a última letra!), enfiei-as num pedaço de cilindro e desci para a rua. A escada era interminável, os degraus eram repugnantemente escorregadios, viscosos; era preciso limpar a boca com o lenço o tempo todo...

Cheguei ao saguão. Meu coração palpitava. Parei, saquei o rolo de papel do cilindro e fui em direção à mesinha da inspetora...

Nós

Mas U não estava lá. Havia apenas o tampo nu e gélido da mesa. Lembrei-me de que todo o trabalho tinha sido suspenso; todos os números deviam ter comparecido à Operação e, era claro: não havia razão para ela estar ali, pois não havia ninguém para registrar...

Na rua. O vento. O céu forrado de placas de ferro. E, tal como aconteceu em certo momento de ontem: o mundo inteiro aparecia fragmentado em pedaços pontudos independentes, isolados, e cada um deles, caindo a toda pressa, parava um instante, ficava imóvel diante de mim e evaporava sem deixar vestígios.

Como se as letras negras e exatas desta página tivessem de uma hora para outra começado a deslocar-se e, num susto, se espalhassem por todo o papel, restando apenas umas combinações sem sentido: sust-pul-cop... Pois bem, a multidão espalhada na rua se parecia com isso: não estavam alinhados em filas, como de costume; uns iam para a frente, outros para trás, para os lados, de través...

E já não havia ninguém. Então, enquanto me precipitava, parei por um instante e vi, suspensa no ar, uma das células de vidro, talvez de um segundo andar, e lá, um homem e uma mulher se beijavam, de pé; ela tinha o corpo voltado para trás, quase se quebrando. Essa foi, para sempre, a última vez...

Numa esquina, uma moita movediça de cabeças espinhosas. Sobre as cabeças, destacada no ar, uma bandeira com as palavras: "Abaixo a Máquina do Benfeitor! Abaixo a Grande Operação!". E, por um instante, apartado de mim mesmo, pensei: "Será possível que cada um de nós sofra tamanha dor que só possa ser arrancada de nós junto com o coração, e que todos tenham de fazer alguma coisa, antes que...?". E, naquele instante, em todo o mundo, não havia nada além de uma mão selvagem (a minha) segurando um pesado rolo de ferro...

Então, apareceu um menininho que, correndo, se lançava inteiro para a frente. Via-se uma sombra sob o lábio inferior, que estava virado do avesso como, às vezes, se vira o punho de uma manga; depois vi que todo seu rosto estava escalavrado — ele urrava — e fugia de alguém a toda velocidade. Um tropel seguia em seu encalço...

O menino me fez recordar: "Sim, a essa altura, U deve estar na escola, é preciso se apressar". Corri para o primeiro acesso à estrada subterrânea.

Alguém passa correndo pela entrada e me diz:

— Não circulam! Os trens hoje não circulam! Hoje, lá em baixo...

Desci. O que encontrei era um completo delírio. Um brilho de sóis de cristal facetado. A plataforma abarrotada de cabeças. Um trem parado, vazio...

E, no meio do silêncio, uma voz. Não se podia ver de onde vinha, mas logo reconheci de quem era aquela voz ligeira, maleável, que açoitava como um chicote; e avistei ao longe o triângulo pontudo das sobrancelhas levantadas em direção às têmporas... Então gritei:

— Deixem-me passar! Deixem-me chegar até lá! Tenho que...

Mas fui agarrado pelos braços e ombros por umas pinças que se cravaram em mim como pregos. E, no silêncio, uma voz:

— ... Não! Corram para cima. É lá que serão curados, que irão se nutrir da mais rica felicidade; e, saciados até não poder mais, dormirão o sono organizado, em plena paz, com os roncos ritmados. Será que não escutam essa grandiosa sinfonia de roncos? Que engraçados são vocês: querem libertá-los desses torturantes pontos de interrogação, desses sinais que se contorcem e sugam como vermes, mas ficam aí parados, me ouvindo falar. Depressa, para cima, para a Grande Operação! Que importa a vocês que eu fique aqui sozinha?

Que lhes importa se eu não quiser que outros desejem em meu nome, se eu quiser desejar por mim mesma, se eu quiser o impossível...?

Respondeu-lhe uma outra voz, lenta, carregada:

— Ora! O impossível? Isso significa perseguir suas fantasias idiotas enquanto elas balançam o rabo bem diante de seu nariz? Não, nós aqui as agarramos pelo rabo e as esmagamos sob os pés, e depois...

— E depois, abocanham-no, começam a roncar... e, mais à frente, vão precisar de um novo rabo balançando diante do nariz. Dizem que os antigos tinham um animal chamado burro. Para o obrigarem a caminhar, caminhar sem parar, penduravam uma cenoura num fio bem diante de seu focinho, mas de maneira que ele não pudesse alcançá-la. Se conseguisse alcançá-la e abocanhá-la...

De repente, as pinças me largaram; então me lancei em direção ao lugar onde ela falava. E, nesse momento, quando todos também correram, amontoando-se, um grito veio lá de trás: "Para cá, estão vindo para cá!". E as luzes, que começaram a esmaecer e piscar, por fim se apagaram — alguém tinha cortado os fios — e foi uma avalanche: gritos, urros, cabeças, dedos...

Não sei quanto tempo corremos pelos túneis subterrâneos. Sei que, finalmente, chegamos aos degraus, ainda na penumbra, depois tudo foi clareando, e estávamos na rua outra vez; lá, nos espalhamos como um leque — em todas as direções...

Fiquei só. O vento soprava e o crepúsculo acinzentado estava logo acima de minha cabeça. No vidro molhado da calçada, bem lá no fundo, chamas e paredes invertidas, figuras que se moviam com os pés para cima. E o rolo insuportavelmente pesado em minha mão puxava-me para as profundezas, para o fundo.

Quando voltei, U ainda não se encontrava lá embaixo,

atrás de sua mesinha. E o quarto dela estava vazio, às escuras.

Subi para o meu quarto, acendi a luz. Minhas têmporas, metidas num aro apertado, latejavam intensamente, então comecei a andar pelo quarto, e tudo pareceu forjado num único círculo: a mesa, o pedaço de cilindro com o rolo de papéis sobre ela, a cama, a porta, a mesa, o pedaço de cilindro... No quarto à esquerda as cortinas estavam baixadas. No da direita, a calva nodosa de uma cabeça debruçada sobre um livro; sua testa era uma enorme parábola amarela. As rugas que se espalhavam por ela — uma fileira de linhas amarelas indecifráveis. Às vezes, nossos olhos se encontravam e eu percebia que aquelas linhas amarelas me diziam respeito.

... Aconteceu às 21h em ponto. U veio pessoalmente até mim. Apenas uma coisa ficou nitidamente gravada em minha memória: minha respiração estava tão ruidosa que eu não podia deixar de ouvi-la, e queria de algum modo respirar mais baixo, mas não conseguia.

Ela sentou-se e arrumou o unif sobre os joelhos. As guelras castanho-rosadas palpitavam.

— Ah, meu caro, então é verdade que está ferido? Assim que me contaram, eu imediatamente...

O feixe de cilindros estava à minha frente, em cima da mesa. Levantei de um salto, minha respiração era cada vez mais ruidosa. Ao me ouvir, ela deixou uma palavra pela metade e, por alguma razão, também se levantou. Eu já mirava no melhor lugar de sua cabeça, quando senti na boca aquele gosto repugnantemente doce... Procurei um lenço, mas não havia nenhum... cuspi no chão.

O da direita, o das rugas amarelas que me diziam respeito, olhava-me fixamente através da parede. Era preciso que ele não visse; se visse, seria tudo ainda mais repulsivo. Apertei o botão — sem nenhuma permissão, mas isso já não importava — e as cortinas desceram.

Ela evidentemente percebeu; ameaçou correr para a porta, mas eu me adiantei, passando-lhe à frente, arfando, sem desviar os olhos nem por um segundo daquela parte da cabeça em que...

— Você... você está louco! Não se atreva... — Ela recuou, sentou-se (*caiu*, melhor dizendo) na cama e, tremendo, meteu as mãos juntas entre os joelhos. Com a flexibilidade tensa de uma mola, eu a mantinha presa com meu olhar enquanto lentamente estendia o braço até a mesa e, movendo apenas a mão, agarrei o pedaço de cilindro.

— Eu lhe suplico! Um dia... só mais um dia! Amanhã... amanhã mesmo... vou fazer tudo o que...

Do que ela estava falando? Ergui o braço... E considero que a matei. Sim, meus leitores desconhecidos, vocês têm o direito de me chamar de assassino. Sei que lhe teria dado com o pedaço de cilindro na cabeça, se ela não tivesse gritado:

— Em nome do... Em nome do... Eu concordo... Eu... agora mesmo!

Com as mãos trêmulas, ela arrancou o unif e tombou na cama com seu corpo amplo, amarelo e flácido. E só então compreendi: ela pensou que eu tinha fechado as cortinas para... que o que eu queria era...

Isso foi tão inesperado, tão estúpido, que caí na gargalhada. E, no mesmo instante, a mola comprimida dentro de mim saltou; a mão fraquejou e o pedaço de cilindro caiu no chão. Aprendi nesse momento, por experiência própria, que o riso é a mais temível de todas as armas: com o riso é possível aniquilar tudo, até mesmo o assassinato.

Sentado à mesa, eu ria — desesperadamente, como quem ri o último riso — sem conseguir ver saída para aquela situação absurda. Não sei como tudo teria acabado se as coisas seguissem o seu curso natural. Mas, aí, um fator externo surgiu de repente: o telefone começou a tocar.

Corri até o fone, agarrei-o. — E se fosse ela? Do outro lado, soou uma voz desconhecida:

— Um momento...

Um zumbido enfadonho, interminável. Ao longe, a batida pesada de passos que se aproximavam, retumbando cada vez mais alto, cada vez mais parecidos com passos de ferro, e então...

— D-503?... — e um chiado... — Aqui fala o Benfeitor. Venha até mim sem demora!... Tss... — o fone já estava no gancho. — Tsss...

U continuava na cama, de olhos fechados, com as guelras amplamente abertas num enorme sorriso. Apanhei a roupa dela que estava no chão e, atirando-a nela, disse entre dentes:

— Vamos! Rápido! Rápido!

Soergueu-se apoiada nos cotovelos, os seios penderam para um lado, os olhos eram bem arredondados; toda ela era feita de cera.

— Como?

— Isso mesmo. Vamos, vista-se logo!

Toda encolhida, como um nó, agarrando firme suas roupas, disse com a voz abafada:

— Vire-se para lá...

Virei-me, encostei a testa no vidro. Luzes, figuras e faíscam tremeluziam no espelho escuro e úmido. Não: era eu que tremia, era tudo dentro de mim... O que Ele queria comigo? Seria possível que Ele já soubesse dela, de mim, de tudo?

U, já vestida, estava à porta. Dei dois passos na direção dela e, pegando suas mãos, apertei-as de tal maneira, que era como se daquelas mãos eu quisesse espremer, gota a gota, tudo de que eu precisava:

— Escute... O nome dela... Você sabe de quem falo... Você citou o nome dela? Não? A verdade, é só o que peço... Pre-

Nós   235

ciso saber a verdade... Não me importa o que possa acontecer, mas preciso saber a verdade...

— Não, não citei.

— Não? Mas por que não? Se você foi até lá para relatar...

De repente, ela virou do avesso o lábio inferior, que ficou como o daquele menininho, e escorreram pelas suas bochechas gotas que brotaram delas mesmas...

— Porque eu... eu tive medo de que, por minha causa, ela fosse... de que por isso você... você deixasse de gostar... Oh, não consigo... Jamais conseguiria!

Compreendi. Era a verdade. A absurda e grotesca verdade humana!

Abri a porta.

36ª ANOTAÇÃO

Páginas em branco
O Deus cristão
Sobre minha mãe

É estranho, parece que tenho na cabeça uma página em branco. Não me lembro de ter andado até lá, de ter esperado (apenas sei que esperei); não me lembro de nada, de nenhum ruído, de nenhum rosto, de nenhum gesto. Era como se tivessem sido cortados todos os fios que me ligavam ao universo.

Recobrando-me, já diante d'Ele, fiquei aterrorizado demais para levantar os olhos: eu só via Suas mãos de ferro pousadas nos joelhos. Mãos enormes, que pesavam sobre Ele, fazendo vergar os joelhos. Ele movia os dedos lentamente. Seu rosto estava em algum lugar bem acima, em meio à neblina. Sua voz chegava a mim de tal altura que não ribombava como um trovão, não me aturdia, mas parecia uma voz humana, uma voz comum.

— Pois bem... até você? Você, o Construtor da Integral? Você, a quem foi dada a oportunidade de ser um grande conquistador? Você, cujo nome havia de inaugurar um novo e ainda mais esplendoroso capítulo na história do Estado Único... Logo você?

O sangue me subiu à cabeça, às bochechas, e depois... — outra página em branco — apenas a pulsação nas têmporas e a voz que ressoava lá no alto, mas nada de palavras. E só quando Ele se calou é que, me recobrando, vi que Sua mão se levantou e veio arrastando-se lentamente, como se pesasse centenas de quilos, e apontou um dedo para mim:

Nós

— Então? Por que não fala? Sim ou não? É *carrasco* a palavra?

— Sim — respondi, submisso. E daí em diante ouvi nitidamente cada uma de Suas palavras:

— E então? Você pensa que tenho medo dessa palavra? Já experimentou descascá-la para ver o que tem lá dentro? Eu vou lhe mostrar. Recorde-se: uma colina azul, uma cruz, uma multidão; no alto, salpicados de sangue, alguns homens pregam um corpo numa cruz; ao pé da cruz, banhados de lágrimas, outros observam. Não lhe parece que o papel dos que estão lá em cima é o mais difícil, o mais importante? Acaso seria possível encenar essa magnífica tragédia se não fossem eles? Eles, que foram vaiados pela multidão obscura, ignorante, deviam ter sido recompensados pelo autor da tragédia, Deus, com uma generosidade ainda maior. Mas o próprio Deus Misericordiosíssimo dos cristãos, que queima todos os insubmissos no fogo lento do Inferno — por acaso não é um *carrasco*? E o número dos que foram queimados na fogueira por cristãos é acaso inferior ao dos cristãos que foram queimados? E mesmo assim, veja bem, mesmo assim esse Deus foi durante séculos glorificado como o Deus do amor. Absurdo? Não, pelo contrário, é a evidência — uma patente redigida com sangue — da arraigada prudência do homem. Afinal, mesmo quando não passava de um selvagem coberto de pelos, ele já tinha compreendido que o amor algébrico, o verdadeiro amor a todos os homens, tem na inclemência um atributo indispensável da verdade. Da mesma maneira, é atributo indispensável do fogo sua capacidade de queimar. Mostre-me um fogo que não queime! Vamos, argumente! Discuta!

Como eu poderia discutir? Como poderia eu discutir com Ele, se tinham sido aquelas, até ali, as minhas ideias, ainda que eu nunca tivesse sido capaz de revesti-las com uma armadura tão brilhante e bem forjada? Fiquei calado...

— Se esse silêncio significa que estamos de acordo, então vamos falar como falam os adultos depois de as crianças terem ido para a cama: até o fim. Pergunto, para começar, pelo que todos suplicam desde o berço? Com que todos sonham, se torturam? Todos suplicam por alguém que lhes diga de uma vez por todas o que é a felicidade e que depois os prenda a ela, acorrentando-os. Por acaso é diferente o que nós fazemos hoje? O velho sonho do Paraíso... Deve se lembrar que no Paraíso não se conhece o desejo, a piedade, o amor... São os bem-aventurados que estão lá, os que foram operados para ter a imaginação extirpada (e é por isso mesmo que são bem-aventurados) — os anjos, os servos de Deus... E justamente agora, quando já alcançamos esse sonho, quando conseguimos agarrá-lo assim (a mão d'Ele se fechou: se nela houvesse uma pedra, o sumo teria escorrido), quando o que resta é apenas esfolar a presa e reparti-la em pedaços — justo nesse momento você... você...

Inesperadamente, o zumbido metálico interrompeu-se. Eu estava vermelho como o lingote que na bigorna espera o golpe do martelo. O martelo pairava sobre mim, imóvel, silencioso, e esperar que ele caísse era o mais... o mais aterroriz...

Bruscamente:

— Quantos anos você tem?

— Trinta e dois.

— Tem exatamente o dobro, mas é tão ingênuo quanto um de dezesseis! Escute: será que realmente nunca lhe passou pela cabeça que eles — não sabemos ainda os números deles, mas estamos certos de que saberemos por você —, eles, afinal, só precisavam de você por ser o Construtor da Integral, apenas para conseguir, através de você...

— Não! Não precisa...! — gritei.

... Gritei como quem se esconde da bala com as mãos e lhe suplica: Não! Você ainda pode ouvir seu ridículo "não", mas a bala já o atravessou, você já está no chão se contorcendo.

Sim, eu era o Construtor da Integral... Sim... E, de repente, apareceu-me a cara enfurecida de U, com suas guelras cor de tijolo pendentes, trêmulas, como naquela manhã em que as duas estiveram comigo em meu quarto...

Lembro-me perfeitamente: comecei a rir, levantei os olhos. À minha frente estava sentado um homem calvo, socraticamente calvo. Com a calva toda coberta de gotas de suor.

Como tudo era simples. Como tudo era magnificamente banal e ridiculamente simples.

As gargalhadas brotavam e agitavam-se como um turbilhão, sufocando-me. Levei as mãos à boca e corri a toda pressa para fora.

Os degraus, o vento, estilhaços úmidos e saltitantes de luz, de rostos, e, em meio à corrida: "Não! Vê-la mais uma vez! Uma última vez, apenas!".

Aqui, aparece outra vez uma página em branco. Só me lembro de pés. Não me lembro de pessoas, mas precisamente de pés, centenas de pés movendo-se em desarmonia, que caíam não sei de onde sobre o pavimento: uma forte chuva de pés. E uma espécie de canção alegre, provocante, e também um grito — dirigido a mim, possivelmente: "Ei! Ei! Para cá, para o nosso lado!".

E depois uma praça deserta, tomada de uma ponta a outra por uma densa ventania. No centro da praça, uma coisa opaca, gigantesca e ameaçadora: a Máquina do Benfeitor. O eco de uma memória ressoou em mim inesperadamente: um travesseiro de um branco ofuscante e, reclinada sobre ele, uma cabeça; no rosto, os olhos semicerrados e uma faixa de dentes docemente pontiagudos... Tudo isso tinha uma relação absurdamente estreita com a Máquina — eu conhecia essa relação, mas ainda não queria vê-la, não queria nomeá-la, dizê-la em voz alta... Não! Não queria!

Fechei os olhos e me sentei nos degraus que levavam até a Máquina. Devia estar chovendo... Meu rosto se molhou... Ouviam-se ao longe, em algum lugar, gritos abafados. Mas ninguém, ninguém me ouviu gritar: "Salvem-me! Livrem-me de tudo isso!".

Se eu ao menos tivesse mãe... para dizer como os antigos: minha — precisamente *minha* — mãe. Para ela eu poderia ser *não* o Construtor da Integral, o número D-503, ou só mais uma das moléculas do Estado Único, mas um pequeno pedaço da humanidade, um pedaço dela mesma — espezinhado, esmagado, jogado fora... Fosse eu crucificador ou crucificado (talvez não faça diferença), ela ouviria o que ninguém mais ouve, e eu ouviria de seus lábios envelhecidos, encarquilhados...

37ª ANOTAÇÃO

Infusórios
O fim do mundo
O quarto dela

Esta manhã, no refeitório, meu vizinho da esquerda, com voz amedrontada, cochichou para mim:

— Vamos, coma! Estão olhando para você!

Empreguei todas as forças para mostrar um sorriso. Isso me dava a sensação de que em meu rosto se abria uma rachadura: ao sorrir, as pontas da rachadura iam se expandindo e, quanto mais se expandiam, maior era a minha dor...

Depois aconteceu o seguinte: mal eu havia conseguido espetar um cubo de comida, o garfo escapuliu da minha mão e retiniu no prato... o que fez estremecerem e ressoarem as mesas, as paredes, os outros pratos, o ar, ao mesmo tempo que do lado de fora se produzia um fortíssimo ruído surdo que, elevando-se acima das cabeças e dos prédios, subia até o céu, indo cessar ao longe, em círculos pequenos, cada vez menos audíveis, como os que se formam e esmaecem na superfície da água em que se atira uma pedra.

Por um momento, vi os rostos sem cor, desbotados; as bocas que se paralisaram em pleno ato de mastigação; os garfos que interromperam o movimento e ficaram parados no ar.

Em seguida, saindo dos trilhos seculares, tudo se intrincou, todos saltaram de seus lugares (sem sequer chegarem a cantar o Hino), acabando a mastigação de qualquer jeito, fora do ritmo, quase engasgando, e, agarrando-se uns aos outros, perguntavam: "O que foi? O que aconteceu? O quê?".

E, como fragmentos caóticos da outrora grandiosa e bem proporcionada Máquina, todos se lançaram para baixo, em direção ao elevador, à escada — um tropel pelos degraus... passos desordenados... trechos de palavras, tal como se vê nos pedaços de uma carta rasgada rodopiando ao vento...

Da mesma maneira se dispersaram os habitantes de todos os prédios vizinhos e, num minuto, toda a avenida fazia lembrar uma gota de água sob a lente de um microscópio: confinados numa gota vítrea, transparente, os infusórios agitavam-se confusamente, para os lados, para cima, para baixo.

Ouvi uma voz triunfante: "Ah!". E vi, à minha frente, a nuca de alguém que apontava com o dedo para o céu. Lembro-me claramente da unha amarelo-rosada, da parte branca na base, como a meia-lua que desponta no horizonte. E aquele dedo era como uma bússola: voltados para o céu, centenas de olhos o seguiam.

Ali, fugindo de perseguidores invisíveis, as nuvens corriam, chocavam-se, saltavam umas sobre as outras; rajados pelas nuvens, os aeros negros dos Guardiões estendiam seus tubos pretos como trombas, e, mais para a frente, a oeste, havia algo que parecia...

A princípio, ninguém entendeu o que era... nem mesmo eu, a quem (infelizmente) havia sido revelado mais do que a todos os outros. Parecia um enxame de aeros negros: uns pontos quase invisíveis, velozes, a uma altura incrível. Aproximavam-se cada vez mais, gotejando um ruído gutural... E, finalmente, sobre nossas cabeças, os pássaros que vieram encher o céu de triângulos cadentes, agudos, estridentes, negros; o vendaval os fazia descer, obrigando-os a pousar nas cúpulas, nos telhados, nos postes, nas varandas.

Aha! O pescoço triunfante girou, então reconheci: era aquele, o que olhava por baixo da fronte. Mas, o que restara nele do que havia antes era só mesmo a testa descaída —

ele agora emergia inteiro de sua própria testa e exibia no rosto, em volta dos olhos e dos lábios raios que surgiam como tufos de cabelos; e sorria.

— Você compreende? — gritava ele, atravessando o uivo do vento, o bater das asas, os grasnidos... — É o Muro... o Muro, compreende? Eles derrubaram o Muro! Com-pre--en-de?

Em algum lugar ao fundo, apareceu uma série de vultos de cabeças compridas que passaram correndo para dentro dos prédios. No meio do pavimento, uma avalanche de recém-operados marchava veloz — mas, de tão grande e pesada, a avalanche parecia avançar lentamente — para o oeste.

... Tufos cabeludos de raios em volta dos olhos, dos lábios... Agarrei-o pela mão:

— Me diga onde ela está... Onde está I? Está lá, do outro lado do Muro, ou... Preciso saber, está ouvindo? Imediatamente. Não posso mais...

— Está aqui! — ele gritou para mim, inebriado, com voz alegre, mostrando os dentes fortes, amarelos... — Aqui, na cidade, ela está em ação. Sim, nós estamos em plena ação!

Quem são esses "nós"? E quem era eu?

Em volta dele havia uma meia centena de homens que, da mesma maneira, emergiam para fora de suas testas escuras. Eram barulhentos, alegres, de dentes fortes. Com suas bocas abertas, engoliam o vento da tempestade, agitando uns eletrocutores aparentemente inofensivos (onde é que os teriam arranjado?). Eles também seguiam na direção do oeste, atrás dos recém-operados, mas, seguindo paralelamente pela Avenida 48, iriam cercá-los...

Tropeçando nos cabos tensionados, torcidos pelo vento, corri na direção dela. Para quê? Não sabia. Eu tropeçava... As ruas desertas... A cidade parecia estranha, selvagem; o ruído incessante, triunfante dos pássaros — o fim do mundo. Através do vidro das paredes, vi em alguns prédios (e isso me ficou gravado) números masculinos e femininos copulando com as cortinas levantadas, sem nenhum pudor, sem terem requisitado bilhetes, à luz do dia...

Um prédio, o prédio dela, com a porta da entrada aberta de par em par. Em baixo, atrás da mesinha do inspetor, não havia ninguém. O elevador estava parado no fosso, entre os andares. Já ofegante, comecei a subir por uma escada que não acabava nunca. Um corredor. Rapidamente, como os raios de uma roda girando, as cifras faiscavam nas portas: 320, 326, 330... I-330, sim!

E através da porta de vidro pude ver que tudo no quarto dela estava bagunçado, revirado, amarrotado. Na pressa, derrubaram uma cadeira, virando-a de pernas para o ar, deixando-a como um animal morto. A cama tinha sido afastada da parede e posta de viés. Pelo chão, folhinhas do talão cor-de-rosa espalhadas, pisoteadas.

Inclinei-me e apanhei uma, outra, e mais outra: todas tinham o número D-503 — eu estava em todos elas, como gotas derretidas de mim, um pouco em cada uma das folhinhas. E isso era tudo que restara...

Não sei por quê, mas pareceu-me que os bilhetes não deviam ficar ali no chão, para serem pisoteados. Peguei mais um punhado deles e coloquei em cima da mesa, desamassei-os com cuidado, olhei para eles e... comecei a rir.

Antes, eu não sabia; agora, tanto eu quanto vocês, todos sabemos: há risos de cores diversas. O riso não passa de um eco distante de uma explosão interior; pode ser uma salva de foguetes dourados, vermelhos, azuis; podem ser também pedaços de carne humana que se lançam pelos ares...

Num dos bilhetes, apareceu um nome completamente desconhecido. Não memorizei os algarismos, lembro apenas da letra: F. Espalhei todos os bilhetes que estavam na mesa, joguei-os no chão, pisoteei-os, pisoteei a mim mesmo, com ambos os pés — tome, tome isso — e saí...

Sentei-me no corredor, embaixo do peitoril da janela que havia em frente à porta; fiquei ali um longo tempo; ainda esperava tolamente por alguma coisa. Ouvi o arrastar de passos à esquerda. Era um velho: seu rosto era como uma bolha perfurada, vazia, onde se formaram pregas; da perfuração ainda saía algo transparente, que escorria bem devagar. Aos poucos fui percebendo: eram lágrimas. E só quando o velho já estava longe é que fui me dar conta... então gritei-lhe:

— Escute... Escute... Por acaso não conhece o número I-330?

O velho deu meia-volta e, com ar desesperado, agitou a mão e prosseguiu mancando...

No início da noite, voltei para casa. No oeste, o céu contorcia-se a todo instante num espasmo azul-pálido, e de lá vinha um ruído surdo, abafado. Os telhados estavam cobertos de tições apagados — o corpo negro dos pássaros.

Estendi-me na cama e o sono imediatamente atracou-se a mim, sufocando-me como uma fera...

38ª ANOTAÇÃO

(Não sei como resumir. Talvez tudo se resuma
a um só item: um cigarro jogado fora.)

Acordei. A luz ofuscava; era difícil olhar. Semicerrei os
olhos. Na cabeça, uma fumaça azulada e corrosiva — tudo
à minha volta era névoa. E em meio à névoa eu ia pensando:
"Mas se não acendi a luz... Como é possível que..."
Levantei-me de um salto. Sentada à mesa, com o quei-
xo apoiado na mão, I-330 me fitava com um risinho irônico...
É sentado a esta mesma mesa que escrevo agora. Aqueles dez, quinze minutos — cruelmente comprimidos como a
mais apertada das molas — ficaram já para trás, mas tenho
a impressão de que a porta se fechou atrás dela agora mesmo e que ainda é possível alcançá-la, pegá-la pelos braços...
é também possível que ela comece a rir e diga...
Ela estava sentada atrás da mesa. Corri para ela:
— Você... Você! Estive lá... Vi o seu quarto... Pensei que
você...
Mas a meio caminho, dando de cara nas lanças afiadas
e imóveis daqueles cílios, eu me detive. Recordei que ela tinha me olhado com esse mesmo olhar, daquela vez, a bordo
da Integral. Eu precisava dizer tudo o que tinha a dizer ali
mesmo e naquele instante, num segundo; precisava explicar
tudo e fazê-la acreditar em mim... porque, do contrário, nunca mais...
— Escute, I, eu preciso... preciso contar tudo... Não,
não, eu agora... agora só preciso de um gole d'água...

Nós 247

Minha boca estava seca, tão seca que parecia forrada de papel mata-borrão. Enchi um copo de água, sorvi dele, mas não consegui molhar a boca; coloquei-o em cima da mesa e agarrei-me à jarra de água, segurando-a firme, com as duas mãos.

Percebi então que a fumaça azulada era de um cigarro. Ela levou-o aos lábios e tragou com a mesma avidez com que eu sorvi a água, e disse:

— Não precisa. Não diga nada. Não tem importância... Como você pode ver, eu acabei vindo. Eles ficaram lá embaixo à minha espera... E você quer que estes nossos últimos minutos sejam passados assim...?

Ela jogou o cigarro no chão, debruçou-se toda sobre um dos braços da cadeira (o botão que devia acionar ficava na parede e alcançá-lo era difícil) e — isso ficou bem gravado em minha memória — o balanço da cadeira fez com que os pés dela se levantassem do chão. Em seguida as cortinas se fecharam.

Ela se aproximou e me abraçou com força. Seus joelhos, através da roupa, eram um veneno terno e quente, que bem lentamente ia envolvendo tudo...

E, de repente... Acontece, às vezes, de estarmos inteiramente mergulhados num sono doce e cálido, quando subitamente alguma coisa nos pica e tudo estremece, então nos encontramos outra vez de olhos bem abertos... Foi o que aconteceu então: vi os bilhetes do talão cor-de-rosa pisoteados no chão do quarto dela e, num deles, a letra F... e não sei que algarismos. Os bilhetes embolaram-se dentro de mim como um novelo e, com um sentimento que agora não consigo explicar, apertei-a com tanta força que ela soltou um grito de dor...

Mais um minuto (um daqueles dez ou quinze): a cabeça reclinada para trás no travesseiro branco, ofuscante; os olhos semicerrados; a linha doce de seus dentes afiados... E tudo isto, absurda, inoportuna e dolorosamente, me fazia lembrar de algo em que não se deve pensar, uma coisa que não deve ser recordada em tais momentos. E, cada vez com mais ternura, cada vez mais cruelmente, eu a apertava contra mim; as marcas azuis de meus dedos tornavam-se cada vez mais vívidas...

Sem abrir os olhos (notei isso), ela disse:

— Dizem que esteve ontem com o Benfeitor. É verdade?

— É verdade, sim.

E então os olhos dela se arregalaram... e para mim foi um deleite vê-la empalidecer de repente, ver seu rosto se extinguir, apagar-se: só os olhos permaneciam acesos.

Contei tudo a ela. Houve só uma coisa que, não sei por quê — não, não é verdade; eu sei, sim, o porquê — eu não contei: o que Ele me dissera no final, que eles só precisavam de mim para conseguir...

Aos poucos, como acontece com a fotografia na revelação, o rosto dela foi reaparecendo: as bochechas, a fileira branca dos dentes, os lábios. Ela então se levantou e caminhou para a porta espelhada do armário.

Tornei a sentir a boca seca. Enchi um copo de água, mas era repugnante bebê-la; pus o copo na mesa e perguntei:

— Então foi por isso que veio? Porque precisava descobrir o que fui fazer lá?

Do espelho, na minha direção — aquele malicioso triângulo pontiagudo formado pelas sobrancelhas levantadas até as têmporas. Ela se virou para dizer alguma coisa, mas não disse nada.

Não era preciso. Eu já sabia.

Eu devia me despedir dela? Ao mover as pernas — que eram de um estranho e não minhas — esbarrei na cadeira, que caiu, virando-se de borco, sem vida, como a outra que eu tinha visto no quarto dela. Seus lábios estavam frios... Uma vez, o chão do meu quarto, bem aqui, ao lado da cama, estava frio assim.

Quando ela saiu, sentei-me no chão, inclinei-me sobre o cigarro que ela tinha jogado fora...

Não consigo escrever mais... não quero escrever mais!

39ª ANOTAÇÃO

O fim

Tudo aconteceu como acontece quando um último grão de sal é lançado numa solução já saturada: como se rastejassem, os cristais espinhosos começam logo a aparecer e, endurecendo, tornam-se sólidos. Para mim era claro: tudo estava decidido e amanhã de manhã eu faria aquilo. Era o mesmo que me matar... mas, talvez só assim eu pudesse verdadeiramente ressuscitar. Porque, afinal de contas, só o que está morto pode renascer.

A cada segundo, via-se que no oeste o céu estremecia em convulsões de azul. Em minha cabeça alguma coisa ardia e martelava. Passei assim toda a noite e só adormeci por volta das 7h da manhã, quando a escuridão acabava de se recolher e tudo se esverdeava, tornando visíveis os telhados cobertos de pássaros...

Despertei quando já eram 10h (era evidente que hoje a campainha não tinha soado). O copo com água da noite anterior ainda estava sobre a mesa. Sequioso, engoli toda a água e saí correndo: eu precisava fazer tudo o quanto antes, o mais rápido que pudesse.

O céu era um deserto, um deserto azul, onde tudo havia sido devorado pela tempestade. As arestas salientes das sombras; tudo era recortado na atmosfera azul do outono, e era tudo tão delicado que se receava tocar: todas as coisas se dissipariam em um pó vítreo. E o mesmo se passava dentro de mim: não devo pensar, não posso pensar, não posso... senão...

E realmente não pensei; é até provável que tenha apenas

registrado tudo, registrado sem ver de verdade: os ramos de folhas que vieram parar sobre o pavimento — folhas verdes, cor-de-âmbar, cor-de-framboesa; a agitação de pássaros e aeros pelo ar, cruzando-se uns com os outros; as cabeças, as bocas abertas, os braços levantados agitando ramos. E tudo aquilo devia estar vociferando, crocitando, zumbindo...

Depois, as ruas desertas como se tivessem sido varridas por alguma peste. Lembro-me de tropeçar em alguma coisa repulsivamente mole e flexível, mas que estava imóvel. Abaixei-me: era um cadáver... Estava deitado de costas, com as pernas dobradas e afastadas, como uma mulher. Enquanto seu rosto...

Reconheci os lábios negroides, muito grossos, que pareciam estar ainda soltando borrifos com a risada. De olhos semicerrados, ele ria na minha cara. Um segundo depois, passei por cima dele e corri dali, porque já não suportava mais, eu precisava fazer tudo logo, o quanto antes, senão — era meu pressentimento — eu quebraria; ou envergaria como o trilho que suporta uma sobrecarga...

Felizmente, só faltavam uns vinte passos para que se avistassem as letras douradas: "Departamento dos Guardiões". Parei no limiar da porta, respirei fundo, sorvendo tanto ar quanto pude, e entrei.

Lá dentro, no corredor, havia uma enorme quantidade de números enfileirados; todos muito próximos, um quase encostando na nuca do outro que estava à frente, seguravam folhas de papel ou cadernos volumosos. De vez em quando avançavam um ou dois passos, e tornavam a parar.

Comecei a andar de um lado para o outro da fila; minha cabeça se desfazia em pedaços; eu agarrava e puxava pelas mangas todos os números, suplicando-lhes como o doente que suplica para que lhe deem o mais depressa possível algo que, ainda que lhe custe um momento de dor agudíssima, possa curar de uma vez todos os seus males.

Uma mulher com um cinto sobre o unif, tão apertado que fazia sobressair os dois hemisférios ilíacos; ela rebolava-os sem parar, como se os olhos dela estivessem ali, conduzindo-a de um lado para o outro. Como se bufasse, ela riu, apontando para mim:

— Ele está com dor de barriga! Levem-no ao banheiro... ali, a segunda porta à direita!

E então riram de mim; e as risadas que eu ouvia fizeram com que algo me subisse à garganta... e de um jeito que ou eu começava a gritar, ou então... ou então...

De repente, alguém veio por trás e me agarrou pelo cotovelo. Quando me virei: aquelas orelhas transparentes, estendidas como asas. Não estavam rosadas, como habitualmente; eram agora de um vermelho vivo; o pomo de adão se agitava tão freneticamente que de uma hora para outra rebentaria a pele fina do pescoço.

— Por que está aqui? — ele perguntou, atarraxando-se a mim bem depressa.

Também o agarrei e, cravando-me nele, disse:

— Para o seu gabinete... Depressa! Preciso contar tudo... agora mesmo! Que bom ser justo a você... Na verdade pode ser terrível que seja justo a você... Mas que bom, que bom...

Ele também a conhecia, o que me atormentava ainda mais, mas era possível que também ele estremecesse ao ouvir... e então seríamos os dois a matar... Assim, não estaria sozinho nesse instante, em meus últimos segundos...

A porta se fechou com um grande estrondo. Lembro-me que um papel ficou preso embaixo dela, que o arrastou no chão enquanto se fechava. Depois disso, fomos cobertos por um estranho silêncio, um silêncio de vácuo, como se a Campânula de Vidro tivesse caído sobre nós. Se ele tivesse dito uma palavra que fosse — qualquer palavra, mesmo a mais insignificante —, eu teria despejado tudo de uma só vez. Mas ele ficou em silêncio.

Nós

E assim, retesando-me inteiro, de tal maneira que meus ouvidos começaram a zunir, falei (sem olhar para ele):

— Acho que sempre a odiei, desde o princípio. Procurei... Aliás, não. Não acredite no que digo: eu podia ter escapado, mas não quis; quis perecer, era isso o que eu mais queria... Ou não, não digo perecer, exatamente, não, mas que ela... E mesmo agora, mesmo agora que já sei tudo... Você sabe...? Sabe que fui chamado à presença do Benfeitor?

— Sei, sim.

— Mas as coisas que Ele me disse... Compreenda: é como se alguém lhe retirasse o chão de debaixo dos pés e você desabasse com tudo o que está ali, olhe, em cima da mesa, os papéis, a tinta... e, ainda, a tinta entornasse, borrando tudo...

— Prossiga, prossiga! E depressa... Há outros à espera.

E então, afobando-me, todo atrapalhado, contei tudo o que tinha acontecido, tudo o que está escrito aqui — sobre meu eu real, sobre meu outro eu, o desgrenhado, e o que ela dissera aquela vez sobre minhas mãos, que foi onde tudo isso começou, e como, a certa altura, eu não quis mais cumprir meu dever; como acabei por enganar a mim próprio; como ela me tinha arranjado falsos atestados médicos e como, enfim, eu me degenerava dia após dia, e sobre aqueles corredores subterrâneos, e como era do outro lado do Muro...

Eu contava tudo isto em fragmentos incongruentes, de qualquer jeito; eu engasgava, me sufocava, faltavam-me as palavras. Os lábios dele, torcidos, duplamente curvados, murmuravam com um risinho de escárnio as palavras que me faltavam; eu curvava a cabeça agradecido e dizia "sim, sim"... Eis que (o que foi aquilo, afinal?) ele passou a falar por mim, enquanto eu apenas ouvia: "Sim, e depois aconteceu isso e aquilo... Isso mesmo, sim, foi assim!".

Senti um frio na garganta, como se tivessem passado éter nela, e perguntei com dificuldade:

— Mas como foi que... Se você não tinha como saber...?

Aquele risinho silencioso contorceu-se ainda mais... Depois, ele disse:

— Sabe, acho que você quis esconder algo de mim; já enumerou todos que viu do outro lado do Muro, mas esqueceu de mencionar uma coisa. Não está de acordo? Acaso não se lembra de ter... assim, de relance, por um segundo... de ter me visto por lá? Sim, eu mesmo, sim...

Pausa.

E, de repente, como se um raio me percorresse todo o corpo, tudo se iluminou: tornou-se despudoradamente claro que ele, sim, ele também era um deles... Eu — eu inteiro, todas as minhas dores, tudo quanto fiz por nossa grande façanha, às vezes esgotado, empregando as últimas forças; tudo isso é tão ridículo, ridículo como aquela anedota dos antigos sobre Abraão e Isaque. Abraão, coberto de suor frio, tinha a faca erguida sobre o filho, prestes a golpeá-lo, quando subitamente veio do alto uma voz: "Não precisa! Eu só estava brincando...".

Sem tirar os olhos daquele riso de escárnio, cada vez mais contorcido, apoiei as mãos na beirada da mesa e, bem devagar, comecei a deslizar com a cadeira, afastando-me da mesa; logo a seguir, como se tivesse sido agarrado por minhas próprias mãos, saí a toda pressa, atabalhoado, passando por gritos, degraus, bocas...

Não lembro como fui parar lá embaixo, mas, quando dei por mim, estava num dos banheiros públicos de uma estação subterrânea. Lá em cima tudo estava sendo destruído, a civilização mais grandiosa e mais racional de toda a história desmoronava, enquanto ali, por não sei que ironia, tudo permanecia como antes, aquele mesmo esplendor. E pensar que estava tudo condenado, que tudo iria ficar coberto pela erva verde, que tudo se converteria em histórias, "mitos"...

Comecei a chorar, a gemer alto. E, nesse mesmo instante, senti que alguém me afagava o ombro. Era meu vizinho, o que morava à minha esquerda, o da cabeça calva semelhante a uma enorme parábola, toda coberta por linhas amarelas de rugas, que formavam um emaranhado indecifrável; linhas que diziam algo sobre mim...

— Eu o entendo, sim, entendo perfeitamente — dizia ele. — Mas tenha calma; não precisa ficar desse jeito; tudo se restabelecerá, isso é inevitável, sim, um dia tudo retorna. O que importa agora é que todos saibam da minha descoberta. Você é o primeiro a quem falo disso: de acordo com meus cálculos, o infinito não existe!

Olhei furioso para ele.

— Sim, é isso mesmo que estou lhe dizendo: não há infinito. Se o universo fosse infinito, a densidade média da matéria que ele contém seria igual a zero. Como sabemos, ela não é igual à zero, portanto, pode-se concluir, o universo é finito; é uma forma esférica cujo quadrado do raio, R^2, é igual à densidade média multiplicada por... Veja, depois só preciso calcular o coeficiente numérico, e então... Você compreende? Tudo é finito, tudo é simples, tudo é calculável... E, nesse caso, nós alcançamos a vitória, filosoficamente... compreende? E você, meu caro, com seus gritos, está me atrapalhando, assim não consigo terminar meus cálculos...

Não sei o que mais me impressionou, se a descoberta dele ou a firmeza que revelava numa hora apocalíptica como aquela: tinha na mão (só neste momento reparei) um caderno de notas e um mostrador de logaritmos. E compreendi então que, embora tudo fosse perecer, o meu dever (para com vocês, meus caros leitores desconhecidos) era deixar estas minhas anotações numa forma acabada.

Pedi-lhe papel e escrevi ali mesmo estas últimas linhas...

Queria colocar logo um ponto final — assim como os antigos, que espetavam uma cruz sobre as covas onde enterravam seus mortos — mas, subitamente, o lápis começou a tremer e me escapou dos dedos...

— Escute — comecei eu, agarrando-me ao meu vizinho.
— Sim, peço que me escute! Só me responda... Só me responda o seguinte: onde é que termina esse seu universo finito? E além desse ponto em que ele termina, o que há?

Mas ele não chegou a responder; ouviram-se passos nos degraus da escada: alguém descia da superfície...

40ª ANOTAÇÃO

Os fatos
A Campânula
Tenho certeza

É dia. Está claro. O barômetro marca 760 mm.

Será que fui eu mesmo, D-503, que escrevi estas duzentas e tantas páginas? Eu teria mesmo experimentado todas estas sensações ou apenas imaginado que experimentava?

A caligrafia... é a minha. E é a mesma de agora... mas, felizmente, só a caligrafia é a mesma. Nenhum delírio, nenhuma das metáforas absurdas, nada de emoções: somente os fatos. Porque me sinto perfeitamente bem; sinto que estou absolutamente saudável. Sorrio. Não posso deixar de sorrir: de minha cabeça arrancaram uma espécie de farpa, e, agora, sinto-a bem leve, vazia. Mais exatamente, não está vazia, mas já não há nada de estranho dentro dela, nada que possa me impedir de sorrir (o sorriso é o estado normal de uma pessoa normal).

Agora, aos fatos. Naquela noite, eu, o meu vizinho, o que descobriu a finitude do universo, e todos os que estavam conosco, fomos todos detidos e levados para o auditório mais próximo (o número deste auditório, por alguma razão que desconheço, me pareceu familiar: 112). Lá, fomos deitados, amarrados às mesas e submetidos à Grande Operação.

No dia seguinte, eu, D-503, apresentei-me ao Benfeitor e relatei tudo quanto sabia sobre os inimigos da felicidade. Por que é que antes isso me parecia tão difícil? Não é possível compreender. A explicação só pode ser mesmo a doença que tive — a alma.

À noite, naquele mesmo dia, sentado com Ele, com o Benfeitor, à mesma mesa, estive pela primeira vez diante da Campânula de Vidro, na famosa Câmara de Gás. Trouxeram aquela mulher. Ela teria de prestar testemunho na minha presença. Mas ela permaneceu teimosamente silenciosa, sorrindo. Notei que seus dentes, que me pareceram muito bonitos, eram afiados e branquíssimos.

Ela foi então colocada sob a Campânula. Seu rosto empalideceu e, como tinha uns olhos pretos enormes, o contraste causava um belíssimo efeito. Quando começaram a extrair o ar da Campânula, ela atirou a cabeça para trás, semicerrou os olhos e comprimiu os lábios — o que me fez lembrar de alguma coisa. Aferrando-se aos braços da cadeira, ela olhou para mim; e, enquanto os olhos dela não se fecharam completamente, ela continuou olhando nos meus, aferrando-se cada vez mais forte aos braços da cadeira. Retiraram-na logo a seguir e, com a ajuda de eletrodos, num instante a reanimaram, para logo depois colocarem-na outra vez na Campânula de Vidro. E assim fizeram por mais três vezes, sem que ela dissesse uma única palavra. Outros que foram trazidos com ela revelaram-se mais honestos: a maioria começou a falar logo na primeira vez. Amanhã, todos eles subirão os degraus da Máquina do Benfeitor.

Não se pode adiar porque as zonas ocidentais ainda estão mergulhadas no caos, nos clamores, estão cheias de cadáveres e feras, além de uma quantidade significativa de números que, lamentavelmente, são traidores da Razão.

Mas conseguimos, como solução temporária, construir um Muro de ondas de alta voltagem na transversal da 40ª Avenida. Tenho a esperança de que venceremos. Mais do que isso, tenho certeza — *nós* venceremos. Porque a Razão deve prevalecer.

NÓS, DE IEVGUÊNI ZAMIÁTIN, OU DOS LIMITES DA RAZÃO

Cássio de Oliveira[1]

É uma das ironias da relação conturbada entre o poder e os artistas na Rússia e na União Soviética que muitos anos, quando não décadas, tiveram de passar para que alguns dos livros mais célebres daquelas literaturas estivessem disponíveis aos leitores para os quais foram escritos. *Doutor Jivago*, de Boris Pasternak, e os romances russos de Vladímir Nabókov (todos eles publicados originalmente no exterior, durante um exílio que, no fim das contas, foi perpétuo) são os casos mais notórios, mas a lista continua, para nos limitarmos ao século XX, com obras de autores como Ivan Búnin (primeiro escritor de língua russa a vencer o Prêmio Nobel de Literatura, em 1933, e, para desgosto dos soviéticos, como um cidadão apátrida exilado na França), Aleksandr Soljenítsin e Andrei Siniávski. Entre estes casos, o romance *Nós*, de Ievguêni Zamiátin (1884-1937), ocupa um lugar especial: em primeiro lugar, por causa de seu estranho histórico de publicação e suas reverberações, tanto na carreira do autor quanto nos meios literários soviéticos; em segundo lugar, por causa do prestígio que o romance adquiriu na Europa e na América do Norte como um importante predecessor de "distopias" como *Admirável Mundo Novo* (1932) e *1984* (1949);

---

[1] Este texto de Cássio de Oliveira, professor de literatura russa na Portland State University, nos Estados Unidos, foi escrito especialmente para esta edição. (N. da E.)

Posfácio

e, finalmente, porque, mais até do que um livro que dialoga com o futuro, *Nós* se insere em uma longa tradição literária e filosófica legitimamente russa. Seu diálogo é tanto com ilustres predecessores como Púchkin, Dostoiévski e Andrei Biéli, quanto com Orwell e Huxley. Mas, ao mesmo tempo, sua mensagem é mais universal, e mais complexa, do que um simples alerta para o perigo de estados autocráticos.

Duzentas páginas
à procura de sua língua-mãe

Houve um longo intervalo entre a composição de *Nós* e sua publicação em solo russo. Um intervalo de 67 anos, para ser mais preciso: o livro foi escrito e revisado nos anos de 1920-21, no auge da Guerra Civil que se seguiu à Revolução de Outubro de 1917, mas só viria a ser aceito para publicação na União Soviética em 1988, com a *perestroika* de Mikhail Gorbachev. Se 1988 foi, de certa forma, o começo do fim da União Soviética, o início da década de 1920 representou, pelo contrário, o batismo de fogo da Revolução. Os bolcheviques se puseram a defender o triunfo da Revolução contra uma colcha de retalhos formada por diversos exércitos, leais ora à monarquia ora a generais autocráticos, aos quais se somaram anarquistas na Ucrânia, tropas francesas e inglesas que ocuparam temporariamente cidades como Kíev, Odessa e Arkhángelsk, e forças polonesas na Guerra Polaco-Soviética de 1919-1921, sendo este o primeiro conflito internacional no qual a União Soviética tomou parte (depois de sua retirada da Primeira Guerra Mundial), e que constituiu o cenário de *A cavalaria vermelha*, o clássico de Isaac Bábel sobre a Revolução.

Se por um lado o triunfo bolchevique é formidável, tendo em vista as dimensões de uma guerra contra oponentes tão variados, por outro, a criação da União Soviética se assemelharia, a princípio, a uma vitória pírrica, já que o país que emerge desses conflitos apresenta uma economia praticamente em colapso. Nesse contexto, não é difícil imaginar que a subsistência dos artistas e intelectuais tenha sido particularmente comprometida, e os escritores não foram exceção. Das causas mais mundanas às mais complexas, tudo conspirava contra a sobrevivência da cultura russa. O papel, por exemplo, se tornara escasso, e, em decorrência disso, a indústria de livros havia encolhido ao extremo: segundo Katerina Clark, somente 1.230 títulos foram publicados em Petrogrado em 1918, contra 8.420 em 1912, e há razões para crer que o mercado tenha sofrido um impacto semelhante em Moscou.[2] No início dos anos 1920, a situação se agravaria ainda mais. A guerra, a crise econômica e o triunfo bolchevique causaram uma debandada de escritores, artistas, cineastas, políticos — em suma, de intelectuais — para as cidades que se tornariam notórias nos anos seguintes como grandes centros da emigração russa: Praga, Berlim, Paris, Belgrado, Harbin. Enquanto alguns exilados retornariam tão logo a situação melhorasse, outros não manifestavam o mínimo interesse em se aliar aos soviéticos, e de fato formavam uma oposição radical ao regime. A solução, para Maksim Górki, àquela época líder da facção de escritores pré-revolucionários que se alinharam (ainda que com uma boa dose de apreensão) ao novo regime, consistiu em ajudar os escritores mais estabelecidos de toda forma possível, não somente por altruísmo ou por causa de relações pessoais, mas também de modo a criar e educar uma nova geração de escritores tanto "ideologicamente corretos" quanto técnica, estilística e for-

---

[2] Katerina Clark, *Petersburg: Crucible of Cultural Revolution*, Cambridge, MA, Harvard University Press, 1995, p. 326, nota 18.

Posfácio

malmente competentes. Para que isso ocorresse, era necessário que os escritores experientes "ensinassem" os novatos a escrever.

É nesse estado de caos e penúria, mas também de novas possibilidades que, em 1919, Ievguêni Zamiátin, amigo de Górki e já consagrado como autor desde antes da Revolução por seus contos e novelas escritos num estilo conhecido como Ornamentalismo (cujo principal expoente é Aleksei Riémizov), ajuda a fundar a Casa das Artes de Petrogrado, um projeto de Górki para alojar escritores e estabelecer um ambiente criativo onde autores mais experientes pudessem interagir com a nova geração.[3] Não necessariamente hostil ao novo regime (mas tampouco inteiramente fiel), Zamiátin trabalha com afinco, participando de discussões artísticas na Casa das Artes, ajudando a editar e publicar o periódico da Casa, e oferecendo um curso sobre "As técnicas da prosa literária". E também escrevendo.

Durante o ano de 1920, Zamiátin, àquela época morando na Casa das Artes, compõe o romance *Nós*, que, curiosamente — e, de certa forma, a despeito do título — não foi publicado por "nós soviéticos", mas sim por "eles norte-americanos": o romance viu a luz do dia primeiramente em 1924, na tradução para o inglês de Gregory Zilboorg, um emigrante ucraniano recém-radicado em Nova York, à qual se seguiu uma tradução francesa, em 1929 (por B. Cauvet-Duhamel). Isso não quer dizer que Zamiátin não tenha tentado publicar seu romance na União Soviética e na sua língua original: entre 1922 e 1924, ele leu em público partes do texto, e até o romance inteiro em algumas ocasiões, e sua iminente publicação, bem como a tradução para o inglês, também foram

---

[3] Sobre a história da Casa das Artes de Petrogrado, ver Martha Weitzel Hickey, *The Writer in Petrograd and the House of Arts*, Evanston, IL, Northwestern University Press, 2009.

anunciadas. Por motivos que se relacionam muito mais às lutas destrutivas entre diversas facções literárias ao longo dos anos 1920, e muito menos ao caráter do texto em si, o romance nunca saiu na União Soviética durante a vida de Zamiátin. Ao mesmo tempo, as traduções da obra, ainda que parecessem inofensivas do ponto de vista estritamente literário, apresentavam o potencial de embaraçar seriamente as autoridades soviéticas, transformando Zamiátin numa espécie de mártir da liberdade de expressão: por que, afinal, *Nós* ainda não saíra em seu país de origem se os leitores estrangeiros já podiam lê-lo?

A gota d'água na relação de Zamiátin com o regime soviético foi provocada por um incidente um tanto bizarro. No entreguerras, tendo atravessado o Atlântico de volta à Europa, o romance foi publicado na Tchecoslováquia: primeiramente em tcheco, em Brno (em 1927), e depois *em russo*, em Praga, naquele mesmo ano. O veículo desta última publicação foi uma importante revista da comunidade emigrada, *A Vontade da Rússia* (*Vólia Rossíi*) — uma revista, ademais, famosa por sua linha editorial hostil aos bolcheviques. Àquela época, no auge da Nova Política Econômica (NEP), as fronteiras da União Soviética ainda eram bastante porosas, tanto no sentido literal quanto no sentido figurado: livros russos publicados no exterior eram frequentemente importados e lidos na União Soviética, e vice-versa, e aos escritores soviéticos era permitido viajar para a Europa com certa frequência e liberdade, de modo que, em pouco tempo, as notícias e rumores dessa publicação de *Nós* iriam chegar aos ouvidos das autoridades em Moscou. É por essa razão que Marc Slonim, então editor de *A Vontade da Rússia*, publica um prefácio no qual insinua que sua versão russa de *Nós* (de fato, somente fragmentos do romance, com 22 dos 40 capítulos) fora traduzida de volta para o russo com base na tradução tcheca comparada com a tradução de Zilboorg para o inglês.

Posfácio

Aparentemente com a melhor das intenções, Slonim ainda modificara de próprio punho trechos do texto, de modo a dar a impressão de que Zamiátin não tivera nada a ver com a publicação parcial de seu romance.

De boas intenções, como diz o ditado, o inferno está cheio. Dentro da União Soviética, a Associação Russa de Escritores Proletários (RAPP) era um dos círculos mais importantes de escritores, um grupo de extrema esquerda com viés anticosmopolita e completamente hostil aos chamados "companheiros de viagem" — escritores como Zamiátin, cujas carreiras haviam começado antes da Revolução ou cuja lealdade ao novo regime era contrabalançada por uma independência política ou artística, e que por isso eram vistos pelos membros da RAPP como "suspeitos". Em contrapartida à RAPP, Zamiátin era presidente da seção de Leningrado da União Pan-Russa de Escritores (VSP), uma organização artística que politicamente se alinhava à centro-direita. A publicação de *Nós* no exterior, e desta vez em russo, deu ainda mais munição aos ferozes ataques vindos dos militantes da RAPP, que àquela época também se beneficiavam do apoio tácito de membros do governo. A campanha contra Zamiátin surte efeito: não só a publicação de *Nós*, como também a de uma edição das obras completas de Zamiátin e de uma peça de teatro de sua autoria, são barradas pelas editoras ou pelos censores. A peça tampouco seria encenada em solo soviético. Em resposta, em junho de 1931, Zamiátin apela diretamente a Stálin, cuja investida para consolidar seu poder já estava em estágio avançado; ele pede permissão ao líder para deixar a União Soviética junto com sua esposa. O intuito explícito da petição é relacionado a uma viagem para a Itália e a Inglaterra, onde duas outras peças de Zamiátin seriam encenadas, e à necessidade de um tratamento de saúde no exterior. Mas o tom da carta — com uma litania de queixas contra os críticos, cujos nomes Zamiátin omite — deixa claras as intenções de longo prazo do escritor.[4] Surpreendentemente (em vista das intenções de Zamiátin), Stálin permite sua partida da União Soviética.

O SONHO DA RAZÃO PRODUZ MONSTROS

A fama de *Nós* se deve, em grande parte, ao seu caráter de obra de ficção científica, por um lado, e por outro, ao fato de dialogar com o gênero filosófico-literário da utopia (e com seu oposto, a anti-utopia). Os anos 1920 foram uma época fértil para a ficção científica na União Soviética — além do próprio *Nós*, outro expoente famoso é o filme *Aelita, a rainha de Marte*, dirigido por Iákov Protazânov, em 1924, e baseado em um conto de Aleksei Tolstói. No filme, a civilização marciana veste figurinos de Aleksandra Exter e percorre cenários desenhados por Aleksandr Rodchenko, tudo no espírito do Construtivismo, dando a entender, a princípio, que Marte representaria o ideal futurista russo de integração das artes e ciências sob a égide do comunismo. Essa alegoria não se concretiza no filme (cuja mensagem política é, para dizer o mínimo, confusa), mas o contraste entre a União Soviética "mundana" e um mundo estrangeiro visto sob as lentes da vanguarda artística soviética (seja Marte, seja uma nova visão da mesma União Soviética) era um tema recorrente nas obras de ficção científica da época.

Nós não é exceção, mas nesse romance o contraste que se cria é implícito, com referências ao mundo do passado —

[4] A carta de Zamiátin a Stálin foi publicada em uma das primeiras coleções soviéticas de suas obras (*Sotchiniênia*, Moscou, 1988); uma tradução para o inglês (de autoria de Marian Schwartz) está disponível em Katerina Clark e Evgeny Dobrenko (orgs.), *Soviet Culture and Power: A History in Documents, 1917-1953*, New Haven, CT, Yale University Press, 2007, pp. 109-13.

Posfácio

o *nosso* mundo — vindas de personagens que vivem em uma sociedade homogênea, esterilizada, transparente e, sim, bastante *futurista*. Esta sociedade do futuro é governada por um líder, o Benfeitor, que se assemelha a uma máquina, e cuja liderança é afirmada regularmente pelo voto público, em uníssono, de toda a população do Estado Único; as regras vigentes são algébricas e científicas, baseadas no uso mais prático possível do tempo, criando uma espécie de *Tempos modernos* de Chaplin, porém despido de ironia e humor (isto é, ao menos do ponto de vista do narrador); o Estado Único é um mundo no qual não há crime, e os serviços de inteligência se encarregam de fazer lavagens cerebrais em quaisquer possíveis inimigos do regime, a partir de dicas e acusações dos cidadãos comuns. Foram essas facetas políticas e sociais do Estado Único que levaram a comparações entre o romance de Zamiátin e aquelas duas obras-primas da literatura distópica (ou anti-utópica), *1984*, de George Orwell, e *Admirável Mundo Novo*, de Aldous Huxley. Orwell, em particular, leu *Nós* antes de escrever seu romance, e reconhece a influência de Zamiátin sobre sua obra. Quanto a Huxley, há também alguns paralelos entre as tramas de seu romance e as de *Nós*: à veneração de Frederick Winslow Taylor (o fundador da "Administração Científica", predecessora da atual prática da consultoria) e ao controle estatal da vida sexual em *Nós*, comparam-se a veneração de Henry Ford (que desenvolveu a linha de montagem em série para produzir seus carros) e o uso de incubadoras para criar bebês em *Admirável Mundo Novo*. É bem possível que a crítica velada ao comunismo no livro de Huxley (cujos heróis se chamam Bernard *Marx* e *Lenina* Crowne), bem como as circunstâncias à época obscuras do exílio de Zamiátin, tenham dado origem à interpretação de *Nós* como uma crítica ao comunismo em geral e à União Soviética em particular. A proibição da publicação do livro dentro da URSS, bem como os ataques explícitos feitos por acadêmicos, escritores e jornalistas soviéticos ao longo dos anos, que não se cansavam de rotular o livro como obra incompatível com os princípios e a visão socialistas, contribuíram ainda mais para essa percepção do romance como um texto panfletário antissoviético.

Essa é uma percepção sedutora, mas falsa: Zamiátin não só era moderadamente simpático às causas comunistas (como demonstra sua associação com os bolcheviques antes da Revolução, fato que levou à sua prisão), como também a União Soviética do começo dos anos 1920 estava longe de ser o pesadelo de autoritarismo, culto de personalidade, ultra-racionalismo e controle ideológico que se encontram no Estado Único, na Londres do *Admirável Mundo Novo*, na Oceania de *1984*, ou em alguns períodos da história da União Soviética. O que *Nós* produz, por outro lado, é uma demonstração contundente das ideias de Zamiátin sobre "energia" e "entropia" em ação, termos científicos que o autor (como Dostoiévski, engenheiro de formação) transforma em princípios artísticos e filosóficos. Para ele, revoluções, sejam elas artísticas, políticas ou científicas, só permanecem fiéis ao seu impulso inicial se continuarem infinitamente. A acomodação — ou seja, a entropia, *grosso modo* a conservação de energia — somente leva ao clichê, à apatia, à estagnação espiritual e material, à hipocrisia, aos *slogans* desprovidos de qualquer significado legítimo. O Estado Único de *Nós* é um exemplo dos males da entropia: nas notas do diário de D-503, o narrador do romance, percebe-se, por baixo do verniz de sofisticação tecnológica do Estado e por trás das expressões públicas de satisfação e felicidade plena, um senso de insatisfação com o *status quo*, uma tentativa constante de suprimir aqueles sentimentos — o amor, o ciúme, a compaixão, o prazer fora da rotina de encontros sexuais inteiramente regulados e banalizados — que, por mais primitivos que pareçam ao narrador, revelam de fato as facetas mais complexas de

Posfácio

sua personalidade. A dicotomia entre razão e sentimento, no entanto, não reflete o verdadeiro conflito que assola D-503 e o Estado Único em geral. A despeito de seus aparentes avanços tecnológicos, o Estado Único é um Estado no qual as crianças não parecem aprender matemática além da álgebra básica. Um trauma da juventude de D-503, como ele se recorda no romance, fora a questão da raiz quadrada de -1, uma impossibilidade no sistema de números reais, o qual não permite raízes quadradas de números negativos. O que os matemáticos do Estado Único não parecem perceber — ou, pelo menos, o que o racional D-503 se recusa a aceitar — é o fato que é, sim, possível resolver a raiz quadrada de -1: para isso, usa-se o número imaginário i — letra que, não por acaso, é a inicial do nome de uma das personagens do romance. Em outras palavras, Zamiátin não está defendendo o irracional por si só, mas sim uma espécie de equilíbrio dinâmico como estado ideal da humanidade, que evita a entropia como uma condição nociva ao progresso: a dialética entre "real" e "imaginário". De fato, o lema positivista da "Ordem e Progresso" representaria, para Zamiátin, um paradoxo: a ordem *coíbe* o progresso. Do mesmo modo que não é possível criar números complexos na matemática sem o número imaginário (pode-se dizer, sem a violação do sistema de números reais), é impossível chegar a uma condição de progresso sem a motivação e as possibilidades criadas pela desordem.

É desse modo que o arcabouço artístico e filosófico de *Nós* se revela mais universal do que parece ser à primeira vista. Talvez, ao escrever seu romance, em pleno caos do Comunismo de Guerra, Zamiátin tenha compreendido intuitivamente a futura estagnação da União Soviética, que se manifestaria em várias formas e em vários períodos de sua história: quando Stálin abandonou a política da "Revolução Mundial" pelo "Socialismo em um único país" em meados da década de 1920, por exemplo, ou durante as décadas de 1970 e 1980 (até a *perestroika* e a *glasnost* de Gorbachev), época durante a qual, à apatia política e à defasagem tecnológica, se contrapõe a melhoria das condições de vida da população em geral, principalmente no que tange aos bens de consumo duráveis (carros, eletrodomésticos, etc.). Independentemente de tais exercícios de futurologia retrospectiva (se cabe o paradoxo), em sua dialética de energia e entropia *Nós* diz respeito a cada leitor, individualmente e socialmente — diz respeito, pode-se dizer, *a nós mesmos*, mais do que a esses futuros *eles* engendrados pela imaginação de Zamiátin.

Nacional na forma, universal em conteúdo

A despeito de sua mensagem universal e de seu diálogo com autores de língua inglesa — sejam eles contemporâneos como H. G. Wells ou futuros como Orwell e Huxley — e talvez até em contradição ao que foi escrito no último parágrafo, *Nós* é também um romance profundamente russo: ao tratar de certas questões centrais de obras clássicas da literatura russa, ele estabelece um diálogo explícito com estas obras e com os paradigmas culturais nelas refletidos. Um dos principais paradigmas abordados no romance se refere à condição do poeta na sociedade, e a suas relações com o poder, um tema que encontra sua manifestação mais plena na vida e obra de Aleksandr Púchkin (1799-1837), frequentemente considerado o maior poeta russo. Um membro da nobreza, ainda que bastante endividado, Púchkin sempre demonstrava orgulho de suas raízes africanas — seu bisavô, Abram Gannibal, era um camaronês que serviu nas forças armadas de Pedro, o Grande, e que por seus serviços recebeu a cidadania russa e um título de nobreza. Por outro lado, Púchkin também era simpático à causa mais liberal dos dezembristas,

Posfácio
271

um grupo de veteranos das Guerras Napoleônicas (muitos deles também amigos pessoais de Púchkin) que defendia a transição para uma monarquia constitucionalista (alguns dos conspiradores eram mais radicais, defendendo uma espécie de ditadura militar), e cuja rebelião foi sufocada pelo tsar Nicolau I em 1825. Os problemas de Púchkin com o tsar (incluindo a participação em duelos, suas relações estreitas com os dezembristas, várias relações amorosas com esposas de oficiais de alto escalão no governo e problemas com a censura) fizeram com que Nicolau I eventualmente se tornasse o censor pessoal de Púchkin, uma situação que indica simultaneamente a importância de Púchkin e a situação delicada em que ele se encontrava. A posição ambivalente de Púchkin em relação ao tsar e seu poder absolutista se reflete na figura do poeta oficial do Estado Único, R-13, um amigo do protagonista D-503, e cuja descrição contém repetidamente, como em um *leitmotiv*, uma referência aos seus "lábios negroides" — possivelmente um eco da ascendência africana do próprio Púchkin.

A relação ambivalente entre escritor e líder nos remete àquele outro gigante da literatura russa do século XIX, Fiódor Dostoiévski. No caso de Dostoiévski, os ecos são temáticos e novelísticos, mais do que biográficos (ainda que execuções oficiais, um tema favorito de Dostoiévski, também ocorram frequentemente em *Nós*). Por exemplo, as *Memórias do subsolo*, sua polêmica com as questões de racionalidade e utopia que borbulhavam nos meios culturais russos do início dos anos 1860, podem ser lidas como uma crítica ao positivismo e à crença desmesurada nos poderes da razão humana e da ciência como fontes de respostas a todas as questões espirituais e éticas dos seres humanos. Zamiátin dialoga com Dostoiévski na medida em que seu romance nos apresenta um ser humano — D-503 — que, como o narrador das *Memórias*, vai se tornando cada vez mais consciente das limitações da razão para explicar todos os seus impulsos, sentimentos, desejos, e também seus próprios pensamentos. Se o narrador das *Memórias* afirma que dois multiplicado por dois pode ser igual a quatro, mas que dois mais dois é igual a cinco pode ser também "uma coisinha muito simpática",[5] D-503, em contrapartida, retorna repetidas vezes à raiz quadrada de -1, se recusando a aceitar que a matemática não lhe possa dar uma resposta apropriada àquele problema (ainda que, como se discute mais acima, *haja* de fato uma resposta fora dos números reais onde D-503 encontra tanto conforto). O subsolo de Dostoiévski não está muito distante dos alojamentos envidraçados, completamente transparentes (manifestação concreta do Palácio de Cristal contra o qual Dostoiévski se rebela), onde moram D-503 e os demais habitantes do futurista Estado Único.

De fato — e aqui as linhas da tradição russa e do romance (anti-)utópico se encontram —, a própria Petersburgo de Dostoiévski é em si produto de uma utopia, dos planos de Pedro, o Grande, de construir uma cidade europeia, fundada em um pântano outrora ignorado e subutilizado, que superasse as melhores cidades "naturais" europeias (Paris, Veneza, Amsterdã) em beleza e modernidade. Não é à toa que o narrador das *Memórias* chama Petersburgo de "a cidade mais abstrata" do mundo, tendo em vista que ela foi, de fato, planejada e construída *ex nihilo*. Que esta cidade "abstrata", moderna e racional, se torne o lar do "homem do subsolo", com suas críticas a esses exatos valores que Petersburgo representa, constitui tão somente a manifestação mais clara da tendência de toda utopia de gerar sua própria contrapartida. O Estado Único — como, diga-se de passagem, a própria União Soviética — obedece a um impulso utópico semelhan-

---

[5] Fiódor Dostoiévski, *Memórias do subsolo*, São Paulo, Editora 34, 2000, p. 47, tradução de Boris Schnaiderman.

Posfácio

te, mas, como Petersburgo na literatura russa, a utopia do romance está prestes a criar seu extremo oposto.

Memórias do subsolo não é o único texto de Dostoiévski a ser alvo de referência explícita no romance de Zamiátin. *Os irmãos Karamázov*, a última obra-prima de Dostoiévski, com seu famoso capítulo "O Grande Inquisidor", também é recordado em *Nós*. "O Grande Inquisidor", vale lembrar, trata, essencialmente, da seguinte questão: é necessário que toda a humanidade compreenda a realidade de sua condição, com todo o sofrimento e o conflito que essa consciência acarreta, ou é preferível que ela experimente uma doce ignorância, acalentada por guardiães da verdade, uma elite que — ela sim — compreende a realidade insuportável da condição humana? Em outras palavras, se — como o narrador das *Memórias* diz — a consciência aguda é uma doença, então vale a pena obtê-la e também expor os outros a ela? Zamiátin retorna a essa mesma questão em *Nós*, inclusive com uma cena que recria o diálogo entre Jesus Cristo e o Grande Inquisidor, que constitui o núcleo filosófico do romance de Dostoiévski.

De certa forma, as questões dostoievskianas sobre os limites da razão e a necessidade ética da consciência constituem também o núcleo filosófico do romance de Zamiátin, mas cabe ao leitor julgar até que ponto Zamiátin concorda com os argumentos de Dostoiévski (eles mesmos sujeitos ao interminável dialogismo típico de seu autor). Por outro lado, o que se revela após repetidas leituras do romance é a qualidade que *Nós* demonstra de ser um livro sobre o próprio ato de criação literária ou artística, na medida em que o diário de D-503, com suas reações a várias experiências e descrições do mundo que o cerca, constitui o próprio romance que temos em mãos. Ademais, essas reações e descrições tornam--se mais e mais *poéticas* conforme o protagonista se torna mais e mais consciente de sua condição (pessoal e social) e dos seus próprios sentimentos. Neste caso, então, é a consciência que desperta seu talento literário que — para usar a terminologia do próprio Zamiátin — lhe fornece a *energia* necessária para a criação artística. Um romance profundamente *moderno*, uma vez que aborda questões centrais da vida em sociedades avançadas (mesmo daquelas sociedades, como o Brasil e a Rússia, que Marshall Berman chama de "atrasadas") como a privacidade, a psicologia do cotidiano, a distinção entre o indivíduo e o coletivo, o poder do governo sobre os indivíduos, seus corpos e suas mentes, etc., *Nós* também se revela um romance quintessencialmente *modernista*, pois constitui uma reflexão sobre o próprio ato de criação literária, sobre a capacidade humana de usar sua linguagem para criar algo que remete seus leitores para além do sentido mais explícito das palavras.

A história do futuro

Como Dostoiévski, Ievguêni Zamiátin também passou algum tempo na Inglaterra. Mas, se Dostoiévski enxergava, aterrorizado, seu Palácio de Cristal num pavilhão temporário em Hyde Park, Zamiátin viajou à Inglaterra como engenheiro naval a serviço do tsar (depois de anos de prisão, exílio e uma vida clandestina como membro do Partido Comunista), para supervisionar a construção de navios quebra-gelo para a Marinha Imperial Russa. Meses antes da Revolução de Outubro de 1917 que conduziria os bolcheviques ao poder (o partido que Zamiátin apoiara durante seus anos de estudante), Zamiátin retorna à capital imperial de São Petersburgo, agora já chamada de Petrogrado, e prestes a se tornar a ex-capital de um regime extinto. Nos anos que seguem, Zamiátin, um homem reservado, bem-educado, polido, de maneiras que beiram a timidez em público, se torna uma fi-

Posfácio

gura importante nos meios literários soviéticos, seja por seu trabalho com jovens escritores na Casa das Artes, seja por seus artigos, resenhas, contos, e até por *Nós*, lido em cópias manuscritas que circulavam clandestinamente — e que, em 1931, seria o estopim do exílio de seu autor.

Depois de 1931, tendo deixado Leningrado com a permissão oficial de Stálin, Zamiátin nunca retornaria à sua pátria; entretanto, ao contrário dos emigrantes russos da época, Zamiátin não foi frequentador assíduo dos círculos anticomunistas e tampouco abdicou de sua cidadania soviética. O caráter não-oficial de seu exílio se reflete no fato de, em 1934, o nome de Zamiátin ter sido incluído na lista de membros da União dos Escritores da URSS, a organização profissional do setor literário, fundada para dar fim a todas as facções que duelaram ao longo dos anos 1920 (incluindo a temível RAPP e a VSP do próprio Zamiátin). Durante os anos passados na França, Zamiátin produz pouco. Em 1937, no auge dos Grandes Expurgos que tiveram efeito avassalador nos meios culturais e na sociedade soviética em geral, Zamiátin morre em Paris de morte natural, inteiramente desvinculada do Terror, ainda que sua obra-prima tenha respondido como poucas às questões éticas e filosóficas que confrontaram tanto os agentes do Terror quanto suas vítimas.

(2017)

SOBRE O AUTOR

Ievguêni Ivánovitch Zamiátin nasceu em Lebedián, a sul de Moscou, em 1884, filho de um padre ortodoxo e uma professora de piano. Em 1902, após concluir a educação básica na cidade vizinha de Vorôniej, mudou-se para São Petersburgo a fim de cursar engenharia naval. Em Petersburgo aproxima-se dos bolcheviques, é preso duas vezes durante a Revolução de 1905 e passa a viver ilegalmente na capital. A partir de 1908, o ano de sua graduação, começa a publicar contos, inicialmente em pequenos periódicos. Em 1912, morando em Lahti, na Finlândia, chama a atenção da crítica com sua novela *Uiézdnoie* (*Provinciano*), que recebe elogios de Górki. Em 1916 Zamiátin viaja à Inglaterra a trabalho, para supervisionar a construção de navios quebra-gelo para o governo russo. Durante este período, escreve contos, sátiras aos ingleses e relatos de viagem.

Em setembro de 1917, esperançoso com a Revolução de Outubro, retorna à Rússia e passa a dedicar-se à literatura em tempo integral. Ao longo da Guerra Civil, além de sátiras e contos, escreve também sobre crítica literária, literatura inglesa e, sob o pseudônimo "Mikh. Platonov", assina artigos críticos a algumas posições dos bolcheviques em questões como censura e pena de morte. Durante estes anos, Zamiátin alcança influência no meio cultural. Faz parte de diversas associações literárias e é eleito presidente da União Pan-Russa de Escritores (VSP). Ministra aulas de literatura na recém-fundada Casa das Artes de Petrogrado, nas quais se forma um grupo de jovens escritores conhecido como "Irmãos Serapião". Junto com Viktor Chklóvski, Aleksandr Blok e outros, participa também do projeto editorial Literatura Universal, idealizado por Górki e levado a cabo pelo Comissariado de Educação.

Em 1919 Zamiátin é preso por suspeita de associação ao partido dos Socialistas Revolucionários. No ano seguinte termina a redação de *Nós*, sua obra mais conhecida. O romance não recebe autorização de publicação na União Soviética, mas Zinovi Grjebin, seu editor em Berlim, negocia com uma editora norte-americana uma tradução para o inglês. Em

1922, por duas vezes foi levantada a questão de sua expulsão da União Soviética; Zamiátin chegou a ficar detido por um mês, mas foi solto graças aos esforços de amigos. Em 1924 *Nós* é publicado em Nova York, e nos anos seguintes surgem traduções para o francês e o tcheco. Na comunidade emigrada em Praga, passa a circular uma versão em russo do romance, feita a partir das traduções existentes, e que logo encontra seu caminho para dentro da União Soviética. Zamiátin começa a ser hostilizado nos círculos literários militantes. Como resultado, em 1929 a Federação das Associações dos Escritores Soviéticos (FOSP) suspende a impressão de suas *Obras reunidas*, e o próprio autor decide se retirar da União Pan-Russa de Escritores (VSP), da qual fora eleito presidente.

Em 1931 Zamiátin escreve a Stálin pedindo permissão para deixar a União Soviética e muda-se para Paris. Mantém, porém, sua cidadania soviética, e em seus últimos anos continua escrevendo ficção e ensaios sobre a vanguarda e a literatura russa. Morreu na capital francesa em 1937, de causas naturais.

SOBRE O TRADUTOR

Francisco de Araújo nasceu em Fortaleza, em 1978. É bacharel em Letras Português-Russo pela Universidade Federal do Rio de Janeiro. Como mestrando em Literatura e Cultura Russa pela Universidade de São Paulo, estuda a obra de Nikolai Leskov. Trabalhou como professor de português do Brasil em Moscou e como tradutor-intérprete em Angola. Para a Editora 34 traduziu *Ensaios sobre o mundo do crime* e *A luva, ou KR-2* (este com Nivaldo dos Santos), quarto e sexto volumes dos *Contos de Kolimá*, de Varlam Chalámov (2016 e 2019, respectivamente), e *Nós*, de Ievguêni Zamiátin (2017), além dos contos "Uma obra de arte", de Anton Tchekhov, e "Paredes brancas", de Tatiana Tolstáia, integrantes da *Antologia do humor russo* (2018).

NARRATIVAS DA REVOLUÇÃO
Direção de Bruno Barretto Gomide

Iuri Oliécha, *Inveja*, tradução, posfácio e notas de Boris Schnaiderman.

Nikolai Ognióv, *Diário de Kóstia Riábtsev*, tradução e notas de Lucas Simone, posfácio de Muireann Maguire.

Ievguêni Zamiátin, *Nós*, tradução e notas de Francisco de Araújo, posfácio de Cássio de Oliveira.

Boris Pilniák, *O ano nu*, tradução e notas de Lucas Simone, posfácio de Georges Nivat.

Viktor Chklóvski, *Viagem sentimental*, tradução e notas de Cecília Rosas, posfácio de Galin Tihanov.

COLEÇÃO LESTE

István Örkény
A exposição das rosas
e A família Tóth

Karel Capek
Histórias apócrifas

Dezsö Kosztolányi
O tradutor cleptomaníaco
e outras histórias de Kornél Esti

Sigismund Krzyzanowski
O marcador de página
e outros contos

Aleksandr Púchkin
A dama de espadas:
prosa e poemas

A. P. Tchekhov
A dama do cachorrinho
e outros contos

Óssip Mandelstam
O rumor do tempo
e Viagem à Armênia

Fiódor Dostoiévski
Memórias do subsolo

Fiódor Dostoiévski
O crocodilo e
Notas de inverno
sobre impressões de verão

Fiódor Dostoiévski
Crime e castigo

Fiódor Dostoiévski
Niétotchka Niezvânova

Fiódor Dostoiévski
O idiota

Fiódor Dostoiévski
Duas narrativas fantásticas:
A dócil e
O sonho de um homem ridículo

Fiódor Dostoiévski
O eterno marido

Fiódor Dostoiévski
Os demônios

Fiódor Dostoiévski
Um jogador

Fiódor Dostoiévski
Noites brancas

Anton Makarenko
Poema pedagógico

A. P. Tchekhov
O beijo
e outras histórias

Fiódor Dostoiévski
A senhoria

Lev Tolstói
A morte de Ivan Ilitch

Nikolai Gógol
Tarás Bulba

Lev Tolstói
A Sonata a Kreutzer

Fiódor Dostoiévski
Os irmãos Karamázov

Vladímir Maiakóvski
O percevejo

Lev Tolstói
Felicidade conjugal

Nikolai Leskov
*Lady Macbeth
do distrito de Mtzensk*

Nikolai Gógol
Teatro completo

Fiódor Dostoiévski
Gente pobre

Nikolai Gógol
O capote e outras histórias

Fiódor Dostoiévski
O duplo

A. P. Tchekhov
Minha vida

Bruno Barretto Gomide (org.)
Nova antologia do conto russo

Nikolai Leskov
A fraude e outras histórias

Nikolai Leskov
*Homens interessantes
e outras histórias*

Ivan Turguêniev
Rúdin

Fiódor Dostoiévski
*A aldeia de Stepántchikovo
e seus habitantes*

Fiódor Dostoiévski
*Dois sonhos:
O sonho do titio e
Sonhos de Petersburgo
em verso e prosa*

Fiódor Dostoiévski
Bobók

Vladímir Maiakóvski
Mistério-bufo

A. P. Tchekhov
Três anos

Ivan Turguêniev
Memórias de um caçador

Bruno Barretto Gomide (org.)
*Antologia do
pensamento crítico russo*

Vladímir Sorókin
Dostoiévski-trip

Maksim Górki
*Meu companheiro de estrada
e outros contos*

A. P. Tchekhov
O duelo

Isaac Bábel
*No campo da honra e outros
contos*

Varlam Chalámov
Contos de Kolimá

Fiódor Dostoiévski
Um pequeno herói

Fiódor Dostoiévski
O adolescente

Ivan Búnin
O amor de Mítia

Varlam Chalámov
*A margem esquerda
(Contos de Kolimá 2)*

Varlam Chalámov
*O artista da pá
(Contos de Kolimá 3)*

Fiódor Dostoiévski
Uma história desagradável

Ivan Búnin
O processo do tenente Ieláguin

Mircea Eliade
*Uma outra juventude
e Dayan*

Varlam Chalámov
*Ensaios sobre o mundo do crime
(Contos de Kolimá 4)*

Varlam Chalámov
*A ressurreição do lariço
(Contos de Kolimá 5)*

Fiódor Dostoiévski
Contos reunidos

Lev Tolstói
Khadji-Murát

Mikhail Bulgákov
O mestre e Margarida

Iuri Oliécha
Inveja

Nikolai Ognióv
Diário de Kóstia Riábtsev

Ievguêni Zamiátin
Nós

Boris Pilniák
O ano nu

Viktor Chklóvski
Viagem sentimental

Nikolai Gógol
Almas mortas

Fiódor Dostoiévski
Humilhados e ofendidos

Vladímir Maiakóvski
Sobre isto

Ivan Turguêniev
Diário de um homem supérfluo

Arlete Cavaliere (org.)
Antologia do humor russo

Varlam Chalámov
*A luva, ou KR-2
(Contos de Kolimá 6)*

Mikhail Bulgákov
*Anotações de um jovem médico
e outras narrativas*

Lev Tolstói
Dois hussardos

Fiódor Dostoiévski
Escritos da casa morta

Ivan Turguêniev
O rei Lear da estepe

Fiódor Dostoiévski
Crônicas de Petersburgo

Lev Tolstói
Anna Kariênina

Este livro foi composto em Sabon,
pela Bracher & Malta, com CTP da
New Print e impressão da Graphium
em papel Pólen Soft 80 g/m² da Cia.
Suzano de Papel e Celulose para a
Editora 34, em junho de 2021.